AF399635

Konstanze Harlan veröffentlicht seit Mai 2018 liebevoll-chaotische Frauenromane. Die Musiktheaterregisseurin lebt mit ihrer Familie in Hamburg. Die meisten ihrer Ideen entstehen beim Laufen um die Alster

KONSTANZE HARLAN

Liebe Chaos & Kartoffelsalat

Erstausgabe Juli 2022

Copyright © 2022 dp Verlag, ein Imprint der
dp DIGITAL PUBLISHERS GmbH
Made in Stuttgart with ♥
Alle Rechte vorbehalten

Liebe, Chaos & Kartoffelsalat

ISBN 978-3-98637-960-5
E-Book-ISBN 978-3-98637-938-4

Covergestaltung: ARTC.ore Design
Umschlaggestaltung: ARTC.ore Design
Unter Verwendung von Abbildungen von
shutterstock.com: © NiklsN, © Sundry Studio, © Sheli Jensen
freepik.com: ©storyset, ©microone
Lektorat: Daniela Guse
Satz: dp DIGITAL PUBLISHERS GmbH
Druck und Bindung: Books on Demand GmbH, Norderstedt

Für meine Mutter, meine unverwüstliche Unterstützerin, die mir die wunderbare Welt der Bücher eröffnet hat und dieses leider nicht mehr lesen kann

1

Ratsch!

Laura unterdrückte einen Aufschrei, während ihre heutige Enthaarungsexpertin ungerührt eine weitere Schicht heißen Wachses auftrug und sich unablässig dem Intimbereich näherte.

„Tut nicht weh", versuchte die Frau, sie zu beruhigen. „Tut nicht weh."

„Au!", schrie Laura drei Stellen später auf, weil die Haut am Oberschenkel deutlich empfindlicher war als an den Waden. Allein beim Gedanken an das schmerzhafte Finale traten ihr Schweißperlen auf die Stirn.

Immer wieder betonten alle, dass es von Mal zu Mal weniger schlimm sei. Doch das musste Einbildung sein. Es war bei ihr noch nie besser geworden. Jedes Mal, wenn sie auf der Liege lag und ihr der bedrohliche Geruch nach heißem Wachs in die Nase stieg, fragte sie sich, wieso sie sich das antat.

Laura seufzte. Sie wusste, warum. Vince liebte es, wenn ihre Haut zart und glatt war, und wurde nicht müde zu betonen, wie sexy er sie dann fand. Daher gehörte der Besuch ihrer Enthaarungsexpertin, seit sie mit ihm zusammen war, im regelmäßigen Rhythmus dazu. Ein geringfügiger Preis dafür, dass sie ihren persönlichen Traumprinzen gefunden hatte.

Noch immer konnte sie es kaum fassen, wie sehr sich ihr Leben verändert hatte, seit sie ihm vor drei Jahren bei einem New-York-Flug und einem schicksalhaften Upgrade in die erste Klasse begegnet war. Manchmal wünschte sie sich, dass die anderen sehen könnten, was aus ihr, Lehramtsstudentin Laura Wildgruber aus der nordrhein-westfälischen Provinz, geworden war.

Nachdem ihre Folterknechtin jedem Einzelnen ihrer störenden Körperhaare auf den Leib gerückt war, trug sie eine beruhigende Salbe auf den geröteten Stellen auf und verabschiedete sich.

Laura eilte hinüber ins Ankleidezimmer, wo Hannah, ihre persönliche Stylistin, schon auf sie wartete. Das smaragdgrüne Kleid, das sie gemeinsam ausgesucht hatten, hing auf einem Kleiderbügel bereit. Hannah war Lauras Rundum-Sorglos-Programm in Sachen Aussehen. Sie machte ihre Haare, ihr Make-up und suchte stets das perfekte Outfit für jede Gelegenheit aus. Vince hatte vollkommen recht gehabt. Ohne ihre Hilfe wäre Laura bei einigen gesellschaftlichen Anlässen aufgeschmissen gewesen, da sie sich mit den Gepflogenheiten der New Yorker High Society nicht auskannte.

Sie setzte sich an den Frisiertisch und schloss die Augen, während ihre Stylistin eine Feuchtigkeitsmaske auftrug und Lauras Haare entwirrte.

„Wohin geht es denn heute?", erkundigte Hannah sich.

„Heute sind es nur wir zwei – ins ‚The View'."

„Oh, ein romantisches Date am Valentinstag, wie schön, meine Liebe!" Routiniert drehte Hannah die Heizwickler in Lauras Haare.

„Ich freue mich auch sehr." In den vergangenen Wochen hatte Vince wenig Zeit für sie gehabt. Heute sollte dafür alles perfekt sein.

„Wer weiß, vielleicht kommt dann die Frage aller Fragen", sprach die Stylistin aus, was Laura insgeheim hoffte.

Laura murmelte etwas Nichtssagendes, während ihr Herz einen erwartungsfrohen Hüpfer machte. Ja, ein romantischer Heiratsantrag vor New Yorks atemberaubender Skyline wäre ganz nach ihrem Geschmack. Seit der Hochzeit ihrer Freundin Madison vor ein paar Monaten stellte sie sich vor, wie ihr großer Tag aussehen würde. Wenn es heute tatsächlich auf einen Antrag hinauslief, dann hatte sich der mehrstündige Beautymarathon auf jeden Fall gelohnt. Tief in ihrem Inneren sehnte sie sich schon lange danach, endlich und unauflöslich zu ihm zu gehören und hier in New York Wurzeln schlagen zu können. Für dieses Ziel war ihr kein Preis zu hoch.

Sie verabschiedete Hannah und wollte gerade in ihr Kleid schlüpfen, als es an der Tür klingelte. Nach einem Blick durch den Spion erkannte sie Carl, den Concierge, und öffnete nur mit einem Handtuch bekleidet.

Carl hielt ein Päckchen in der Hand. „Hier, heute für Sie angekommen." Er zwinkerte ihr vielsagend zu. „Viel Freude damit!"

Pinke Schleife, Schuhschachtelgröße, edle Verpackung. Ob Vince ihr schon etwas zum Valentinstag schickte?

Sie trug ihr Geschenk ins Wohnzimmer. Was da wohl drin war? Neue Schuhe? Dessous? Sie kicherte. Vince hatte eine besondere Vorliebe für edle Wäsche. Damit hatte er sie von Anfang an überschüttet.

„Ich habe es gern, wenn ich eine schöne Verpackung aufmachen kann", sagte er immer.

Andächtig zog sie an der Seidenschleife und nahm den Deckel ab. Der Karton war bis oben hin mit pinkfarbenen Marshmallow-Herzen gefüllt. Ihr Atem stockte, als sie unter ihnen eine winzige Schachtel entdeckte. Sie hatte genau die richtige Größe für einen Ring. Behutsam entfernte sie das rosenbedruckte Papier und erblickte staunend eine burgunderrote Ringschatulle von Cartier.

War das seine Art, ihr einen Antrag zu machen? Voller Vorfreude klappte sie die Box auf und starrte den Inhalt an. Was sollte das denn? Wieso trieb er so einen Aufwand, um ihr einen schlichten schwarzen USB-Stick zu schicken?

Neugierig holte sie ihr MacBook hervor und steckte den Datenträger herein. Nur eine Datei mit kryptischem Namen befand sich darauf. Als sie sie anklickte, startete ein Film.

Verwundert sah sie, dass er ein Hotelzimmer zeigte, die Kamera auf das Bett gerichtet. Ihre Kehle wurde trocken. Eine innere Stimme riet ihr, sich nicht anzugucken, was gleich zu sehen war. Doch als hätte jemand sie hypnotisiert, war sie unfähig, die Augen von dem Bildschirm zu nehmen.

Ein Paar erschien, wild knutschend. Der Mann presste die Frau gegen die Wand und zerrte an ihrem Kleid. Bald stand sie nur noch im Stringtanga da, und Laura konnte eine schneewittchenartige Gestalt mit großen Silikonbrüsten erkennen. Sie kam ihr merkwürdig bekannt vor. War das etwa Chrystal? Warum schickte ihr jemand ein Sexvideo einer Frau, die sie lediglich einmal kurz auf einer Hochzeit getroffen hatte, in einer Ringschachtel von Cartier?

Als sich das Paar drehte, verstand Laura, warum. Nun lehnte der Mann an der Wand und schob in einer herrischen Geste Chrystals Kopf nach unten. Schmale Lippen, Stirnlocke, aristokratische Nase. Vince.

Im Nachhinein wusste Laura nicht, wieso. Doch sie sah sich den Film an. Komplett. Von vorne, über ausgefallene Bettpraktiken, bis zum Schluss, wo er wieder in seine Jeans schlüpfte. Mittlerweile war ihr eiskalt geworden, nackt in ihrem Handtuch. Und sie hatte den Boden unter den Füßen genauso wie ihre eigene Orientierung verloren.

Minutenlang starrte sie auf den nun schwarzen Bildschirm, während Tränen über ihre Wangen liefen. Genau in dem Moment klingelte ihr Telefon. Wie in Trance nahm sie das Gespräch an. In knappen Worten teilte Vince ihr mit, dass ihm bedauerlicherweise ein dringender Termin dazwischengekommen war, und er bis spät in die Nacht würde arbeiten müssen.

Fassungslos schmetterte sie das Telefon von sich und rollte sich wie ein Embryo auf dem Teppich zusammen. Wie naiv war sie gewesen, seine Ausreden die ganze Zeit zu glauben! Madisons Hochzeit war mehr als ein halbes Jahr her. Hatte er sie seitdem betrogen? Sie fühlte sich dumm. So unendlich dumm, naiv und armselig.

Sie befand sich in einem Sog aus Schock und Verzweiflung. Der Schmerz war so groß, dass sie das Naheliegendste nicht zustande brachte: Vince zur Rede zu stellen. In ihr tobte ein Kampf zwischen der Angst, völlig allein dazustehen und alles zu verlieren, der Wut über seinen Verrat und einem überwältigenden Rachedurst. Diese Pole bremsten sich gegenseitig aus und endeten in Handlungsunfähigkeit.

Immer wieder ertappte sie sich in den folgenden Tagen dabei, wie sie mitten in einer alltäglichen Handlung innehielt und in einen wilden Gedankenstrudel fiel. Die kreisenden Emotionen verwandelten ihren Körper in Blei, bis sie starr verharrte, bewegungslos, als wäre ihr Geist nicht in der Lage, dem Ende ihres persönlichen Märchens ins Gesicht zu sehen, und versuchte stattdessen, ihr Gehirn lahmzulegen.

Vince dagegen bemerkte nicht, dass etwas nicht stimmte. Wie so oft konzentrierte er sich ausschließlich auf das aktuelle Projekt seiner Firma. Nächtelang wälzte Laura sich neben ihm im Bett, ohne Ruhe zu finden, während er tiefenentspannt schlummerte, im seligen Unwissen darüber, wie Wut und Verzweiflung in ihr zu einer gefährlichen Mischung wurden.

Tagelang konnte sie keinen Entschluss fassen, was sie tun sollte, da spielte ihr das Schicksal in die Hände und nahm ihr die Entscheidung ab. Oder war es, besser gesagt, Dave, sein Assistent?

Der stand einige Tage später vor der Tür und hielt Laura einen gefütterten braunen Briefumschlag hin. „Der ist für Vince. Top secret. Kannst du ihm den unbedingt sofort geben, wenn er heimkommt?“

Laura nickte und hoffte, dass Dave nicht sah, was mit ihr los war und in welchem Zustand sie sich befand. Doch er war unerwartet freundlich, verkniff sich fiese Bemerkungen zu ihren unfrisierten Haaren und lächelte ihr sogar aufmunternd zu. Ob er längst wusste, was Vince für ein Spiel spielte? Bemitleidete er sie etwa? Seit sie sich kannten, hatte er sie noch nie angelächelt.

Sie schloss die Tür ein wenig zu heftig und drehte den Umschlag in ihren Händen hin und her. Er bettelte förmlich darum, dass sie ihn öffnete, lockte sie mit seinem unförmigen Aussehen. Schließlich hielt sie ihn für ein paar Sekunden über den Wasserkocher, damit ihre Neugierde keine Spuren hinterließ.

Interessiert hielt sie das Konzept zur Produktvorstellung der neuen Software in der Hand. Nächste Woche würde es so weit sein.

Seit drei Jahren arbeitete Vince auf diesen Termin hin, mit dem er sich und seine Firma in die Riege der weltweit führenden Softwareunternehmen katapultieren wollte. Immer wieder hielt er ihr minutiöse Vorträge darüber, wie er sich die Keynote vorstellte. Dann wanderte er vor ihrem gigantischen Fernseher auf und ab, während sie bewundernd auf der Chaiselongue hockte, und dozierte.

Das ging über Eingangsmusik, bis zur Beleuchtung und der Frage, wann genau Vince auf die Bühne kommen sollte. Sogar das glorreiche (oder kitschige, dies zu beurteilen war Geschmackssache) Video zur Produktpräsentation hatte sie bereits unzählige Male gesehen. Erst wurden die Funktionen der Software vorgestellt und dann wurde detailliert gezeigt, welchen Anteil der grandiose Vincent Cunningham II am Unternehmenserfolg hatte.

Laura wusste genau, wie sehr er sich auf seinen Moment des Ruhms freute.

Neben dem Konzept entdeckte sie die Gästeliste und dann in einer quadratischen Hülle eine DVD, auf die jemand mit Post-it eine Nachricht geschrieben hatte:

Fertig, wie besprochen. Einziges Exemplar, damit wir Verwechslungen ausschließen. LG

Wer mochte LG sein? Der Video-Techniker? Laura strich über die silbrig glänzende Scheibe und ihr kam eine teuflische Idee. Als wäre dadurch in ihrem Kopf ein Schalter umgelegt worden, wich die Lethargie der vergangenen Tage einer überschäumenden Energie. Endlich wusste sie, was sie zu tun hatte.

Wie ein König thronte Vincent Cunningham II auf der Bühne und ließ sich von Branchenkennern und Journalisten feiern. Gönnerhaft beantwortete er Fragen wie: „Denken Sie, dass Cunningham Enterprises bis zum Jahr 2025 die Konkurrenz überflügelt hat? Wie bewerten Sie die weiteren Wachstumschancen?"

Dann erhob er sich von seinem Platz auf dem Podium, den er mit drei anderen Entscheidungsträgern teilte, trat zur Seite und deutete jovial auf die Leinwand hinter sich.

„Sehen Sie selbst. Machen Sie sich persönlich ein Bild davon, wie Cunningham Enterprises in die Zukunft gehen wird."

Mit siegessicherem Lächeln stand er auf der Bühne und beobachtete die Reaktionen der Zuschauer, als diese gewahr wurden, an was für einem bahnbrechenden Projekt in den letzten Jahren gearbeitet worden war. Die Geheimhaltung hatte funktioniert und kaum etwas war über die neue Software an die Öffentlichkeit gelangt. Das Programm wollte nicht weniger, als die Art, wie die Menschen private und professionelle Videos machten, revolutionieren. Mittlerweile waren viele Fernsehgeräte in der Lage, 3-D-Bilder auszugeben. Herstellen konnte man sie als Privatperson bislang allerdings noch nicht. Oder nur mit einem derart immensen Aufwand, dass ihn die meisten Nutzer scheuten.

Nun aber konnten die beeindruckten Zuschauer sehen, wie eine Familie die Kinder beim Spielen filmte und die Oma auf dem anderen Kontinent das Ganze wenig später mit Tränen in den Augen zu Hause ansah. In 3-D, mit dem Gefühl, die Enkelkinder beinahe anfassen zu können.

„Erleben Sie Videoaufnahmen, als wären Sie selbst dabei gewesen. Genießen Sie Erlebnisse mit Ihren Liebsten, wo auch immer sie sein mögen“, erklang die sonore Stimme des Sprechers, der in epischer Breite die Vorzüge des Programmes auswalzte. „Dies alles verdanken Sie einem Mann, der mit seinen bahnbrechenden Visionen eine eigene Firma quasi aus dem Nichts aufgebaut hat.“

Dass Vince das lächerliche Vermögen von zweihundert Millionen Dollar von seinem Vater geerbt hatte, ließ der Sprecher generös unter den Tisch fallen.

„Dieser Mann gibt jeden Tag dreihundert Prozent, um die Firma zum Ruhm zu bringen“, fuhr die Stimme fort, während Ausschnitte gezeigt wurden, die Vince bei Präsentationen, am Schreibtisch und beim Austausch mit seinen Mitarbeitern zeigten.

Kopfschüttelnd dachte Laura daran, wie sehr sie ihn bis vor Kurzem noch bewundert hatte. Nun erschien er ihr aufgesetzt und eitel mit seinen nach hinten gegelten Haaren und diesem ständigen Gewinnerlächeln.

Wie einfach es gewesen war, sich in einem unbeobachteten Moment in die Videoregie zu stehlen und die bereitliegende DVD durch eine identisch aussehende auszutauschen. Vielleicht hätte die moderne Softwarefirma eher auf einen USB-Stick oder gar einen Stream setzen sollen?

Völlig problemlos hatte sie es auf die Veranstaltung geschafft. Die Sicherheitsvorkehrungen waren lächerlich gewesen. Mit auf die Lippen gelegtem Zeigefinger hatte sie bloß bedeutet, dass sie eine Überraschung für Vince sein wollte. Und was für eine! Dave hatte sie augenrollend durchgewunken. Wenn sich später ein Teil der Katastrophe und des Donnerwetters auf seinem Haupt entladen sollte, sollte es ihr recht sein. Sie hatte ihn noch nie leiden können und das beruhte unzweifelhaft auf Gegenseitigkeit.

Sie ließ ihren Blick über das vorwiegend männliche Publikum schweifen und fragte sich zum wiederholten Mal, wer ihr den USB-Stick zugespielt hatte. Ob derjenige sich in diesem Moment ebenfalls unter den Zuschauern befand?

„Vincent Cunningham gibt stets sein Bestes, um die Firma zum Erfolg zu bringen", fuhr der Sprecher fort.

Eine plötzliche Erkenntnis ließ Übelkeit in ihr aufsteigen. Hatte jemand sie etwa bewusst in diese

Situation gebracht und gehofft, dass sie versuchen würde, sich mithilfe des Videos an Vince zu rächen?

Doch für Skrupel oder Zweifel war es zu spät. In diesem Moment ging ein Raunen durch die Menge, das mehr und mehr anschwoll. Vince merkte als Letzter, was los war, da er dem Film den Rücken zukehrte. Plötzlich schoss Dave auf die Bühne und deutete auf die Leinwand. Vince drehte sich unwirsch um. Zuerst hob er fragend seine Hände, dann taumelte er rückwärts und krümmte sich, als wäre ihm übel geworden. Denn genau in diesem Moment stieß der Mann auf dem Video die nackte Frau vor sich auf die Knie, damit sie ihm einen Blowjob gab. Dabei fokussierte die Kamera das erste Mal ungehindert auf das Gesicht des Protagonisten. Eine Journalistin in der ersten Reihe sprang auf und verließ den Saal. Die meisten Gäste aber betrachteten das Schauspiel mit der Faszination von Schaulustigen bei einem Verkehrsunfall.

Kreidebleich drehte Vince sich zu der Kabine oberhalb des Zuschauerraums um, in dem sich die Videoregie befand. Eigentlich sollte der Mann, der dort arbeitete, einen guten Blick auf die Bühne haben. Doch niemand reagierte.

„Aus. Mach den Scheiß sofort aus, du Wichser!", schrie ein fassungsloser Vincent Cunningham II, in dessen wutverzerrtem Gesicht keine Spur mehr des selbstbewussten und wohlerzogenen Schönlings zu erkennen war, als der er sich so gern inszenierte.

Laura hatte genug gesehen und sprang auf, um aus dem Saal zu verschwinden. Niemand schenkte ihr Beachtung. Alle starrten gebannt auf die Szenen im Video, während der Sprecher ungerührt weiterhin die Vorzüge des CEO von Cunningham Enterprises lobte.

Hastig trat sie ins Freie und winkte nach einem Taxi. Es würde nicht lange dauern, dann hätte Vince sich zusammengereimt, wer hinter dem Ganzen steckte. Spätestens wenn Dave ihm sagte, dass Laura unter den Zuschauern gewesen war. Sie hoffte bloß, dass der Videotechniker nach dem schnellwirkenden Abführmittel in seinem Kaffee nicht allzu sehr leiden musste.

„Lexington Avenue", sagte sie zu dem Fahrer. „So schnell es geht, bitte."

Zehn Minuten später sprang sie aus dem Taxi und eilte in die Eingangshalle des Van-Dyck-Buildings. Mit einem knappen Nicken hastete sie am Concierge vorbei zu den Fahrstühlen. Ungeduldig beobachtete sie, wie sich einer von ihnen gemächlich in Bewegung setzte, ein Stockwerk nach dem anderen passierte und endlich das Erdgeschoss erreichte. Immer wieder wandte sie den Kopf zurück, um zu sehen, ob ihr jemand folgte.

Als die Tür aufging, wollte sie sofort hineinstürzen. Doch da kam ihr, einer Schildkröte gleich, Mrs Baxter aus dem fünfzehnten Stock entgegen. Diese hob strafend die Augenbrauen ob Lauras Ungeduld und schob ihren Rollator mit enervierend kleinen und langsamen Schritten durch die Fahrstuhltür.

„Sie scheinen es aber eilig zu haben, Kindchen!" Kopfschüttelnd gab sie den Eingang frei.

Mit ihren fahrigen Fingern brauchte Laura drei Versuche, bis es ihr gelang, die Chipkarte durch das Lesegerät zu ziehen. Endlich akzeptierte der renitente Fahrstuhl ihre Zugangsberechtigung für den 43. Stock und setzte sich in Bewegung. Inzwischen verfluchte sie sich selbst dafür, dass sie sich erst so spät losgerissen hatte.

Nun musste sie beten, dass ihr das nicht das Genick brach. Es war ihre absolute Horrorvorstellung, dass Vince sie dabei antraf, wie sie die gemeinsame Wohnung verließ. Er konnte gefährlich werden, wenn er zornig war, und seinen Zorn hatte Laura sich ganz sicher zugezogen. Man musste nur bedenken, welche Auswirkungen ihre heutige Performance auf die Aktienkurse von Cunningham Enterprises haben würde.

Seit Tagen hatte sie ihre persönlichen Sachen so sortiert, dass sie sie jetzt blitzschnell packen konnte. Drei große Koffer und ein paar Taschen warteten darauf, mit ihr gemeinsam das Kapitel ‚Vince‘ zu beenden.

Sie trug das Gepäck zum Eingang und eilte in das Schlafzimmer, in dem sie die meisten Nächte der vergangenen drei Jahre verbracht hatte. Ausgerechnet heute hatte sich das schlechte Wetter der letzten Tage verzogen. Die hoch am Himmel stehende Sonne ließ den Hudson River wie ein blau-glitzerndes Band erscheinen und brachte die goldene Kuppel des alten Hochhauses vor ihr zum Glänzen.

Wehmütig schweiften ihre Gedanken zu den glücklichen Momenten, die sie hier erlebt hatte. Zu einer Zeit, die sie sich perfekter nicht hätte vorstellen können. Sie erinnerte sich, wie Vince und sie das erste Mal gemeinsam im Wohnzimmer gesessen, den Sonnenuntergang durch die breiten Panoramafenster beobachtet und sich später auf diesem Sofa geliebt hatten.

Plötzlich spielte ihr Handy ‚Havanna‘, die für Vince reservierte Melodie. Sie zuckte zusammen. Verdammt, sie musste hier weg, und zwar so schnell wie möglich.

Sie rief den Concierge an und bat ihn, ihr mit dem Gepäck zu helfen. Hastig überflog sie noch einmal die Räume, ob sie etwas Wichtiges vergessen hatte.

Alles konnte sie ohnehin nicht mitnehmen. Allein ihr Kleiderschrank umfasste ein gesamtes Zimmer. Sie brauchte vor allem Ausweise, wichtige Papiere und Kreditkarten. Jäh erkannte sie einen gravierenden Denkfehler. Sie hätte sich Bargeld besorgen sollen, um keine unbedachten Spuren zu hinterlassen. Fieberhaft überlegte sie, was sie tun konnte. Da fiel ihr der Safe ein, der hinter einer modernen Lithographie an der Wand verborgen war.

Sie entriegelte ihn und schnappte sich die lederne Banktasche, in der Vince immer das Bargeld ‚für den Notfall' aufbewahrte und stopfte sie in ihre Handtasche. Im selben Augenblick klingelte es an der Haustür. Kurzerhand versteckte sie den Safe wieder. Nach einem Blick durch den Spion öffnete sie die Tür.

Carl, der Concierge, hob erstaunt die Augenbrauen, als er die Koffer sah.

„Haben Sie eine lange Reise vor?"

„Ach nein", winkte Laura ab. „Ich wusste nur nicht, was man für einen Urlaub in den Rocky Mountains alles so braucht, und habe sicherlich viel zu viel eingepackt!" Sie kicherte entschuldigend. „Ich fahre schon mal vor und Mister Cunningham kommt nach. Der Arme muss einfach immer arbeiten!"

Carl nickte verständnisvoll und hob die schweren Taschen auf den Gepäckwagen.

„Wie geht es Emmy und J.J.?", erkundigte Laura sich, als sie gemeinsam im Aufzug standen.

Die beiden waren seine Enkel, vier und drei Jahre alt, und sein ganzer Stolz.

„Sehr gut!" Stolz erzählte er von ihren Heldentaten. Wenig später hob er die Koffer ins wartende Taxi.

Laura bedankte sich bei ihm. Ein dicker Kloß lag in ihrer Kehle, weil sie nach all der Zeit hier wie eine Verbrecherin verschwand und sich von niemandem verabschieden konnte. Schließlich nickte sie ihm zu und drückte ihm zweihundert Dollar in die Hand.

„Machen Sie es gut."

Sie bemerkte seine verwirrte Miene, dann fuhr das Taxi an. Noch einmal warf sie einen Blick zurück auf das imposante Gebäude, in dem sie die vergangenen drei Jahre verbracht hatte. Da sah sie, wie der schwarze Buick vorfuhr, mit dem Vince sich gewöhnlich chauffieren ließ. Wieder schoss Adrenalin durch ihren Körper.

„Über die Brooklyn Bridge Richtung Coney Island", änderte sie ihre Fahrtroute, denn es war gut möglich, dass Vince Carl ausquetschen und herausbekommen würde, welche Route sie gefahren war. „Schnell!"

Überrascht blickte der Fahrer in den Rückspiegel, dann zuckte er die Achseln und setzte den Blinker.

Wenig später hörte Lauras Handy gar nicht mehr auf zu klingeln. Erst Madison, dann Savannah, irgendwann riefen alle möglichen Leute an und sprachen besorgt auf ihre Mailbox. Doch Laura war nicht blöd. Vermutlich hatte Vince sie angestiftet, um herauszubekommen, wo sie sich verkroch. Den Gefallen würde sie ihm nicht tun.

Sie starrte mit weit aufgerissenen Augen aus dem Fenster des Taxis und sog wie eine Verhungernde die

Eindrücke dieser pulsierenden Stadt in sich auf. Die Fahrt in Richtung Brooklyn Bridge, vorbei an der Carnegie Hall, am Times Square und Little Italy fühlte sich an wie ein Abschied für immer. Der Kloß in ihrem Hals wurde größer.

Verwundert bemerkte sie, dass für alle anderen Menschen das Leben weiterging, als wäre nichts gewesen. Sie beobachtete einen Müllmann, der mit stoischer Gelassenheit, ja Langsamkeit, die allgegenwärtigen Hinterlassenschaften der Touristen aufklaubte. Sie sah eine Familie, die mit staunenden Augen am Times Square stand und die gigantische Werbung für das Harry-Potter-Musical betrachtete.

Kurz überlegte sie, was die vier wohl am Big Apple erleben würden. Den Central Park, gewiss. Bestimmt würden sie auf eines der berühmten Hochhäuser fahren. Empire State Building oder das One World Trade Center. Und auf einmal wünschte sie sich, wieder mit dieser unbefangenen Unschuld den ersten Blick auf diese unglaubliche Stadt zu werfen. Sie erinnerte sich daran, wie sie selbst mit tellergroßen Augen alles bestaunt hatte. Damals war es, als hätte Vince ihr New York zu Füßen gelegt, nichts war ihm zu teuer gewesen. Im Taumel all der fantastischen neuen Eindrücke war sogar die Trauer über den Verlust ihrer Mutter in den Hintergrund gerückt.

Plötzlich wurde sie nach vorne geworfen, als der Taxifahrer heftig in die Eisen stieg, weil eine Gruppe Halbwüchsiger noch schnell vor ihm die Straße hatte überqueren wollen. Er hupte ein paarmal zornig, dann fuhr er weiter, als wäre nichts gewesen. Endlich überquerten sie den Hudson River. Am Horizont sah sie Schiffe kreuzen.

Schließlich hatten sie Manhattan hinter sich gelassen und fuhren nach Brooklyn hinein. Laura hatte bewusst ein einfaches Hotel ausgewählt, damit sie nicht aus Versehen alten Bekannten über den Weg lief. Vince würde sie hier hoffentlich nicht vermuten.

Dieser untreue Mistkerl. Sie hätte gerne Mäuschen gespielt, als er entdeckte, wem er den Skandal zu verdanken hatte und dass er sich mit der Falschen angelegt hatte. Sie versuchte, sich an ihrer Wut festzuhalten, wie am Mast eines untergehenden Schiffes. Wut machte einen stärker, unangreifbarer. Sie schützte vor den Wogen der Traurigkeit, die wieder heftiger an ihr nagten. Trauer um den Lebenstraum, der unweigerlich vorbei war.

Wenn sie bloß wüsste, was sie mit ihrem verkorksten Leben nun anfangen sollte.

2

„Siebenzwanzig fuffzig!", brummte der Taxifahrer und streckte ihr seine speckige Hand hin.

Laura reichte ihm dreißig Euro. „Stimmt so."

Das Geld verschwand in seinem Portemonnaie.

Sie stieg aus. Unwillkürlich zog sie den Kopf zwischen die Schultern. Hier war nichts davon zu spüren, dass der Frühling begonnen hatte. Eiskalt stach der Nieselregen durch ihr dünnes Kostüm. Vor ein paar Stunden in New York hatten noch sommerliche zwanzig Grad geherrscht.

Unwirklich erschien es ihr, wieder hier zu sein. In Schwarnberg, dem Ort ihrer Kindheit. Auch wenn sie sich häufig gefragt hatte, wie es ihrer Schwester Susanna und deren Familie wohl gehen mochte, hatte sie nicht erwartet, unter solchen Umständen zurückzukehren. Abgesehen davon, dass ihr der Bruch mit Susanna endgültig vorgekommen war.

Aber als sie am wenigsten damit gerechnet hatte und es am meisten brauchte, hatte ihre Schwester sich plötzlich bei ihr gemeldet.

Habe gelesen, was geschehen ist. Geht es dir gut? Komm für ein paar Wochen zu uns, bis sich der Trubel gelegt hat. Vergiss nicht, ich bin immer für dich da.

Diese E-Mail hatte sie beinahe zu Tränen gerührt, hatte sie doch den letzten Ausweg aus einer scheinbar aussichtslosen Situation dargestellt. Ihr Geld war zur Neige gegangen. Das Hotel in Brooklyn hatte sie bereits gegen eine billige Absteige getauscht. Ohne Einkommen aber hätte sie sogar das nicht mehr lange durchhalten können. Erst durch Susannas Nachricht hatte sie sich vorstellen können, nach Deutschland zurückzukehren, auch wenn sie sich dadurch wie die letzte Verliererin fühlte. Nun war sie tatsächlich hier, nach drei Jahren, in denen sie kein einziges Mal zurückgeblickt hatte.

Der Fahrer öffnete den Kofferraum. Laura wartete darauf, dass er die schweren Koffer herausnahm und sie den schmalen Gehweg bis zur Eingangstür hinauftrug, doch dazu er machte keine Anstalten.

„Könnten Sie mir bitte helfen?", fragte sie mit hochgezogenen Augenbrauen und schärfer als gedacht.

„Ne, ich hab Bandscheibe. Sie machen das schon." Er verschränkte die Arme vor der Brust.

Verdutzt sah Laura ihn an. In New York wäre dieses Verhalten undenkbar gewesen. Aber in Schwarnberg, der Kleinstadt am Rande des Teutoburger Waldes, war alles anders.

Weil sie nicht länger im Regen stehen wollte, zerrte sie unter dem genervten Blick des Taxifahrers ihr Gepäck aus dem Auto. Sie hatte das Gefühl, Ziegelsteine eingepackt zu haben, so schwer waren die Koffer, die die Überreste ihres alten Lebens enthielten. Beim letzten brach sie sich zu allem Überfluss einen ihrer Fingernägel ab.

Der Fahrer düste ab. Verloren blieb sie am Straßenrand stehen und sah ihm nach, bis er verschwunden war. Sie sehnte sich wieder ins Taxi, um zurück in die weite Welt reisen zu können. Nun aber war sie hier. Und erst mal würde sie bleiben müssen, in ihrer

Heimatstadt, die ihr vertraut und doch unendlich fremd war.

Zögernd wandte sie sich wieder dem Haus zu, das ungerührt von den Geschehnissen der vergangenen Jahre auf demselben kleinen Hügel thronte wie damals, als ihre Eltern noch gelebt hatten.

Das Eigenheim der Nachbarn gegenüber, von denen ihre Mutter im Spätsommer immer Kübel voller reifer Pflaumen bekommen hatte, war dagegen drei eng aneinandergeklebten Reihenhäusern gewichen, mit handtuchbreiten, aber akkurat geschnittenen Rasenflächen vor den identischen Eingängen. Laura fragte sich, ob diese bereits bewohnt waren, denn kein Licht erhellte die modernen Fensterfronten. Waren etwa alle über Ostern verreist?

Aus dem Haus, in dem nun Lauras Schwester mit ihrem Mann Henning und der neunjährigen Tochter Ava wohnte, drang plötzlich lautes Stimmengewirr. Unwillkürlich zuckte sie zurück. Hatte Susanna ausgerechnet heute Gäste?

Laura beschloss, erst einmal nachzuschauen, wer im Haus war.

Behutsam stellte sie ihr Gepäck auf den moosbesetzten Bodenplatten ab und schlich zum Küchenfenster hinüber, darauf bedacht, ihre Ziegenlederpumps nicht schmutzig zu machen. Da entdeckte sie ein Osternest, das zum Schutz vor Regen zwischen Fensterbank und dem alten Rhododendron versteckt worden war, und musste schmunzeln. Genauso hatten es ihre Eltern früher gemacht.

Kurz vor dem Fenster duckte sie sich, um nicht gesehen zu werden, und kroch nah an die Hauswand. Sie umfasste das Fensterbrett, zog sich vorsichtig hoch und lugte durch die Scheibe.

In dem Moment krabbelte ein fetter schwarzer Käfer über ihre Hand. Laura unterdrückte einen Schrei, taumelte zurück und konnte gerade noch verhindern, dass sie rücklings in den Matsch fiel. Dafür aber vernahm sie ein erst suppendes, dann knirschendes Geräusch, als sie in das Osternest trat. Eine braune Brühe ergoss sich über ihre Dreihundert-Dollar-Schuhe.

Laura fluchte leise. Nicht wegen der Schuhe. In ihrer Familie war das Ostereiersuchen ein hitziger Wettbewerb zwischen den Schwestern gewesen. Mehr als einmal war sie in der Osternacht um vier Uhr morgens aufgestanden, um Susannas Nest zu suchen und an einer schwierigeren Stelle wieder zu verstecken. Was wäre es für ein Start, wenn sie, gerade angekommen, zugeben musste, dass sie ihrer Nichte die Überraschung verdorben hatte?

Kurz erwog sie ihre Optionen. Dann entschied sie, dass es bei allem, was in den letzten Wochen geschehen war, nicht auf noch mehr schlechtes Karma ankam. Sie lauschte, ob jemand ihr merkwürdiges Manöver entdeckt hatte. Dann inspizierte sie das Desaster. Das Nest war ein Totalschaden.

Mit spitzen Fingern hob Laura die matschige Masse hoch und schlich zur Mülltonne hinüber, die immer noch unter dem Verschlag stand, den ihr Vater vor dreißig Jahren gebaut hatte. Sie rümpfte die Nase, als sie den Deckel anhob und ihr ein Geruch nach altem Fisch entgegenschlug. Schnell ließ sie das Osternest hineinfallen und klappte die Tonne wieder zu.

Doch sie hatte sich erst ein paar Schritte davon entfernt, als ihr aufging, dass sie den Beweis ihrer Missetat nicht gut genug versteckt hatte. Sie kehrte um und spähte mit angehaltenem Atem in die Mülltonne. Nicht gut. Jeder, der etwas hineinwarf, konnte das bunte Schokoladenpapier entdecken.

Sie schaute sich nach einem brauchbaren Werkzeug um. Schließlich nahm sie die verrostete Harke, die an der Regenrinne lehnte, und stocherte mit ihr so lange im Abfall herum, bis nichts Verdächtiges mehr zu identifizieren war. Dann unterdrückte sie ein Würgen und pulte die schmierigen Zellophanreste, die sich in den Zinken ihres Werkzeugs verfangen hatten, wieder ab.

Als sie endlich über den Rasen zur Eingangstür stakste, verwandelte sich der Nieselregen in eine Dusche. Das gab ihren Haaren den Rest. Strähnig klebten sie an ihrem Kopf und tropften über die Schultern ihres durchweichten Seidenkostüms.

Sie betete, dass die Koffer wasserresistent waren, und zog eine Packung Taschentücher aus der Seitentasche, um die Schokolade auf ihren Schuhen zu entfernen. Doch auf diese Art fraßen sich die braunen Flecken nur tiefer in das Leder.

Schließlich gab sie es auf, ließ den Platzregen über sich ergehen und hatte das Gefühl, dass die Wolken die Tränen weinten, die sie noch nicht vergossen hatte. Schlimmer konnte es nicht mehr werden, dachte sie, als sie zaghaft auf den Eingang zuging.

Auf einmal öffnete sich die Haustür und ein Mann mit einer gestreiften Wollmütze stürzte heraus, den Kragen seiner Cordjacke vorausschauend gegen den Regen hochgeklappt.

„Danke euch. Tut mir leid, dass ich so plötzlich wegmuss!", rief er über die Schulter.

Als er weiterhastete, stieß er beinahe mit Laura zusammen. Bei ihrem Anblick blieb er wie angewurzelt stehen und riss die Augen auf.

„Laura?"

Da er auf ein Erkennen ihrerseits zu warten schien, durchforstete Laura fieberhaft ihr Personengedächtnis. Hochgewachsen, breitschultrig, komischer Klamottengeschmack, sonst aber ziemlich attraktiv. Doch nichts klingelte. Sie hatte keine Ahnung, wer er sein könnte.

Also sah sie ihn nur fragend an. Seine Mundwinkel kräuselten sich spöttisch, als hätte sie bereits bei der leichtesten Frage einer Quizshow versagt. Dann zuckte er die Achseln und schwang sich auf das Fahrrad, das unabgeschlossen am Zaun gelehnt hatte.

„Laura?", erklang die Stimme ihrer Schwester hinter ihrem Rücken. „Was machst du denn schon hier? Wir haben dich erst morgen erwartet!"

Schulterlange braune Haare, etwas zu viel Speck auf den Hüften und kein Make-up im Gesicht, das die unreine Haut verbarg – Susanna hatte sich kaum verändert, seit sie sich vor drei Jahren das letzte Mal gesehen hatten. Lediglich ein paar graue Strähnen schienen neu.

Einen Moment lang starrten sie sich einfach nur an. Alles, was geschehen war, türmte sich wie eine unüberwindbare Mauer zwischen ihnen auf.

Da erschien ein kleiner Rotschopf an Susannas Seite. War dieses schlaksige Wesen mit dem hageren Gesicht und den viel zu langen Armen etwa ihre Nichte Ava?

„Wer ist das, Mama?" Mit gerümpfter Nase musterte das Mädchen Laura von oben bis unten.

Mit diesen Worten erwachte Susanna aus ihrer Erstarrung. Sie schüttelte den Kopf, als müsste sie einen bösen Geist vertreiben, dann setzte sie ein patentes Lächeln auf.

„Du bist pitschnass, Laura, komm schnell rein!"

Laura spürte plötzlich, wie kalt ihr geworden war. Sie schnappte sich so viel von ihrem Gepäck, wie sie auf einmal tragen konnte, und stapfte auf die Tür zu.

„Henning! Komm bitte mal und hilf Laura mit den Koffern", rief Susanna über die Schulter.

Dann stand Laura vor ihr. „Hallo", sagte sie vorsichtig.

Mit schmerzvollem Seufzen zog Susanna sie in ihre Arme und presste sie an sich, ungeachtet der Tatsache, dass Laura triefte, als hätte sie den Ozean schwimmend durchquert statt in einem Flugzeug.

Überrascht ließ Laura das über sich ergehen, beugte sich ein wenig zu ihr herunter – sie überragte ihre Schwester beinahe um einen ganzen Kopf – und flüsterte: „Danke!"

„Mama", quengelte der Rotschopf erneut, „wer ist das?"

„Du weißt doch, dass das deine Tante Laura ist. Sei nicht so unfreundlich." Kopfschüttelnd betrachtete Susanna ihre Tochter. Dann heftete sie ihre Augen auf Laura, als könnte sie immer noch nicht glauben, dass sie tatsächlich vor ihr stand. Ein dicker Kloß bildete sich in Lauras Hals.

„Die kenne ich aber nicht!" Ava blickte Laura feindselig an.

„Das stimmt ja gar nicht. Zu deinem fünften Geburtstag war sie hier und hat dir eine Top-Model-Barbie geschenkt!“

Susanna seufzte und wandte sich mit entschuldigendem Achselzucken an Laura. „Sie ist nicht immer so, das musst du ihr nachsehen.“

„Lange nicht gesehen.“ Hennings bullige Erscheinung tauchte jetzt neben seiner Frau auf und reichte Laura eine große Hand. „Willkommen“, brummte er noch.

Doch Laura war sich bei ihm nicht sicher, wie herzlich das gemeint war.

„Mit der Barbie hab ich nie gespielt. Die hatte so blöde Schuhe mit hohen Absätzen an, dass sie immer umgefallen ist.“ Ava warf einen derart abwertenden Blick auf Lauras Pumps, dass sie sich wünschte, sie hätte sie zusammen mit dem Osternest in der Tonne entsorgt.

Es fühlte sich seltsam an, wieder hier zu sein, in dem Haus, das ihre Eltern damals gemeinsam gebaut hatten. Vieles war immer noch sehr vertraut. Ihre Schwester hatte wenig verändert, sogar einige der Bilder waren dieselben wie früher, bloß, dass jetzt Avas Malereien die Wände zierten und nicht mehr die von Laura oder Susanna. Hier hatte sie ihre gesamte Kindheit verbracht und immer war ihre Mutter da gewesen. Immer, bis zu dem letzten herzzerreißenden Tag, an dem sie Rosen auf einen hölzernen Sarg geworfen hatten.

Auf einmal kam die Erinnerung übermächtig wieder hoch. Diese abgrundtiefe Verzweiflung, als sie feststellen musste, dass sie nicht nur den Vater, sondern auch die Mutter an dieses wuchernde Monstrum namens Krebs verloren hatte. Dieser Unglauben, dass sie plötzlich nicht mehr da war. Dass es keine Küchentischgespräche mit Kaffee und dem Butterkuchen mehr geben würde, den die Mutter am besten von allen backen konnte. Nie wieder.

Sie wusste noch genau, wie im buchstäblichen Sinne mutterseelenallein sie sich gefühlt hatte. Einsam, verzweifelt und entwurzelt. Und nicht in der Lage zu verhindern, dass das Gespräch mit Susanna ausuferte, ihr entglitt und zu einem Zerwürfnis führte, bei dessen Gedanken sich die Mutter im Grabe umdrehen würde.

Sie lehnte sich mit der Stirn an die blümchenverzierten Badezimmerfliesen und fragte sich, wie es mit Susanna und ihrer Familie werden würde. Ihre Schwester war für ihre Verhältnisse heute überraschend freundlich gewesen. Doch bei Henning und vor allem bei Ava merkte man, dass sie sich wünschten, Laura hätte sie mit ihrem Besuch verschont. Übelnehmen konnte sie es ihnen nicht.

Notdürftig trocknete sie die Haare mit einem Handtuch. Dann machte sie sich auf den Weg ins Dachgeschoss, wohin ihr Schwager keuchend ihr Gepäck geschleppt hatte.

Auf halber Strecke blickte sie auf ein Bild, das ihre Mutter früher mal gestickt hatte. ‚Ohne Wurzeln kann ein Baum nicht wachsen‘ stand in verschnörkelten Buchstaben auf dem leicht vergilbten Stoff. Was sie davon halten würde, dass Laura jetzt, drei Jahre nach ihrem Tod, das erste Mal wieder in Schwarnberg war?

Kaum hatte sie das Dachzimmer betreten, erschien ihre Schwester hinter ihr.

„Es tut mir echt leid! Wir wollten es für dich noch schön machen." Mit entschuldigendem Blick raffte sie die ‚Bibi und Tina'-Bettwäsche zusammen.

„Ist das hier Avas Zimmer?", fragte Laura erstaunt. Nun wurde ihr immerhin klar, wieso das Mädchen sie vorhin so feindselig angesehen hatte. Sie hätte ebenfalls keine Lust gehabt, ihr Reich an eine quasi unbekannte Tante abzutreten.

„Ja, aber sie war einverstanden, es dir für eine Weile zu überlassen. Ist ja nur für den Übergang, nicht wahr?", erwiderte Susanna leichthin.

„Sicher", bestätigte Laura, die keine Ahnung hatte, wie es mit ihrem Leben jetzt weitergehen sollte und ob ein paar Wochen reichten, um wieder Boden unter den Füßen zu bekommen. Ihre Kehle wurde eng. „Nur für den Übergang."

„Wir dachten, es ist für dich netter, wenn du hier deine Ruhe hast. Ava zieht so lange in Hennings Arbeitszimmer." Susanna deutete auf die Pferdetapete an der Wand. „Ich hoffe, die Deko stört nicht allzu sehr."

„Nein, gar nicht", versicherte Laura hastig. „Noch mal danke, dass ich hier sein darf."

„Das ist doch auch dein Zuhause. Wir freuen uns, dich endlich wieder zu haben." Mit halb geöffnetem Mund stand Susanna vor ihr, als wolle sie noch etwas hinzufügen. Dann räusperte sie sich. „Wie kommt es eigentlich, dass du einen Tag zu früh bist?"

„Keine Ahnung. Ich dachte wirklich, dass ich dir das richtige Datum geschickt hatte. Vermutlich bin ich einfach ein bisschen durcheinander." Laura zuckte verlegen mit den Schultern. Das ging ja gut los. Gleich zu

Beginn Chaos zu verursachen, hatte sie nicht vorgehabt. „Tut mir leid.“

Susanna lächelte aufmunternd. „Macht nichts. Hauptsache, du bist da.“

Sie hob die Hand, als wollte sie Laura über den Arm streichen, ließ sie aber unvermittelt wieder sinken und wandte sich zum Gehen. „Sag Bescheid, wenn du etwas brauchst.“

3

Mit einem Geräusch, das man für den Beginn des alljährlichen Silvesterfeuerwerks hätte halten können, knallte unten die Haustür. Laura fuhr hoch und brauchte einen Moment, um sich zu orientieren. Ponytapete, Dachschräge, Rückenschmerzen von der brettharten Matratze, rekapitulierte sie und wusste wieder, dass sie mitten in ihrem persönlichen Albtraum steckte. Die drei Tage, die sie inzwischen bei ihrer Schwester war, hatten daran nicht das Geringste geändert.

Bis auf die Tatsache, dass sie noch sicherer war, so schnell wie möglich aus Schwarnberg verschwinden zu müssen. Weg aus dem Ort, der voller Erinnerungen war, weg aus ihrem ehemaligen Elternhaus. Sie musste dringend einen Weg finden, sich ihre eigene Existenz in einer größeren Stadt aufzubauen. Dann konnte sie irgendwie die Ereignisse der letzten Wochen verwinden und einen echten Neubeginn wagen. Hier zog sie viel zu viel hinab in die Vergangenheit.

Laura lauschte auf weitere Geräusche. Nach ein paar Sekunden vernahm sie, wie draußen der betagte Honda mit einem Knattern zum Leben erwachte, als wollte er dem Traktor des nächsten Bauern Konkurrenz machen. Das musste ihre Schwester sein, die Ava auf dem Weg zur Arbeit an deren Schule herauslassen würde.

Laura ließ sich in die Kissen sinken und genoss trotz der harten Matratze einen Moment der Entspannung. Doch so müde sie an den vergangenen zwei Tagen der

Jetlag gemacht hatte, nun war sie wach. Sie stand auf und vernahm das altbekannte Knarren der Bodendielen, als sie zum Badezimmer hinunterging.

Beim Blick in den Spiegel erschrak sie vor dem Anblick, der sich ihr bot. War dieses Gespenst mit den dunklen Augenringen tatsächlich die Frau, über deren Schönheit Buck Midder, seines Zeichens Countrysänger und Star von Vincents letzter Geburtstagsparty, ein eigenes Lied geschrieben hatte?

Sie spritzte sich kaltes Wasser ins Gesicht und entdeckte missmutig gleich drei Mitesser, die sich auf Kinn und rechter Wange ausgebreitet hatten. In den Tagen vor ihrer Abreise aus New York, wo sie sich in einer Spelunke in Brooklyn versteckt hatte, hatte sie ihre Gesichtsroutine sträflich vernachlässigt.

Erschöpft tapste sie hinunter, goss sich von dem lauwarmen Filterkaffee ein und starrte aus dem Küchenfenster. Plötzlich fühlte sie sich wieder wie als Kind, meinte, ihre Eltern nebenan im Wohnzimmer reden zu hören. Wenig hatte ihre Schwester bisher an ihrem ehemaligen Elternhaus verändert. Ob es daran lag, dass ihr der rustikale bäuerliche Stil gefiel, oder ob Henning und ihr schlichtweg die Mittel dazu fehlten, vermochte sie nicht zu sagen.

Ärgerlich schüttelte Laura die Gedanken ab. Anstatt über die finanzielle Situation ihrer Schwester zu sinnieren und in längst verlorenen Erinnerungen zu schwelgen, sollte sie dringend über ihre eigene Lage nachdenken. Sie fragte sich, was geschehen würde, wenn die Firma ihrer platinfarbenen Kreditkarte feststellte, dass die Rechnung des vergangenen Monats nicht beglichen werden konnte.

Wie gut, dass sie mit dieser Karte am Flughafen noch ein paar Euro hatte abheben können. Ziemlich peinlich wäre es gewesen, wenn sie sich das Taxigeld bei ihrer Ankunft von ihrer Schwester hätte leihen müssen. Ob Susanna ahnte, wie mies es um Lauras Finanzen bestellt war und dass Laura ihr Angebot nur angenommen hatte, weil sie sich kein Hotel mehr hätte leisten können, nachdem sie das Geld für den Flug zusammengekratzt hatte?

Sie ließ die Kaffeetasse achtlos auf dem Tisch stehen und stand auf. Ein leichter Schwindel ergriff sie. Vielleicht war es eine gute Idee, den müden Körper mit einer Laufrunde wieder auf Touren zu bringen.

Genau. Indem sie so etwas Gewöhnliches tat – in New York hatte sie jeden Morgen um neun eine feste Verabredung mit Dimitri, ihrem Personal Trainer, im Central Park gehabt –, würde sie wieder in die richtige Spur kommen.

Wie durch ein Wunder fand sie Laufschuhe und Sportkleidung in ihren chaotisch gepackten Koffern. Kurze Zeit später schnappte sie sich den Ersatzschlüssel, den ihre ordentliche Schwester am Schlüsselbrett hinterlassen hatte, und trat vor die Tür.

Der Himmel war bedeckt, aber man spürte deutlich, dass der Winter nun passé war. Eine leichte Brise strich ihr um die Nase. Unschlüssig stand sie an der Straße und blickte die geordnete Reihe Einfamilienhäuser entlang. Rechts oder links? Über die frisch gesäten Felder oder lieber in den Wald?

Laura dachte daran, wie friedlich es ihr früher immer vorgekommen war, wenn sie den Duft der Tannennadeln roch oder das geschäftige Summen der Insekten im Wald vernahm. Das gab den Ausschlag. Gemächlich trabte sie links die Straße herunter, den Feldweg entlang, auf dem sie als Kind Fahrradfahren gelernt hatte, und tauchte dann in das Gehölz ein.

Sie bemühte sich, die frische Luft zu genießen und dem Gesang der Vögel zu lauschen, der aus den Baumwipfeln zu ihr herunterschallte. Doch mehr und mehr wurde ihr etwas überdeutlich bewusst: Es war hier zu still. Ihr fehlten die in New York allgegenwärtigen Verkehrsgeräusche, die hastigen Geschäftsleute, die Mütter mit ihren Kinderwagen, ihr fehlten sogar die aufdringlichen Bettler und Straßenverkäufer.

Die ungewohnte Ruhe des Waldes löste ein latentes Unbehagen in ihr aus, stellte sie erstaunt fest. Sie konnte sich nicht erinnern, dass das früher so gewesen war. Als Teenager, als ihr klar geworden war, dass man sich eine schlanke Figur hart erarbeiten musste, war sie häufig hier entlanggelaufen. Und nun machte ihr ausgerechnet ihre ehemalige Stammstrecke Angst!

Plötzlich hörte sie ein Knacken hinter sich und fuhr zusammen. Augenblicklich fühlte sie sich verfolgt. Sie beschleunigte instinktiv ihre Schritte und warf verstohlen einen Blick über die Schulter. Doch es war niemand zu sehen. Ein Teil von ihr wollte dennoch sofort umdrehen.

Innerlich schalt sie sich eine Närrin. Nein, von so etwas wie Angst ließ Laura sich nicht von ihrem Sportprogramm abbringen. Morgen würde sie sich Pfefferspray besorgen, damit sie sich sicherer fühlte. Für heute musste es so gehen.

Sie nahm ihre Kopfhörer aus der Jackentasche und stellte eine schwungvolle Musik an. Zu den Beats von

Rihanna lief es sich schon besser, weil sie nicht auf irgendwelche Geräusche lauschen konnte. Sie entspannte sich und ihre Beine fanden wie von selbst in den richtigen Rhythmus.

Nun genoss sie die frische Luft und hatte fast das Gefühl zu schweben, während sie sich von ihren Füßen über den weichen Waldboden tragen ließ. Eine angenehme Gelassenheit breitete sich in ihr aus. Das wirre Karussell ihrer Gedanken beruhigte sich und wich einer Ahnung von Klarheit und ja, auch Hoffnung. Vielleicht täuschte sie sich darin, dass sie aus dem Sumpf, in den sie sich selbst begeben hatte, nicht wieder herauskommen konnte. Vielleicht würde sie doch noch einen Weg finden und irgendwann sogar einen neuen Anlauf ins Glück starten können. Vielleicht ...

„Vorsicht! He, pass auf!"

In die Musik mischte sich das Rufen einer männlichen Stimme. Verwundert drehte sie sich um. Woher kam das?

Der Blick hinter sich zeigte ihr, dass ihr diese Frage herzlich egal sein konnte, nein, musste. Wenige, vielleicht zweihundert Meter entfernt, fegte ein riesiges Tier den Waldweg entlang. War das ein Stier? Pechschwarz und wutschnaubend jedenfalls. Und mit einem Paar Hörner bestückt, die einem die Eingeweide herausreißen konnten. Dass ihr bei diesem Anblick das Blut in den Adern gefror, war ausnahmsweise mehr als eine Floskel aus einem schlechten Thriller.

Einen Moment lang starrte sie fassungslos auf das schwarze Ungetüm, unfähig, irgendeine lebensrettende Entscheidung zu fällen. Denn eines war klar – das Tier hielt direkt auf sie zu.

„Weg da!“

Dieser Befehl löste endlich ihre Erstarrung. Sie drehte sich um und rannte um ihr Leben. Schlug zweimal Haken, um nicht mehr in der Fluchtrichtung des Tieres zu sein. Doch irgendetwas musste sie an sich haben, dass es ihr unbeirrt folgte. Panisch blickte sie sich nach einem Baum um, auf den sie klettern konnte. Die in ihrer Nähe waren viel zu hoch, nirgends eine Chance auf Rettung. Sie sprintete weiter, aber das Tier kam unaufhörlich näher.

Nach allem, was geschehen war, sollte das hier ihr Ende werden? Ein absurder Gedanke stieg in ihr auf: Das Foto ihres durchlöcherten Körpers auf der Titelseite der New York Times mit der Überschrift ‚Skandal-Ex von Stier gepfählt‘.

Alle, die Vinces und ihre Geschichte kannten, würden sich zunicken und meinen: „Irgendwie geschieht ihr das recht, was für ein unwürdiges Ende.“

Sie stolperte über die dicke Wurzel eines Ahornbaumes und entdeckte linker Hand ihre Chance. Eine große Kiefer war vermutlich von den Herbststürmen entwurzelt worden und lehnte jetzt schräg in einer Eiche. Nur noch wenige Meter war das Tier von ihr entfernt. Das Stampfen der Hufe dröhnte laut in ihren Ohren. Sie mobilisierte ihre letzten Reserven, doch der Abstand zwischen ihnen wurde immer kleiner.

„Hilfe“, bat sie stumm in Richtung Himmel, obwohl sie längst aufgehört hatte, an spirituelle Dinge zu glauben. „Hilf mir, und ich werde der beste Mensch sein, den man sich vorstellen kann!“

Wenige Schritte trennten sie von dem rettenden Baum. Doch sie würde es nicht rechtzeitig schaffen. Sie meinte, schon fast den Atem des Angreifers in ihrem Nacken zu spüren. Verzweifelt kämpfte sie sich weiter und wartete die ganze Zeit auf den unausweichlichen Zusammenstoß.

Ein ohrenbetäubender Knall erschütterte das Unterholz. Laura fiel zu Boden und schaffte es gerade noch, schützend ihre Arme über den Kopf zu heben. Kleine Äste auf weichem Waldboden bohrten sich in ihr Gesicht, während sie auf das Ende wartete. Dieses war überraschend still, unspektakulär und ... Merkwürdigerweise war da kaum Schmerz, stellte sie mit einiger Erleichterung fest. Zumindest, wenn man von dem Brennen an ihrem rechten Bein absah. Doch wieso war es plötzlich so still?

Vorsichtig senkte sie die Arme und hob den Kopf, um einen Blick über die Schulter zu riskieren. Fassungslos registrierte sie, dass der kraftvolle Bullenkörper schlaff auf einem Bett aus Tannennadeln lag. Ob er tot war? Wie konnte das sein?

Da erst bemerkte sie den großgewachsenen Mann, der auf sie zulief. Er war wie eine Erscheinung, ein Wunder aus einer fremden Welt, mit der Schrotflinte im Arm, dem Jägerhut und dem Holzfällerhemd.

Auf einmal schaffte es ein Sonnenstrahl durch die dichte Wolkendecke und tauchte die Szenerie in unwirkliches Licht. Für einen Moment erschien ein Bild aus alter Zeit vor ihrem inneren Auge: Die Jungfrau in der Sage, die der edle Ritter aus den Klauen des Monsters entreißt. Dann begann der edle Ritter zu sprechen und wie eine Seifenblase verflüchtigte sich das Bild wieder.

„Alles in Ordnung mit dir?“ Seine Miene war bestürzt, seine Stirn gefurcht.

Sie öffnete den Mund, um etwas zu sagen, doch auf einmal merkte sie, wie sie vor Schreck am ganzen Körper zitterte. Unkontrolliert bewegten sich ihre Arme hin und her.

„Ich denke schon“, brachte sie krächzend hervor.

Als wäre er sich nicht sicher, ob er das glauben könnte, beugte er sich vor und reichte ihr eine große, schwielige Hand. Die Hand eines Mannes, der täglich körperlicher Arbeit nachging. Vincents Hände waren immer weich und gepflegt gewesen, nicht durch eine einzige Schwiele verunstaltet.

Kritisch inspizierten seine erstaunlich blauen Augen ihren Zustand. Auf einmal hatte sie das Gefühl, ihn von irgendwoher zu kennen, doch es wollte ihr einfach nicht einfallen, woher. Unwillkürlich wünschte sie sich, dass dieser Moment nie zu Ende ginge und sie auf ewig in diese Augen schauen könnte.

Sie ergriff die Hand und ließ sich hochhelfen. Mit weichen Knien stand sie schließlich über dem Ungetüm mit dem schwarzglänzenden Fell. Schweigend verharrten sie einen Augenblick lang nebeneinander.

„Ist er tot?“, fragte sie leise und bemerkte, dass ihr das trotz allem etwas ausmachen würde.

Irritiert sah ihr Retter sie an. Da erst entdeckte sie die Blutlache, die sich neben dem Kopf des Tieres ausbreitete, und ihr Magen verkrampfte sich. Mit plötzlich aufkeimender Angst sah sie den Mann neben sich an. Wie hatte er aus der Entfernung den Stier so zielgenau zu treffen vermocht?

Er schien ihr Unbehagen zu bemerken und ließ das Gewehr, das er noch immer in der Hand trug, auf den Rücken gleiten. „Der Bulle sollte in den Transporter zum Schlachthof verladen werden und ist in Panik geraten. Dein Glück, dass ich gleich hinterher bin und nicht auf die Polizei gewartet habe. Ich hatte so ein ungutes Gefühl …"

Mit einem schiefen Grinsen sah er sie an. Wieder dachte sie, dass er ihr irgendwie vertraut vorkam. Wie alt mochte er sein? So alt wie sie oder ein winziges bisschen älter?

Plötzlich lachte er schallend auf. „Du hast keinen blassen Schimmer, wer ich bin, oder?"

Konzentriert suchte sie in ihrem Gehirn nach einer Idee, wer er wohl sein konnte. Da endlich fiel es ihr wie Schuppen von den Augen. Natürlich. Er war der Typ mit dem Fahrrad, der ihr bei ihrer Ankunft begegnet war, und musste ein Freund von ihrem Schwager sein.

„Doch", entgegnete sie zögernd. „Wir haben uns vor vier Tagen gesehen, als du aus dem Haus meiner Schwester gekommen bist."

Damit hatte sie ihn verärgert. Er kniff die Lippen zusammen und musterte sie kühl.

Während sie darüber nachgrübelte, wieso er so seltsam reagierte, glaubte sie plötzlich, tausend Ameisen in ihren Adern zu spüren, dann sackten ihr die Knie weg.

„Bist du okay?", fragte eine überraschend weiche und besorgte Stimme, als sie die Augen wieder aufschlug. Der Jäger mit dem stahlblauen Blick beugte sich über sie und hielt ihre Beine in die Höhe. Verwirrt blickte sie ihn an, konnte nicht begreifen, was geschehen war.

Dann sah sie den blutigen Riss auf ihrem Oberschenkel und ihre Erinnerung kehrte zurück. Behutsam entzog sie ihm ihre Beine und versuchte, sich aufzusetzen. Doch als sie den Kopf hob, geriet ihre Welt ins Wanken.

„Vorsicht, nicht, dass du wieder ohnmächtig wirst." Er legte ihr den Arm um die Schultern und stützte ihren Rücken.

Erleichtert lehnte sie sich an seine Brust und wartete, dass der Schwindel nachließ. Da geschah etwas Unerwartetes. Als wären ihre Sinne plötzlich geschärft, nahm sie überdeutlich die Geräusche des Waldes wahr, roch das Moos und die zerfallenen Blätter unter sich. Vor allem aber genoss sie die Nähe des unbekannten Mannes neben sich und spürte ein merkwürdiges Widerstreben, ihre gegenwärtige Position aufzugeben. Sie hob den Blick zu ihm, sah an seinem energischen Kinn hoch in sein Gesicht und merkte überrascht, dass er sie anlächelte. Sie probierte ebenfalls ein Lächeln.

„So etwas ist mir noch nie passiert. Das muss der Schock gewesen sein."

Erschaudernd sah sie zu dem verendeten Tier hinüber, das nun nicht mehr ganz so furchteinflößend wirkte. Wie als Antwort zog er sie ein wenig enger an sich. Sie ließ den Kopf an seine Schulter sinken und blickte zu ihm hoch. Er lächelte sie an. Eine seltsame Magie umgab sie, als seine Augen sich in ihren versenkten. Auf einmal hatte sie das Gefühl, dass er sie küssen würde. Ein unbekanntes Flattern erfüllte ihren Körper und sie hob ihm sacht das Kinn entgegen.

„Hallo! Ist da jemand?", schallte plötzlich eine Stimme durch den Wald. Sie zuckte zurück. Ihr Retter sprang auf, als fühlte er sich ertappt und hielt ihr die Hand hin, damit sie aufstehen konnte. Zwei Polizisten wurden sichtbar und der Jäger löste zu ihrem Bedauern seine Hand von ihrer. Wie erstarrt blieben die Uniformierten stehen.

Laura konnte sich vorstellen, was für ein seltsames Bild sie abgeben mussten. Sie selbst mit dem verdreckten, ehemals pinkfarbenen Laufsuit. Dann das tote Tier und der Jäger.

Die Polizisten vergewisserten sich mit einem Blick auf den Bullen, dass keine Gefahr mehr von ihm ausging.

„Na, wenn das mal nicht ein denkwürdiges Klassentreffen ist", bemerkte der Größere der beiden trocken, während er von Laura zu dem Jäger schaute.

Das war nicht unbedingt die Reaktion, die sie erwartet hatte.

Der zweite Polizist musste ein Kichern unterdrücken. Mit den roten Wangen, dem blonden Bart und den Sommersprossen hatte er Ähnlichkeiten mit einem Gartenzwerg. Fehlte nur noch eine Zipfelmütze.

Plötzlich dämmerte es ihr. War das etwa Mickey? Der Kleine, der früher immer Unmengen von Süßigkeiten mit in die Schule geschleppt hatte, um sich bei den stärkeren Jungs beliebt zu machen?

„Mickey und Tommy!" Perplex starrte sie die beiden an.

Die beiden waren schon zu Schulzeiten als Duo aufgetreten, wie ungleiche Zwillinge. Der eine klein und schmächtig, der andere mit den breiten Schultern ein Riese neben ihm. Beinahe logisch, dass sie sich denselben Beruf ausgesucht hatten.

„Rattenscharf kombiniert!" Mickey kicherte. Dann wurde er wieder ernst. „Bist du verletzt?" Er deutete auf ihren Oberschenkel.

Den Riss hatte sie für einen Moment vergessen. Als sie jetzt darauf fasste, merkte sie erleichtert, dass die Wunde bereits aufgehört hatte, zu bluten.

„Nicht so schlimm, glaube ich."

Mickey nickte. „Dann muss ich wohl eure Aussagen aufnehmen." Er straffte die Schultern und nahm ein offizielles Gesicht an. „Lukas, du weißt, dass du den Bullen im Wald nicht hättest erschießen dürfen. Das kann dich deine Jagdlizenz kosten. Diese Art der Munition ist nur auf explizite Anweisung zulässig."

Laura sah, wie ihr Retter auffahren wollte, sich aber zusammenriss. Dann erst sickerte der Name in ihr Bewusstsein. Lukas? Konnte das wirklich der Lukas aus ihrer Jahrgangsstufe sein? Vor ihrem geistigen Auge entstand das Bild eines schlaksigen Jungen mit Pickeln und strähnigen Haaren. Sie konnte es kaum glauben. Was für eine Verwandlung! Lag es an dem Bart oder daran, dass er deutlich muskulöser war als früher? Nie im Leben hätte sie ihn wiedererkannt.

„Hätte ich nicht auf ihn geschossen, wäre Laura zu Hackfleisch gestampft worden, nicht wahr?" Er sah sie auffordernd an.

Sie nickte und erschauerte gleichzeitig bei dem Gedanken daran.

„Du wirst ganz schön viel Papierkram erledigen müssen, um aus dieser Angelegenheit ungeschoren herauszukommen." Mickey legte vorwurfsvoll den Kopf schief.

„Kannst du morgen zu uns aufs Revier kommen und deine Aussage machen?“, erkundigte er sich bei Laura. „Jetzt müssen wir sehen, dass der Kadaver hier wegkommt und alles gereinigt wird. Nicht, dass spielende Kinder heute Nachmittag in einer Blutlache ausrutschen und denken, hier wäre ein Mord geschehen.“

Er lachte schallend, als hätte er einen besonders guten Witz gemacht.

„Natürlich“, entgegnete sie und wandte sich an Lukas. „Danke.“

Er nickte ihr lediglich zu und schien in Gedanken schon zu sondieren, wie er den Papierkram am schnellsten erledigen konnte.

„Kommst du allein nach Hause oder brauchst du Hilfe?“ Tommys Tonfall machte klar, dass er nicht hoffte, dass sie Begleitung anforderte.

„Ihr könnt sie in dem Zustand doch nicht einfach nach Hause schicken.“ Kopfschüttelnd blickte Lukas von einem zum anderen.

„Hier gibt es noch einiges zu tun!“ Mickey deutete auf das tote Tier. „Sie scheint wieder okay. Sonst begleite sie doch selbst.“

„Und wie soll ich mich darum kümmern, dass das hier abtransportiert wird?“ Lukas deutete auf den Kadaver.

„Es ist schon gut“, machte Laura der Diskussion ein Ende. „Ich bin hart im Nehmen.“ Sie unterdrückte ein hysterisches Lachen, das ihre Kehle emporsteigen wollte.

Prüfend sah Lukas sie an, dann zuckte er die Achseln. „Wie du meinst.“

„Tschüss dann." Laura wandte sich ab, eifrig darauf bedacht, die drei nicht sehen zu lassen, wie wackelig sie sich tatsächlich noch fühlte.

„Wie lange bleibst du denn? Vielleicht können wir mal auf ein Bier in die ‚Schelle' gehen?", rief Mickey ihr hinterher.

„Okay", machte sie unschlüssig über die Schultern.

„Mickey!", hörte sie Tommy hinter sich tadeln. Die weiteren Worte verstand sie nicht mehr. Nur, dass ihm das Verhalten von Mickey unangemessen erschien. Fast musste sie darüber lachen.

Diesmal betäubte sie die Waldgeräusche nicht mit den unsäglichen Kopfhörern und sprang rechtzeitig zur Seite, als sie einen großen Vorderlader sah, der sich durch den engen Waldweg kämpfte. Vermutlich war der bereits unterwegs, um den Kadaver abzuholen.

Vielleicht lag es am Schock, aber auf einmal war es, als hätte sie einen Schwarz-Weiß-Fernseher gegen einen in Farbe getauscht. Die ganze Welt erschien ihr farbiger, freundlicher und lebendiger als je zuvor. Sie atmete tief ein und genoss das Gefühl, wie die Luft durch ihren Körper strömte. Plötzlich wollte sie schreien vor Glück, dass sie am Leben war, und ihr wurde eines klar: Auch wenn sie seit der Trennung in einer Welt lebte, die ihren Mittelpunkt verloren hatte, und die Traurigkeit ihr manchmal die Kehle zuschnürte, so war sie mit dem Leben noch nicht durch. Irgendwie würde es weitergehen.

Es war Zeit, nach vorn zu schauen und Pläne zu schmieden. Gleich würde sie sich etwas Ruhe gönnen, vielleicht ein ausgiebiges Bad nehmen, und dann ihre Optionen durchgehen.

4

An Laufen war nicht mehr zu denken. Dafür fühlten sich ihre Knie zu sehr wie Pudding an. Also brauchte sie fast eine halbe Stunde, bis sie wieder in die Straße einbog, in der ihr ehemaliges Elternhaus stand. Die Wege waren immer noch verlassen. Die ganze Gegend schien unbewohnt. Als wären alle Bewohner vor irgendetwas geflohen und nie zurückgekehrt. So still war es in den Häusern.

Doch als sie das Gartentor öffnete, stutzte sie. Vor dem Eingang kauerte eine zierliche Gestalt.

„Ava?", rief sie überrascht und ihre Nichte hob den Kopf.

War sie krank? Unter dem sommersprossigen Gesicht sah sie blass aus. Die Augenhöhlen dunkel, die Lider rot umrändert, als hätte sie geweint.

„Was machst du hier?"

„Ich habe Kopfweh." Müde lehnte das Mädchen sich an die Haustür. „Wo warst du denn?"

„Ich?" Dabei war die Frage eher, wo ihre Schwester war. „Ich war joggen." Sie merkte, wie Avas Blick auf ihre Hose fiel. „Ich bin ein bisschen gestürzt."

„Du blutest!", stellte ihre Nichte fest.

„Nur ein Kratzer."

Sie öffnete die Tür und Ava folgte ihr ins Innere. Augenblicklich fühlte sie sich überfordert. Was sollte sie mit ihr tun? Sie wusste nicht, was man mit einem kranken Kind machte, und hätte eher selbst jemanden gebraucht, der sich um sie kümmerte.

„Sollen wir Mama anrufen?“, erkundigte sie sich, als Ava nicht von ihrer Seite wich.

„Die hat Schicht. Da kann man sie nicht anrufen“, erklärte diese in einem Tonfall, als hätte Laura eine sehr dumme Frage gestellt. „Sonst habe ich immer einen Schlüssel. Aber den hast du ja jetzt. Mama hat gesagt, du bist zu Hause!“

Nun war Avas Blick vorwurfsvoll, als hätte sie sie absichtlich vor der Tür warten lassen, registrierte Laura perplex. Hätte Susanna ihr das vielleicht mitteilen können?

„Was ist denn mit deinem Papa? Kann der sich nicht um dich kümmern?“

Ava schüttelte den Kopf. „Der ist weg. Dienstreise.“

„In Ordnung“, machte Laura gedehnt und überlegte fieberhaft, was sie tun konnte, um selbst in Ruhe im Bett liegen zu können. „Was machst du denn sonst, wenn du krank bist?“

„Mama kuschelt sich mit mir aufs Sofa und liest mir was vor. Manchmal hilft Kopfkraulen.“

Ava sah Laura aus dem Augenwinkel an und checkte ganz offensichtlich ihre Optionen. „Oder ich darf auf ihrem Handy spielen.“, sagte sie mit leichtem Glitzern in den Augen.

Oh nein, auf keinen Fall konnte Laura ihr Telefon aus der Hand geben. Darauf befand sich immer noch viel zu viel Verfängliches. Aber vielleicht konnte sie Ava vor dem Fernseher parken? Leider hatte sie keine Ahnung, was ihre Schwester davon hielte. Da sie nicht gleich in den ersten Tagen alles falsch machen wollte, seufzte sie. „In Ordnung. Ich dusche schnell und dann lese ich dir etwas vor.“

Ava, die offenbar völlig vergessen hatte, dass sie ihre Tante nicht leiden konnte, nickte zufrieden und machte es sich auf dem Sofa gemütlich.

Währenddessen schälte Laura sich im Badezimmer vorsichtig aus ihrer zerfetzten Hose. Sie stöhnte auf, als sie dabei die Prellung an ihrem Oberschenkel berührte, die sich handtellergroß und dunkelblau auf ihrer Haut sichtbar machte. Immerhin war der Kratzer nur oberflächlich und die Wunde hatte sich bereits geschlossen. In diesem Moment wurde ihr klar, wie viel Glück sie gehabt hatte. Der riesige Stier hätte sie mit seinen Hörnern mühelos aufschlitzen können, wenn er sie nicht vorher zu Brei getreten hätte.

Laura las Ava eine gefühlte Ewigkeit aus einem Buch vor, in dem es um ein Einhorn und eine Meerjungfrau ging. Schließlich bekamen sie Hunger und sie stellte eine Schale mit Nudeln, Milch und Käse in die Mikrowelle, das Geheimrezept für Käse-Makkaroni, die Ava sich mit großem Appetit schmecken ließ.

Dann lasen sie weiter. Das Mädchen kuschelte sich in ihre Arme und sah inzwischen wieder deutlich rosiger aus. Irgendwann wurde ihr Kopf in Lauras Arm schwer und schwerer, bis sie schließlich leise Schlafgeräusche ausstieß.

Laura legte das Buch beiseite und wollte den Arm wegziehen, doch das Kind krallte sich im Schlaf an sie. Da ließ sie sich zurück in die Polster sinken und überließ sich ihren wandernden Gedanken.

„Wenn das nicht ein überraschender Anblick ist." Die Stimme ihrer Schwester ließ Laura hochschrecken. Hatte sie geschlafen?

Susanna stand in der Tür. Noch in ihrer Arbeitskleidung und mit jeweils zwei prall gefüllten Einkaufstüten in den Händen. Ava murmelte etwas, drehte sich zur Seite und gab endlich Lauras Arm frei.

Verlegen erhob Laura sich und streckte die steifen Glieder. Es war ihr unangenehm, von ihrer Schwester in dieser Position gesehen zu werden, auch wenn sie zumindest diesmal alles richtig gemacht hatte.

„Wie spät ist es?" Beim Aufstehen schmerzte jeder Knochen in ihrem Körper. Sie ächzte.

Susanna sah sie prüfend an. „Bald halb fünf."

Laura räusperte sich. „Als ich vom Joggen kam, saß sie hier vor der Tür."

Die Augenbrauen ihrer Schwester wanderten überrascht nach oben. „Joggen? Gestern konntest du noch nicht einmal aus dem Bett kommen."

„Heute ging es mir besser und ich wollte etwas tun, damit mein Kreislauf in Schwung kommt.", erwiderte Laura und ärgerte sich gleichzeitig über das Gefühl, sich rechtfertigen zu müssen.

Kurz wanderten ihre Gedanken zu dem Erlebnis mit dem Untier, wo das Adrenalin in Strömen durch ihren Körper geflossen war und ihn im Übermaß auf Touren gebracht hatte.

„Hätte ich dich etwa vorher um Erlaubnis fragen sollen?", erkundigte sie sich schärfer als beabsichtigt.

Susannas Miene wurde hart. „Das nicht. Aber wenn ich gewusst hätte, dass du lange Zeit weg sein würdest, hätte ich Ava einen anderen Schlüssel besorgt."

Sie stolzierte in die Küche hinüber, um die Einkäufe auszuräumen. Offenbar hielt sie das Gespräch für beendet. Aufgebracht folgte Laura ihr. Für sie war in der Angelegenheit das letzte Wort nicht gesprochen und schon als Kind hatte sie Susannas Angewohnheit, mitten in einem Streit das Zimmer zu verlassen, auf die Palme gebracht.

Laura sah, wie ihre Schwester beim Anblick des benutzten Geschirrs, das sich auf dem Tisch beziehungsweise dem Herd stapelte, stutzte. Sie schüttelte leicht den Kopf und begann, mit geübten Handgriffen das Chaos zu beseitigen.

„Du hättest mir sagen können, dass du mich als Babysitter eingeplant hast", sagte Laura in ihren Rücken.

Kopfschüttelnd drehte Susanna sich um. „Du bist unglaublich egoistisch! Das hätte ich nie gemacht. Tut mir leid, dass deine Nichte, für die du dich nie interessiert hast, heute krank war."

Laura schoss das Blut ins Gesicht. Schweigend verließ sie die Küche, ohne auf den pochenden Schmerz in ihrem Bein zu achten. Hinauf zum Dachboden, dem letzten Refugium, das sie noch hatte. Sie fühlte sich wie damals, als der Tod ihrer Mutter ihr den Boden unter den Füßen weggerissen hatte. Verlassen, panisch und traurig.

Wie eine quälende Woge strömte die Erinnerung auf sie ein.

Dreieinhalb Jahre war das Ganze mittlerweile her, doch es hatte sich unauslöschlich in ihr Gedächtnis gebrannt. Der stille Vorwurf ihrer Schwester war lauter gewesen als die Kirchenglocken, die eben noch den

Auszug des rosengeschmückten Eichensargs begleitet hatten.

Stumm hatten sie einander gegenübergesessen, auf den gepolsterten Holzstühlen, deren Bezüge ihre Mutter nach der Party zu Susannas sechzehntem Geburtstag neu beziehen musste, weil einer der Gäste die Fruchtbowle nicht vertragen hatte. Die Tränen, die eben noch in Strömen geflossen waren, schienen versiegt. Die Verzweiflung war für einen Moment dem dumpfen Gefühl der Gleichgültigkeit gewichen.

Sie tranken Pfefferminztee aus den Mickey-Maus-Bechern ihrer Kindheit, weil sie wie durch einen geheimen Kodex davon abgehalten wurden, das ‚gute‘ Geschirr ihrer Mutter zu benutzen.

Innerlich hatte Laura gespürt, dass ihre Schwester Trost bei ihr suchte. Dass der ihres Mannes nicht ausreiche. Doch damals wie heute wusste sie einfach nicht, was sie sagen sollte. Was hätte es auch sein sollen? Dass sie nach dem grausamen Tod ihres Vaters, des Vaters, der wenige Wochen zuvor noch mit Laura die Wände ihres WG-Zimmers neu gestrichen hatte, mit der plötzlichen Erkrankung ihrer Mutter vollkommen überfordert gewesen war? Dass sie sich Abend für Abend ins Bett geweint hatte und sich selbst wünschte, sie wäre häufiger hier gewesen?

Geduckt saß ihre Schwester am Tisch. Die Schultern nach vorn gebeugt, als trügen sie die Last der Welt. Vielleicht sollte Laura sie in den Arm nehmen? Gerade wollte sie sich vorsichtig erheben, da stand Susanna mit einem Ruck auf und stellte ihre Tasse geräuschvoll ab. Laura zuckte zurück, mit dem unguten Gefühl, etwas falsch gemacht zu haben. So als hätte ihre

Schwester ihr die Chance gegeben, etwas zu ihrer Verteidigung vorzubringen, und sie hatte sie nicht genutzt.

„Und, wann wirst du mit dem Referendariat beginnen? Hast du schon einen Platz bekommen?", erkundigte Susanna sich mit einem gezwungenen Lächeln.

Schuldbewusst schaute Laura auf ihre Hände und widerstand dem Impuls, so wie früher an ihren Nägeln zu kauen. Noch etwas, das sie nicht erklären konnte. Egal, was sie sagte, es würde alles bloß schlimmer machen.

„Ich brauche erst mal eine Pause und möchte ein paar Wochen reisen. Mich besinnen, mich wiederfinden", entgegnete sie leise und beobachtete beklommen, wie ihre Schwester kreidebleich im Gesicht wurde.

Laura konnte sich vorstellen, was sie dachte. Wenn sie jetzt in den Urlaub fuhr, würde sie Susanna die gesamte Nachlassverwaltung überlassen und das, nachdem diese schon mehr mit der Pflege der sterbenden Mutter zu tun gehabt hatte. Eine Woge des schlechten Gewissens stieg in ihr auf. Aber Laura hatte das Gefühl, durchzudrehen, wenn sie hierbliebe. Allein die Tatsache, dass sie in ihrem Elternhaus am Küchentisch saß, verursachte Beklemmungen bei ihr. Nur mit Mühe hatte sie die Beerdigung ausgehalten, ohne zusammenzubrechen. Sie konnte den Gedanken nicht ertragen, dass sich alles geändert hatte. Dass sie nun bis auf ihre große Schwester vollkommen allein auf der Welt war.

„Wo soll es denn hingehen?", fragte Susanna mit gefährlicher Ruhe.

„In die USA, vielleicht New York." Laura beobachtete, wie das Gesicht ihrer Schwester einen harten Ausdruck bekam.

„Das kann einfach nicht dein Ernst sein." Bitterkeit schwang in Susannas Stimme mit.

„Was kann nicht ihr Ernst sein?", erkundigte sich Henning eine Spur zu heiter, als er in die Küche trat. In seinem dunklen Anzug kam er ihr irgendwie kostümiert vor.

„Laura plant, erst mal kein Referendariat zu machen. Stattdessen will sie eine nette Reise in die USA antreten."

USA sprach sie mit leichtem Spucken aus, so als wäre das der Gipfel der Dekadenz. Natürlich. Susanna war in ihrem spießigen Dasein noch nicht weiter als bis auf einen Campingplatz in Holland gekommen. Aber vielleicht gab es Menschen, die sich vom Leben etwas Anderes wünschten? Wer war sie, über Laura zu urteilen?

Henning blickte zwischen den Schwestern hin und her. Laura sah, wie er überlegte, was er sagen konnte. Dann schlug er sich selbstredend auf die Seite seiner Frau.

„Wovon willst du das denn finanzieren?"

Plötzlich wurde Laura wütend. Die beiden hier hatten sich. Ihr Kind, ihre perfekte kleine Kernfamilie. Für sie war da kein Platz. In diesem Augenblick fühlte sie sich wie der einsamste Mensch auf dem Planeten.

„Natürlich von meinem Teil des Erbes", entgegnete sie und wusste genau, dass sie sich auf diese Weise Feinde machen würde. Sie hörte die unausgesprochenen Gedanken von Henning und Susanna so laut, als würden sie sie ihr mit einem Megafon entgegenschreien.

„Nach allem, was wir durchgemacht haben, wird Laura uns zwingen, sie direkt auszuzahlen, damit sie eine Vergnügungsreise machen kann."

Es war längst ausgemacht, dass Susanna mit ihrer Familie in das ehemalige Elternhaus zog. Sie würden ihretwegen einen Kredit aufnehmen müssen. Bestimmt hatten sie erwartet, dass Laura durch das Referendariat nicht sofort auf das Geld angewiesen sein würde und sie Zeit hätten, bis sie die Summe aufbringen mussten.

Susanna drehte sich zu ihr um. Ihr Gesicht war gerötet und in ihren Augen brannten wütende Tränen. „In dem Fall hoffe ich, dass du mit dieser Entscheidung glücklich wirst und dass du nie in die Situation kommst, unsere Hilfe zu brauchen. Dieses Haus steht dir dann nämlich nicht mehr offen."

Mit brennenden Augen lag Laura auf der brettharten Matratze und versuchte, die Erinnerung wieder abzuschütteln. Was machte sie bloß hier? Sie hätte wissen müssen, dass nichts die letzte Begegnung zwischen Susanna und ihr ungeschehen machen konnte. Wie hatte sie hoffen können, dass diese ihr mittlerweile verziehen hatte? Ihre Schwester war immer die Stärkere von ihnen gewesen. Sie hatte Schwäche noch nie ausstehen können. Ihrer Meinung nach riss man sich zusammen und gut. Seit Laura denken konnte, war Susanna mit patent in die Hüften gestemmten Händen durchs Leben gestapft.

Auch als junges Mädchen mehr niedlich als schön, hätte sie dennoch mindestens einen Verehrer an jedem Finger haben können. Sie war entspannt, frei und ohne Berührungsängste mit dem anderen Geschlecht und hatte sich vor Flirtversuchen kaum retten können. Schon mit fünfzehn hatte sie ihren ersten Freund gehabt und mit siebzehn ihren jetzigen Ehemann kennengelernt.

Laura dagegen war mehr aus der Ferne bewundert worden. Nur auf Partys, wenn viel getrunken worden war, hatte sie gelegentlich mal einen Jungen geküsst. Aber viel weiter war es nie gegangen.

Vince war ihre erste richtige Beziehung gewesen und für sie hatte es sich wie die ganz große Liebe angefühlt.

Im Nachhinein hatte Susanna natürlich recht. Laura hätte auf jeden Fall ihr Referendariat fertigmachen sollen. Dann könnte sie sich jetzt einen Job an einer Schule suchen und sich irgendwann einmal wieder hübsche Dinge, Klamotten oder Urlaube von ihrem eigenen Geld leisten.

5

Tock, tock, tock klopfte es einen Tag später an Lauras Zimmertür.

Sie hatte gerade einen frustrierenden Kassensturz vollendet und sich dann auf das Bett geschmissen, voller Ratlosigkeit, wie sie jemals wieder auf eigene Füße kommen sollte. Von dem Geld, das sie in New York aus Vincents Tresor genommen hatte, war nur wenig übrig. Bloß eine Uhr, die sie zu ihrer Überraschung zufällig in der Banktasche entdeckt hatte, besaß sie noch. Doch sie zögerte, diese zu Geld zu machen, da sie wusste, um was für ein besonderes Exemplar es sich handelte. Vince hatte ihr erzählt, dass diese Rolex Daytona früher seinem Großvater gehört hatte. Sie musste eine Gelegenheit finden, ihm sein Familienerbstück zurückzuschicken. Auch wenn der Mistkerl so etwas Nettes nicht verdient hatte.

Das Klopfen wiederholte sich, gefolgt von einem zarten: „Tante Laura? Bist du da?"

Tante, ernsthaft? Das klang, als wäre sie mindestens sechzig und nicht erst Mitte zwanzig.

Sie stellte sich tot, in der Hoffnung, dass Ava wieder verschwinden würde. Doch diese ließ sich von so etwas nicht abschrecken.

„Schläfst du?" Sie riss die Tür auf und starrte Laura mit ihren großen, blauen Augen an. Was tat Ava hier? Hatte sie nicht heute bis spät in den Nachmittag Schule?

„Jetzt bin ich wach."

Ava trottete herein. Ihre Miene war bewölkt wie kurz vor einem Gewitter.

„Alles in Ordnung?" Laura schwang die Beine aus dem Bett und legte Ava eine Hand auf den Arm.

Das Mädchen schüttelte stumm den Kopf.

„Solltest du nicht in der Schule sein?"

Ava antwortete immer noch nicht, sondern schaute demonstrativ aus dem Fenster. Dabei zog sie eine Schulter hoch.

„Ava?", fragte Laura eine Spur schärfer.

Nun blitzte ihre Nichte sie herausfordernd an.

„Ich habe gesagt, dass ich nicht in den Hort muss, weil meine Tante da ist."

Geräuschvoll atmete Laura aus und das Bild der kinderlosen Matrone, die sich als arme Verwandte aufopfernd um die Kinderschar der glücklicheren Schwester kümmerte, drängte sich für einen Moment in ihr auf. Schnell schob sie diesen Gedanken beiseite, als sie sah, dass Avas Lippen zitterten, so als würde sie im nächsten Augenblick anfangen zu weinen.

„Ava, Süße, es ist nicht so, als hätte ich den ganzen Tag nichts zu tun."

Avas Augenbrauen schossen in die Höhe und Laura wurde siedend heiß klar, dass das Mädchen sie zum zweiten Mal am Nachmittag aus dem Bett geschmissen hatte. Vielsagend glitt ihr Blick über die zerwühlten Laken und das unordentliche Zimmer, in dem sich wild zusammengewürfelte Kleiderstapel auf jeder verfügbaren Freifläche türmten. Dann blieben ihre Augen in Laura Gesicht hängen. Prüfend legte sie den Kopf schief.

„Hast du geweint?"

Verdammt, sah man das etwa noch nach zwei Stunden? Laura tastete mit den Fingern nach ihren Augenlidern und spürte, wie verquollen sie waren. Energisch schüttelte sie den Kopf.

„Nein. Das muss mein Heuschnupfen sein." Sie registrierte erleichtert, dass Ava diese Erklärung nicht infrage stellte.

„Soll ich dir einen Kaffee machen?", erkundigte sich das Mädchen höflich, als beide die steile Treppe nach unten kletterten. „Ich weiß schon, wie das geht."

„Das wäre toll." Laura verschwieg ihr, dass sie der klassischen Filterkaffee-Plörre, wie sie hier immer noch so gern getrunken wurde, nichts abgewinnen konnte. Außer vielleicht den wachmachenden Effekt.

Stirnrunzelnd betrachtete sie, wie Ava sich auf die Zehenspitzen stellte, um eine Dose randgefüllt mit ‚Beste Bohne' aus dem oberen Küchenregal zu fischen. Anschließend goss sie exakt die Menge von vier Tassen Wasser in den Tank und zählte akribisch vier Kaffeelöffel des gemahlenen Pulvers in den Filter. Dann gab sie schwungvoll, wie es schon Lauras Mutter getan hatte, einen weiteren Löffel ‚für die Kanne' hinzu.

Währenddessen klemmte ihre kleine rosa Zunge wie die eines Kätzchens zwischen den Zähnen. Immer wieder warf sie Laura einen Blick über die Schulter zu, wie um sich zu vergewissern, dass ihr Gast ihr die volle Aufmerksamkeit schenkte. Laura musste lächeln, denn sie erinnerte sich genau daran, wie sie selbst das erste Mal solche ‚Erwachsenensachen' hatte tun dürfen. Ein wenig fühlte es sich an wie früher mit ihrer besten Freundin, wenn sie alle Puppen zum Tee geladen hatten.

Endlich stand eine dampfend heiße Tasse tiefschwarzer Brühe vor Laura. Ordentlich, mit Untertasse und einem bröckeligen Keks, den Ava aus einer Dose gezogen hatte, die so aussah, als hätte sie ihrer Urgroßmutter gehört.

„Danke." Laura nippte vorsichtig daran und bemerkte zu ihrer Verwunderung, dass ihr der seltsame Kaffeeklatsch mit ihrer Nichte mehr und mehr gefiel.

Ava drehte unschlüssig ihre Kakaotasse auf der Einbuchtung der Untertasse hin und her. Das schabende Geräusch, das sie damit erzeugte, verursachte bei Laura kalte Schauer zwischen den Schulterblättern. Schließlich hielt sie es nicht mehr aus. Sie legte ihrer Nichte die Hand auf den Arm, um sie zu stoppen.

„Wolltest du nicht über irgendetwas mit mir reden?"

Ein Lächeln der Erleichterung überzog Avas Gesicht, als hätte sie nur auf diese Einladung gewartet.

„Hat dich schon mal jemand gehasst? So richtig doll?" Ava sah sie mit ernsten Augen an, die auf einmal viel zu erwachsen wirkten.

Laura hätte vor Schreck beinahe die heiße Tasse umgestoßen.

„Wie bitte?"

Hatte Ava etwa von dem Skandal gehört, den Laura in New York entfacht hatte? Sie wollte bereits eine abwehrende Antwort geben, da sah sie, wie Ava sie ängstlich, fast traurig, anstarrte. Laura erkannte ihren Irrtum. Irgendetwas drückte ihrer Nichte auf die Seele.

Plötzlich sah sie sich selbst dort sitzen. Mit ihrer Mutter in der Küche und in dem verzweifelten Versuch, ihr eine Geschichte anzuvertrauen, die sich damals auf dem fünfzehnten Geburtstag einer Freundin zugetragen hatte. Aber nein. Ava war schließlich gerade erst neun. Und dennoch.

Sie rückte mit ihrem Stuhl näher an ihre Nichte heran. Vorsichtig legte sie den Arm um sie und zog sie zu sich. Zu ihrer Überraschung ließ Ava das nicht nur geschehen, sondern drückte sich fest an sie. Als könnte ausgerechnet sie, Laura, ihr Halt geben.

„Wer hasst dich abgrundtief?" Laura spürte, wie ein Zittern durch den kleinen Körper ging.

Ein merkwürdiges Gefühl machte sich in ihrer Magengegend breit. Ein Ziehen, das sie nicht einordnen konnte. Es endete jedenfalls in dem dringenden Wunsch, diesem verlorenen Wesen, das sie so sehr an sich selbst im Grundschulalter erinnerte, beizustehen.

„Leonie. Sie ist in Finn verliebt." Damit schien für sie alles geklärt.

Für Laura aber nicht. „Und wer ist Finn?"

Ava rollte mit den Augen, als wäre Laura besonders begriffsstutzig. „Finn ist in der 4c. Der coolste Junge der ganzen Schule."

„Okay", machte Laura gedehnt, die nun verstanden hatte, dass nicht nur Leonie in ihn verliebt war.

Betrübt starrte in ihre Nichte in ihre Tasse, aus der sie erst einen winzigen Schluck genommen hatte. „Neulich haben wir mit Finns Klasse einen Ausflug gemacht. Zum neuen Klärwerk. Da hab ich mich mit Finn unterhalten. Über ein Video bei TikTok."

Erleichterung machte sich in Laura breit. Erleichterung, dass es offensichtlich nur um ein paar Meinungsverschiedenheiten unter Mädchen ging. Aufmunternd lächelte sie ihrer Nichte zu.

„Das ist doch toll. Vielleicht mag er dich auch. Daran ist nichts Falsches, oder?“

Ava ließ den Kopf hängen und sah urplötzlich so aus, als würde die Last der ganzen Welt auf ihren schmalen Schultern liegen.

„Leonie hat dann gesagt, ich sei in ihn verliebt. Überall hat sie es rumerzählt. Und jetzt tuscheln alle über mich.“

Nun wurde Laura flau im Magen.

„Und meiner besten Freundin Brilka hat sie gesagt, dass ich über ihre kleine Schwester gelacht habe. Das stimmt aber gar nicht. Ich mag ihre Schwester. Und es ist mir egal, dass sie behindert ist. Aber jetzt redet Brilka nicht mehr mit mir.“

Tränen sammelten sich in ihren Augen, als sie verriet, wie ihre vermeintliche Nebenbuhlerin ihr in den vergangenen Wochen das Leben zur Hölle gemacht hatte. Wie plötzlich immer wieder Bücher und Stifte von ihr verschwanden und sie sie in der Mülltonne wiederfand.

„Das ist so doof. Die soll damit aufhören.“

Laura zog sie fest an sich und streichelte ihr über den Rücken, während das Mädchen verzweifelt schluchzte. Fieberhaft überlegte sie, was sie Hilfreiches sagen könnte. Wieso bloß saß sie hier mit ihrer Nichte? Wäre das nicht eigentlich Susannas Aufgabe als Mutter? Eine Weile blieben sie stumm, jede in ihren eigenen Gedanken gefangen.

„Weißt du, was das Schlimmste war?“ Ava sah zu ihr hoch. „Ostern. Da hat sich Leonie in unseren Garten geschlichen, alle Eier zertreten und das Nest in der Mülltonne versteckt.“

Laura verschluckte sich an einem Kekskrümel, der sich so unglücklich in ihrer Luftröhre verkeilt hatte, dass sie eine gefühlte Ewigkeit nicht mehr aufhören konnte zu husten.

Als sie endlich wieder Luft bekam, starrte Ava sie mit großen Augen an.

„Alles in Ordnung, Tante Laura?"

Diese nickte matt und ließ sich in den Stuhl sinken. Eine Woge schlechten Gewissens überflutete sie. Hätte sie bloß zugegeben, aus Versehen in das Osternest getreten zu sein. Sollte sie Ava die Wahrheit sagen?

„Ava, ich …", begann sie und brach dann ab. War sie, Laura, nicht aus irgendeinem unerfindlichen Grund die Einzige, mit der Ava sprechen wollte? Wie würde sie sich fühlen, wenn sie erfuhr, dass Laura schuld an dem Streich war?

„Ja?", fragte Ava hoffnungsvoll.

Laura fällte eine Entscheidung.

„Ava, ich helfe dir. Wir finden einen Weg, diese gemeine Leonie in ihre Schranken zu weisen, okay? Wir müssen versuchen, sie mit ihren eigenen Waffen zu schlagen."

Ava sah sie an, als wäre sie eine göttliche Erscheinung, auf die Erde gesandt, um einem armen Aschenputtel zu helfen. Sie nickte eifrig.

„Aber zuerst musst du mir verraten, wieso du mit deinen Eltern nicht über so etwas sprichst."

Ava blickte zur Seite und überlegte augenscheinlich, wie viel sie Laura erzählen sollte.

„Die beiden streiten sich grad so oft. Auch über dich."

„Über mich?" Laura schnaubte. Sie hatte sich schon gedacht, dass das freundliche Benehmen ihres Schwagers nur Fassade war.

Verlegen schaute Ava auf ihren Teller.

„Papa wollte nicht, dass du kommst. Er hat gesagt, du bist bestimmt arm wie eine Kirchenmaus und liegst uns auf der Tasche. Stimmt das?"

Laura hustete, um ihre Empörung zu vertuschen. „So ein Quatsch!", log sie. „Und jetzt erzähl mir lieber mehr von diesem Finn."

Als sie am Abend im Bett über das Gespräch nachdachte, fielen ihr zwei Sachen auf, und sie fragte sich, ob das Thema ‚Lauras Finanzen' nicht vielleicht ein Ablenkungsmanöver von Ava gewesen war. Erstens: Wieso wollte sie wirklich, dass ihre Mutter nichts erfuhr? Zweitens: Woher wusste Ava so viel über die Diskussionen ihrer Eltern? Diese Themen würden sie doch nicht vor ihren Ohren besprochen haben.

Sie musste dringend ihrer Schwester auf den Zahn fühlen und außerdem einen Plan machen, wie sie Ava helfen konnte. Das war sie ihr schuldig. Mindestens. Aber danach würde sie sich wirklich um ihre eigenen Angelegenheiten kümmern und diesem traurigen Kaff endlich den Rücken kehren.

6

„Himmlisch, diese Ruhe", dachte Laura, als sie am nächsten Morgen ihr Müsli verspeiste.

Ihr Schwager war noch bis morgen auf Dienstreise, ihre Schwester am Arbeiten und ihre Nichte in der Schule. Wenn sie ehrlich war, war es für sie und ihre Bedürfnisse in diesem Haushalt eindeutig zu eng. Ihr fehlte ein entspannter Rückzugsort. Das vollgeräumte Dachzimmer erfüllte diesen Zweck nicht.

Eigentlich absurd. Obwohl in ihrem New Yorker Penthouse fast die gesamte Zeit Personal anwesend gewesen war, hatte sie dennoch eher das Gefühl gehabt, nur für sich zu sein als hier. Sie war erst so kurz hier und wusste bereits nicht mehr, wie lange sie die ständige Gegenwart von Menschen noch aushalten konnte.

Ein dreifaches Türklingeln riss sie aus ihren Gedanken. Der Postbote? Sie sah an sich herunter. Sie trug ein ärmelloses Hemdchen und Seidenshorts in Sonnengelb. Nicht der richtige Look, um die Tür aufzumachen. Sollte er ein andermal wiederkommen. Seelenruhig wandte sie sich wieder ihrem Kaffee zu.

Kurze Zeit später klopfte es ans Küchenfenster. Sie erschrak fast zu Tode, als ein rosiges Gesicht mit einer Polizeimütze hinter der Scheibe auftauchte und hereinstarrte.

Mickey lachte triumphierend. „Dachte ich mir doch, dass du zu Hause bist."

Laura öffnete ihm die Haustür und er strebte wie ein geladener Gast zur Küche.

„Ich nehme mir einen Kaffee, während du dich anziehst, okay?“ Dabei glitt sein Blick anerkennend ihre nackten Beine hinunter.

„Darf ich fragen, wieso ich mich anziehen soll?“

„Du musst wegen der Sache mit dem Stier eine Aussage machen“, entgegnete Mickey, als wäre es das Normalste der Welt, von der Polizei wegen einer solchen Lappalie abgeholt zu werden. „Da du es gestern offenbar nicht geschafft hast, vorbeizukommen, wollte ich dir ein wenig helfen.“

„Ist es üblich, dass ihr eure Zeugen vom Frühstückstisch abholt?“

Mickey strahlte sie schelmisch an und entblößte dabei seine vollständige obere Zahnreihe.

„Nein, das machen wir nur bei guten Freunden. Ich dachte mir, dass du vielleicht kein Auto hast, oder? Voilà, hier ist deine Mitfahrgelegenheit!“ Stolz deutete er auf sich.

Laura wusste nicht, ob sie lachen oder sauer sein sollte, und fügte sich widerstrebend. „Bin gleich wieder da.“

Als sie die Treppe hinaufstieg, sah sie aus dem Augenwinkel, wie Mickey zufrieden schmunzelte. Er hatte noch nie an mangelndem Selbstbewusstsein gelitten.

Was zog man an, wenn man eine Aussage bei der Polizei machte, fragte sie sich, als sie ihren Kleiderberg nach etwas Anziehbarem durchforstete.

Ihre Seidenblusen waren zerknüllt, als hätte sie sie bei Woolworth vom Grabbeltisch gefischt. Sie sehnte sich nach Costanza, der Haushälterin, die ihr jeden Tag vorsorglich drei verschiedene Outfits aufgebügelt und herausgehängt hatte.

Schließlich entschied sie sich für einen türkisfarbenen Hoodie und eine silbrige Jogginghose. Jetzt sah sie vermutlich wie Kim Kardashian auf dem Weg zum Yogakurs aus. Sie musste sich dringend überlegen, was sie gegen die Kleiderproblematik machen konnte. In ihren üblichen Klamotten würde sie hier begafft werden wie ein seltener Papagei.

„Da bist du ja."

Mickey sprang auf und stapfte zur Tür. Auch ohne ihre High Heels war er nur gerade eben gleich groß wie sie. Als sie aus der Haustür trat, traute sie ihren Augen nicht. Draußen stand ein alter amerikanischer Cadillac. Beinahe perfekt restauriert und in einem ebenso leuchtenden Türkisgrün, wie sie es trug.

„Da staunst du, was?" Mickey strahlte über das ganze Gesicht.

„Ist das etwa dein Dienstwagen?"

„Natürlich nicht. Aber auf dem Weg zur Arbeit kann ich schließlich fahren, was ich will. Ist er nicht wunderschön?" Liebevoll strich er über den glänzenden Lack.

Auf den zweiten Blick fiel Laura auf, dass die Metallhüllen der Scheinwerfer ein wenig angerostet waren. Auch die Stoßstange hatte schon bessere Zeiten erlebt.

„Das ist mein Hobby. In meiner Freizeit möbele ich Oldtimer auf, am liebsten die großen amerikanischen Schlitten. Mit dem Schätzchen hier bin ich fast fertig."

Laura stieg auf der Beifahrerseite ein und ließ sich in die weichen Sitze fallen. Plötzlich hatte sie ein Bild vor Augen, wie sie mit einem anderen Mann neben sich in einem solchen Auto gefahren war.

Zwanzig Cadillacs hatten auf der Hochzeit ihrer Freundin Madison auf die Brautführer gewartet. Gemeinsam waren sie in einer fröhlich hupenden Kolonne zu dem Anwesen in den Hamptons gebraust, wo die Feier stattfinden sollte. Sie konnte sich noch genau erinnern, wie sie zu Vince herübergeschaut hatte und lächeln musste. Mit kindlicher Freude hatte er auf die Hupe gedrückt und den Motor aufheulen lassen. Dabei hatte er ihr sein verwegenstes Grinsen zugeworfen, das immer dieses besondere Flattern in ihrer Magengrube ausgelöst hatte. Dies war einer der Augenblicke gewesen, die man im Nachhinein als perfekt in Erinnerung behielt. Vielleicht einer der letzten ungetrübten Momente überhaupt in ihrer Beziehung.

„Laura?"

„Entschuldige, hattest du etwas gesagt?"

„Wo warst du denn gerade in Gedanken?", tadelte Mickey kopfschüttelnd. „Ich habe dich gefragt, ob du dich noch an Frau Blum erinnerst." Er deutete auf ein kleines Häuschen, an dem sie vorbeifuhren.

„Na klar. Die hatte für jedes Kind, das sie besuchte, immer diese klebrigen Schokoladenbonbons und den schönsten Rosengarten der Stadt."

Von dem war allerdings nichts mehr zu sehen. Nur noch ein paar trostlose Stängel erinnerten an die einstige Blumenpracht. Das Haus wirkte unbewohnt und verwahrlost.

„Ist sie gestorben?", erkundigte Laura sich.

„Nein, aber mittlerweile ziemlich sonderbar. Keinen lässt sie mehr zu sich ins Haus. Schon dreimal haben mich die Nachbarn angerufen, weil sie sie tagelang nicht zu sehen bekommen hatten. Wenn ich dann da war, hat sie misstrauisch die Tür einen Spalt aufgemacht, mich gefragt, was ich von ihr will und gesagt, ich soll ‚Leine ziehen‘.“

„Hat sie denn niemanden, der sich um sie kümmert?“ Laura erinnerte sich, dass das Haus der Frau ein gern genutzter Anlaufpunkt für die Kinder der Nachbarschaft gewesen war. Sie dachte an ihr herzliches Lächeln und den Duft von frischem Apfelkuchen aus ihrer Küche.

„Ich habe mal etwas von einer Enkelin gehört, die sich aber nicht zu kümmern scheint. Eigentlich wäre Frau Blum ein Fall fürs Altersheim. Doch trotz ihrer siebenundachtzig Jahre wirkt sie bei Besuchen immer noch fit genug, um allein zu bleiben. Und man kann keinen zwingen, Hilfe anzunehmen.“

Schwungvoll bogen sie auf den Parkplatz der Polizeiwache ein.

„Dann mal rein in die gute Stube.“ Mickey öffnete ihr galant die Tür und bedeutete ihr dann, ihm zu folgen. Sie passierten die Sicherheitsschleuse und kamen an einer Art Empfangstresen vorbei.

„Ich glaube es nicht. Ist das etwa unsere Laura Wildgruber?“ Mit breitem Lächeln kam eine füllige Frau mit rot gefärbten Haaren auf sie zu.

„Vanessa. Hallo!“ Laura war erleichtert, dass ihr der Name eingefallen war. Dabei wäre es diesmal nicht ganz so unehrenhaft gewesen, Vanessa, mit der sie immerhin ein paar Jahre im Bio-LK verbracht hatte, nicht wiederzuerkennen. Die frühere Sportskanone hatte sich mindesten vervierfacht und sich eine dieser typischen Birnenfiguren zugelegt.

Beinahe hätte sie hinzugefügt: „Was machst du denn hier?" Polizistin war der letzte Berufswunsch, den sie der lautstarken Pazifistin von damals zugetraut hätte. Aber das Leben hatte manchmal die merkwürdigsten Scherze auf Lager.

„Du wunderst dich jetzt bestimmt, mich hier zu treffen." Vanessa lachte, als hätte sie Lauras Gedanken gelesen. „Mit drei kleinen Kindern ist man froh über jeden Halbtagsjob, das kann ich dir sagen. Und da mein Mann auch hier arbeitet, habe ich mich hier für den Empfangstresen beworben. So sehen wir uns wenigstens gelegentlich. Mit dem Schichtdienst ist das sonst immer eine schwierige Sache."

Laura schaffte es kaum, die vielen Informationen zu verdauen. Hatte wirklich eine Klassenkameradin von ihr schon drei Kinder?

„Ihr zwei könnt euch mal in Ruhe auf einen Kaffee treffen und auf den neuesten Stand bringen. Ich würde jetzt gern Lauras Aussage aufnehmen, damit wir den Fall mit dem Stier abschließen können." Augenrollend bugsierte Mickey Laura in sein Büro. Sie nickte Vanessa entschuldigend zu.

„Komm uns gern mal besuchen. Ich backe den weltbesten Apfelkuchen!", rief Vanessa ihr hinterher.

Als sie wieder zurück im Haus ihrer Schwester war, musste sie immer noch über die merkwürdige Begegnung mit ihren ehemaligen Mitschülern schmunzeln. Ihre Laune war so gut, dass sie es endlich wagte, ihr Smartphone anzuschalten, das die letzten Tage stumm und unbeachtet in der obersten Schublade des Nachttisches gelegen hatte.

Ein komisches Gefühl war es gewesen, es morgens nicht gleich als erstes anzustellen, um Nachrichten und Social-Media-Kanäle zu checken. Doch seit sie am Düsseldorfer Flughafen die SIM-Karte aus ihrem iPhone genommen und in der nächsten Toilette versenkt hatte, war sie für ihr altes Leben unerreichbar geworden. Besonders für die Daueranrufe irgendwelcher Presseleute, die Laura bedrängten, ihre Version der Geschichte zu erzählen.

Während sie den WLAN-Schlüssel eingab, den sie auf der Rückseite des Routers ihrer Schwester gefunden hatte, wurden ihre Hände schweißfeucht und ihr Herz raste. Ein kleiner Teil von ihr hoffte immer noch, dass Vince sie mit einer guten Erklärung um Verzeihung bitten und der ganze Albtraum sich in rosa Wolken auflösen würde. Allerdings war es wohl wahrscheinlicher, dass er sein Vermögen verschenken und seine Zukunft als buddhistischer Mönch verbringen würde.

Trotz allem interessierte sie die Frage, ob eine ihrer Freundinnen versuchte, sie zu erreichen, oder ob sie sie einfach abgeschrieben hatten und den Platz in ihrer Mädelsrunde für ihre Nachfolgerin warmhielten.

Verwundert beobachtete sie, wie mehr als dreißig Nachrichten aufpoppten. Als sie die ersten paar gelesen hatte, reichte es ihr schon wieder. Eine war, wie zu erwarten, die Anfrage eines Journalisten, ob sie zu einem Interview bereit wäre. Eine andere enthielt wüste Beschimpfungen. Sie sei eine miese Schlampe und solle sich vorsehen, wem sie im Dunkeln begegne. Den Absender kannte sie selbstredend nicht. Die nächsten waren ähnlichen Kalibers.

Gerade wollte sie das Handy weglegen, da sprang ihr ein wohlbekannter Name ins Auge. Dave, Vincents persönlicher Assistent, hatte ihr geschrieben:

Hallo Ms Wildgruber,
hier sind noch einige Dinge, die Ihnen gehören. Mr Cunningham bat mich, mich darum zu kümmern. Haben Sie eine Adresse, an die ich sie Ihnen nachsenden kann? Ansonsten werden die Sachen der Wohlfahrt gespendet.

Bilder flackerten in ihrem Kopf auf. Wie sie ihre Kleidung in große Koffer stopfte. Die Tiegel und Tuben aus dem Badezimmer in eine Tüte und dann ebenfalls in einen Trolley. Wie sie hoffte, alle persönlichen oder peinlichen Gegenstände und Zettel weggeworfen oder mitgenommen zu haben. Aber auch, wie sie mit bedauerndem Blick die wundervollen Abendroben und einen Großteil ihrer Schuhsammlung zurückließ. Sie hatte nur mitnehmen können, was sie selbst tragen konnte.

Hing sie an diesen Kleidern, die sie meist nur zu einem einzigen besonderen Anlass getragen hatte? Vielleicht. Relativ sicher aber würde sie nie wieder in ihrem Leben etwas Derartiges besitzen. Designerstücke für mehrere tausend Dollar hatten früher nicht in ihr Budget gepasst und würden es auch in Zukunft nicht tun.

Sie überlegte, was passieren konnte, wenn sie ihm die Adresse gab. Immerhin war sie weit weg in Deutschland. Deutsche Journalisten hatten sicher kein gesteigertes Interesse an ihr und sie konnte sich nicht vorstellen, dass Vince tatsächlich die lange Reise auf sich nehmen würde, bloß um sie zur Rede zu stellen. Da sie ohnehin nicht lange hierbleiben wollte, schickte sie Dave schließlich die Adresse ihrer Schwester.

7

Laura hatte das Gefühl, dass sich ihre Tage endlos zogen. Obwohl sie versuchte, sie sinnvoll zu füllen, nach Jobmöglichkeiten und Wohnungen in Berlin und Hamburg recherchierte, war der Zustand der Leere und Sinnlosigkeit, der sie umgab, fast überwältigend. In den letzten drei Jahren war ihre Rolle im Leben stets genau umrissen gewesen, ihre Aufgaben und Pflichten waren klar. Auch wenn das bloß bedeutet hatte, schön und fit zu sein, um dem Mann, den sie liebte, zu gefallen. Der Tag hatte eine natürliche Struktur mit Sport- und Beautyprogrammen und gesellschaftlichen Verpflichtungen gehabt.

Aber jetzt? Mehr oder weniger lustlos absolvierte sie ihr tägliches Yogatraining und raffte sich für eine Joggingrunde im Wohngebiet auf. Als sie gegen elf Uhr wieder zurückkam, überlegte sie, ob sie vielleicht doch von Vanessas Angebot Gebrauch machen und sie auf einen Kaffee treffen sollte. Da fiel ihr Blick auf die Post, die durch den Briefschlitz im Hausflur gelandet war und sie stutzte. War das etwa ein an sie adressierter Umschlag?

Sie drehte ihn hin und her, als könne er Sprengstoff enthalten, und wunderte sich über den Absender aus der Schweiz. Kurz erwog sie, ihn einfach ungeöffnet wegzuwerfen. Doch dann siegte ihre Neugierde. Sie zog den Brief heraus, überflog ihn und musste sich an der Küchentheke festhalten, weil ihr plötzlich schwindelig war.

Eine Schweizer Kreditbank forderte Geld von ihr. Und zwar ganze 189.544 Euro. Was zum Teufel sollte das? Zugegeben, ihre letzten Kreditkartenrechnungen waren recht hoch gewesen. Aber so eine Summe hatte sie niemals im vergangenen Monat ausgegeben. Bis dahin hatte Vince immer ihre Rechnungen bezahlt.

Außerdem, wie kam eine Bank in der Schweiz dazu, so eine Forderung an sie zu stellen? Sie war sich sicher, nie einen Vertrag mit diesem Geldinstitut abgeschlossen zu haben.

Doch zumindest diese Frage klärte sich, als sie den Brief zu Ende studierte. Die Bank kaufte offene Kredite aus den USA ein, um sie in Europa einzutreiben. Mit saftigen Zinsen verstand sich.

Vermutlich war das ein kleiner Rachegruß ihres Ex und das Ergebnis ihrer eigenen Dummheit, weil sie Dave ihre Adresse geschickt hatte. Andererseits – die Anschrift ihres ehemaligen Elternhauses hätte er mit ein wenig Recherche ohnehin herausbekommen. So hatte sie ihm lediglich ein paar Tage Arbeit gespart.

Laura versuchte, sich zu beruhigen, indem sie in der Küche auf und ab tigerte. Was sollte sie jetzt tun? War eine derartige Forderung überhaupt rechtens und wie kam diese immense Summe zustande?

Ein flaues Gefühl breitete sich in ihrer Magengegend aus. Die einzige Erklärung, die ihr einfiel, war, dass Vince entgegen seinem Versprechen ihre Kreditkartenrechnung nicht oder nur zum Teil beglichen hatte. Wenn sich das bewahrheitete, dann war sie geliefert. Wie naiv ihr Verhalten doch gewesen war. Dabei hatten ihre Eltern ihr ein Leben lang eingeschärft, auf eigenen Beinen zu stehen und niemals mehr auszugeben, als sie verdiente. Wie war sie bloß in Vincents Gegenwart von einer intelligenten Frau zu einem Modepüppchen mutiert, dass keinen Gedanken mehr an die eigenen Finanzen verschwendete? Warum hatte sie ihm eine solche Macht über sich selbst eingeräumt?

Krampfhaft versuchte sie, sich daran zu erinnern, wie sie damals die platinfarbene Videx von ihm bekommen hatte. Sicher, sie hatte für die Kreditkarte unterschreiben und ihren Ausweis vorlegen müssen. Doch dann war alles über ihn gelaufen. Schließlich spielte es bei seinem Vermögen keine Rolle. Hatte er das etwa von Anfang an geplant, um sie im Falle einer Trennung in der Hand zu haben?

Mit eiskaltem Kribbeln in ihrem Rückgrat zog eine Panikattacke auf und schnürte ihr die Luft ab. Ihr Atem ging stoßweise. Bald benebelte Schwindel ihr Denken. Sie zog und zerrte an Türen und Schubladen, wühlte und ließ achtlos alles offenstehen, bis ihr eine Packung Müllbeutel ins Auge sprang. Wie eine Verdurstende nach einer Flasche Wasser griff sie nach der knittrigen Tüte, faltete sie auf und hielt sie sich vor Mund und Nase. So ruhig sie konnte, atmete sie ein und aus und registrierte erleichtert, wie ihr Kopf wieder klarer wurde.

Da bemerkte sie, dass das Telefon klingelte. Mit zittrigen Beinen machte sie sich auf die Suche nach der Quelle des Ganzen. Statt auf seiner Station befand sich das Mobilteil auf dem Schuhschrank im Flur. Da endete das Gedudel – nur um Sekunden später erneut zu beginnen. Wer auch immer anrief, wollte nicht mit dem Anrufbeantworter sprechen. Widerwillig nahm sie ab.

„Laura, na endlich", vernahm sie die Stimme ihres Schwagers. „Die Schule hat angerufen, weil Ava krank ist und sie jemand abholen muss. Aber Susanna geht nicht ans Telefon." Er machte eine Pause und seufzte. „Könntest du vielleicht fahren? Ich kann hier grad unmöglich weg."

Sie hörte an seiner Stimme, wie ungern er ihr diese Frage stellte. „Ok", entgegnete sie nach einer kleinen Pause.

„Susannas Wagen steht vor der Tür, weil sie heute mit einer Kollegin mitgefahren ist. Der Schlüssel liegt in einer Schublade neben der Spüle." Henning klang erleichtert.

Sie nahm ihre Tasche und ging in die Küche. „So ein Schwarzer mit einem Fellpuschel dran?", erkundigte sie sich, das Telefon zwischen Ohr und Schulter geklemmt.

„Genau der. Du kannst hoffentlich noch Auto fahren?"

Das war in der Tat eine nicht unwesentliche Frage. In den vergangenen drei Jahren hatte sie nicht ein einziges Mal hinter dem Steuer gesessen.

„Na klar", log sie.

„Gut, dann bis heute Abend. Danke." Das letzte Wort kam so leise, dass Laura sich fragte, ob sie es sich nicht bloß eingebildet hatte.

Mit weichen Knien ging sie hinaus zur Einfahrt. Sie hatte sich noch nicht von ihrer Panikattacke erholt. Aber wenn Ava Hilfe brauchte, würde sie sich zusammenreißen. Das hatte sie sich schließlich geschworen.

Draußen parkte Susannas in die Jahre gekommener Honda. Vermutlich hatten die beiden ernsthafte

Geldprobleme. Laura jedenfalls konnte sich nicht vorstellen, dass jemand aus freien Stücken so eine Möhre fuhr. Vielleicht hatte das Auto ihre Gedanken erraten oder die Abneigung beruhte auf Gegenseitigkeit. Jedenfalls weigerte es sich, trotz dreier Versuche, anzuspringen. Ärgerlich stieg Laura aus und schlug mit der flachen Hand auf die Kühlerhaube.

„Spring an, du Mistvieh, oder du landest postwendend auf dem Schrottplatz!", schrie sie.

Da endlich hatte das Auto Erbarmen und ging beim nächsten Versuch folgsam an, als hätte es nie ein Problem gegeben. Es machte einen gefährlichen Hüpfer nach vorn und kam knapp vor dem Blumentopf links neben der Eingangstür zum Stehen. Laura wurde hart in die Sicherheitsgurte geschleudert. Offenbar hatte sie anstelle des Rückwärtsgangs den Vorwärtsgang eingelegt. Verdammt!

Sie kämpfte mit dem Schalthebel, der einfach nicht bei ‚Rückwärts‘ einrasten wollte, bis ihr auffiel, dass man den Hebel zusammendrücken und nach oben ziehen musste. Endlich zuckelte sie die Auffahrt herunter, bog rechts ab und fuhr genau den Schleichweg, den sie selbst früher zur Schule genommen hatte. Erst unten durch den kleinen Ort, dann die schmale Landstraße den Hügel hoch, weil man damit zwei Ampeln und den morgendlichen Berufsverkehr vermeiden konnte.

Wenig hatte sich am Stadtbild verändert und gleichzeitig sehr viel. Einige von den Häusern, die vor Jahren der ganze Stolz ihrer Besitzer gewesen waren, standen leer. Die Fensterläden winkten traurig aus ihren Angeln.

Der Bauernhof, wo sie früher Eier gekauft hatten, war verlassen. Im Wohnhaus hatte wohl ein Feuer gewütet. Die rechte Seite des Dachstuhls war kohlrabenschwarz. Ein Stück war komplett eingefallen und gab die oberen Etagen der Gewalt von Wind und Wetter preis. Der Brand musste schon eine Weile her sein. Denn die Natur hatte bereits begonnen, sich das Haus zurückzuerobern. Mehrere Stängel junger Bäume reckten hoffnungsvoll die Köpfe durch das Dach.

Bloß in dem Neubaugebiet jenseits des Baches, der Schwarnberg in zwei Hälften teilte, war alles frisch und modern. Die günstigen Preise für Immobilienkredite machten Neubauten attraktiv.

Laura war vielleicht zwei Kilometer gefahren, als es einen Knall gab. Augenblicklich geriet das Auto ins Schlingern. Zu ihrem Glück hatte sie die Birkenallee gerade hinter sich gelassen. Nun befanden sich zu beiden Seiten der Straße nichts als Rapsfelder. Der Wagen drehte sich einmal um sich selbst und kam im wildbewucherten Seitenstreifen zum Stehen.

Auf wackeligen Beinen kroch sie aus dem Honda. Schwindel erfasste sie und sie griff haltsuchend nach der Kühlerhaube. Dann wankte sie um das Auto herum, um zu sehen, was geschehen war. An der rechten Hinterachse entdeckte sie den Schlamassel. Der Reifen war geplatzt, der Großteil der Gummierung befand sich auf der Straße.

„Scheiße!", entfuhr es ihr und weil niemand in Sicht war, der sie hören konnte, wiederholte sie es einige Male. „Scheiße, scheiße, scheiße!"

Was sollte sie jetzt tun? In ihrem ganzen Leben hatte sie noch nicht einmal Wischwasser nachgefüllt und sie hatte keine Ahnung, wie man ein Rad wechselte. Gab es überhaupt einen Ersatzreifen? Wenn ja, wo? Sie durchsuchte den Kofferraum. Dann spähte sie unters Auto und versuchte, die Motorhaube zu öffnen. Nach einiger Suche fand sie unter dem Lenkrad einen vielversprechenden Hebel. Der gab zwar einen saftigen *Klack* von sich, die Motorhaube allerdings blieb standhaft und rührte sich nicht vom Fleck.

Sie zog ihr Telefon aus der Tasche, um Henning anzurufen. Nun musste eben doch er fahren und sie am besten auf dem Rückweg aus ihrer misslichen Situation befreien. Aber als sie wählen wollte, fluchte sie erneut. Sie hatte keine Karte im Handy. Sie nutzte ihr Smartphone zwar zum Musikhören oder im WLAN-Netz, aber zum Telefonieren außerhalb des Hauses taugte es nicht. Jetzt rächte es sich, dass sie sich nicht längst eine neue, deutsche SIM-Karte besorgt hatte.

Fieberhaft überlegte sie, was sie tun konnte. Sie war exakt auf halber Strecke zum nächsten Ort. So weit das Auge reichte, gab es nur Felder. Ihre arme Nichte. Laura konnte nicht einmal jemanden informieren, dass sie eine Panne hatte und sich verspätete. Ihre einzige Hoffnung war, dass sich ein Auto hierher verirrte. Jetzt rächte es sich, dass sie sich für den wenig befahrenen Schleichweg entschieden hatte.

Die Minuten vergingen. Sie überlegte schon, ob sie sich zu Fuß auf den Weg machen sollte. Da endlich vernahm sie aus der Ferne das Knattern eines Autos. Der betagte Mercedes näherte sich in gemächlichem Tempo. Laura gestikulierte wie wild.

Die ebenso betagte Fahrerin begutachtete sie interessiert. War das etwa Frau Blum? Freudig winkte Laura ihr zu. Die Frau winkte zurück und fuhr weiter. Perplex starrte Laura sie an.

„He!", rief sie. „Ich brauche Hilfe!"

Sofort beschleunigte das Auto. Laura sprintete hinterher.

Vielleicht hatte die Frau zu viele Krimis gesehen, in denen Seniorinnen Opfer von Trickbetrügern wurden. Statt zu bremsen, drückte sie das Gaspedal durch und rauschte davon.

Laura schrie frustriert auf, raufte sich die Haare und ließ sich auf den Boden fallen. Sie hasste das Landleben. So etwas hätte ihr in der Stadt niemals passieren können. Sie schlug mit der flachen Hand auf die Schotterstraße.

„Scheiße. So eine Scheiße!", rief sie in das Rapsfeld hinein.

Plötzlich hupte es hinter ihr. Sie sprang hoch und sah gerade noch, wie ein Range Rover mit quietschenden Reifen direkt vor ihr zum Stehen kam.

„Sind Sie verrückt geworden, hier einfach auf der Straße zu sitzen? Ist das so ein bescheuerter Selbstmordversuch?"

Mit wild aufgerissenen Augen stieg ein hochgewachsener Mann aus dem Wagen. Sie registrierte dunkelrote, zurückgegelte Haare und einen Dreitagebart. In seiner Wut sah er so komisch aus, dass sie unwillkürlich lachen musste. Ärgerlich zogen sich seine Augenbrauen zusammen.

„Entschuldigen Sie", gluckste sie und machte eine beschwichtigende Geste, „das ist selbstverständlich alles andere als lustig. Ich habe eine Reifenpanne und warte darauf, dass jemand vorbeikommt. Denn ob Sie es glauben, oder nicht, mein Handy funktioniert nicht.“

Er betrachtete sie stirnrunzelnd. Mit seinem Polohemd, dem Jackett und der schwarzen Hornbrille konnte er gut als Professor durchgehen.

„Das erklärt noch nicht Ihren Sitzstreik.“

„Sie wären auch in Sitzstreik getreten, wenn Sie hätten miterleben müssen, wie die Fahrerin des einzigen Autos weit und breit Sie zwar anstarrt, dann aber aufs Gas drückt und verschwindet.“

„Vermutlich jemand mit Angst vor einer Falle?“

„Vermutlich.“

Stirnrunzelnd betrachtete er den Wagen. „Sieht so aus, als hätten Sie ganz schönes Glück gehabt, dass es hier und nicht auf der Allee passiert ist. Wo ist denn der Ersatzreifen?“

„Das ist es ja.“

„Was?“

„Ich weiß noch nicht einmal, ob ich einen dabeihabe.“ Ihr Gegenüber hob die Augenbrauen.

„Ist nicht mein Fahrzeug, sondern das meiner Schwester.“

„Vielleicht hätte sie Ihnen zeigen sollen, wo er sich befindet.“

„Konnte sie nicht. Sie weiß noch nicht mal, dass ich ihr Auto fahre.“

Nun wich er abwehrend zurück. „An einem Diebstahl will ich lieber nicht beteiligt sein!“

„So ein Quatsch. Wer fährt schon freiwillig so eine Rostlaube.“ Plötzlich fiel ihr wieder ein, warum sie unterwegs war. „Wir müssen uns beeilen. Ich soll meine kranke Nichte aus der Schule abholen.“

Zielstrebig ging der Mann zum Kofferraum, hob dessen Boden an und schüttelte bedauernd den Kopf. „Kein Ersatzreifen.“

„Mist!“, schimpfte Laura. „Kann meine Schwester nicht bitteschön ihr Auto in Schuss halten? Ich drehe noch durch.“

„Wo müssen Sie denn hin? Vielleicht kann ich Sie fahren.“

Überrascht sah Laura ihn an. „Ich müsste nach Rietbach zur Grundschule“, entgegnete sie zögernd.

„Kein Problem, steigen Sie ein!“

Laura ging zur Beifahrertür. Galant hielt er sie ihr auf. In diesem Moment wurde ihr bewusst, dass sie gerade zu einem Wildfremden ins Auto stieg und sie blickte verstohlen zu ihm herüber.

„Überlegen Sie, ob Sie möglicherweise zu einem Serienkiller ins Auto steigen?“ Er lächelte verschwörerisch. Dann zog er eine Grimasse, als wäre er das Monster eines Horrorfilmes und startete den Motor.

„Ich hoffe nicht.“ Sie kicherte verlegen.

„Was hat Ihre Nichte denn, dass sie abgeholt werden muss?“

„Keine Ahnung. Ich springe bloß ein, weil ihr Vater es nicht schafft.“ Laura schoss durch den Kopf, dass sie sich bei der Schule und bei Henning melden musste, um mitzuteilen, dass sie sich verspätete. Doch sie hatte weder die Nummer der Schule noch die ihres Schwagers gespeichert.

„Darf ich vielleicht Ihr Handy ausleihen, um meine Schwester anzurufen?“

„Aber natürlich.“ Mit einem seltsamen Gesichtsausdruck, so als würde er sich freuen, dass sie ihn darum gebeten hatte, zog er sein Telefon aus der Mittelkonsole und hielt es ihr hin.

Sie wählte Susannas Nummer, die sie auswendig kannte, weil ihre Schwester seit Jahren dieselbe Nummer benutzte. Doch auch nach langem Klingeln ging niemand ran. Sie unterdrückte einen Fluch und gab ihm das Telefon dankend zurück.

„Kommen Sie aus der Gegend?", erkundigte er sich, als sie den Hügel herunterfuhren. „Ich habe Sie hier noch nie gesehen."

„Ich bin hier aufgewachsen."

„Wirklich? Merkwürdig, dass wir uns noch nie begegnet sind."

Er setzte den Blinker und bog in den Ort ein.

„Nicht unbedingt. Ich war eine Weile im Ausland."

„Verstehe." Er zog einen Mundwinkel hoch. „Und jetzt sind Sie nur zu Besuch oder dauerhaft hier?"

Ganz schön neugierig, dachte Laura. „Keine Ahnung." Sie zuckte leichthin mit den Schultern. „Und Sie?"

„Aufgewachsen bin ich zweihundert Kilometer weiter südlich. Aber dann hat mich das Leben hierher gespült."

„Das klingt nach einer interessanten Geschichte. Hier geht es lang." Sie deutete auf die schmale Straße links, an deren Ende die Schule lag.

Kurze Zeit später hastete sie die Stufen zum Eingang der Grundschule hoch. Die Frau hinter dem Tresen des Schulsekretariats telefonierte angeregt, als Laura hereinkam. Da sie nicht aufblickte, sondern weiter irgendeine Geschenkidee diskutierte, räusperte Laura sich vernehmlich.

„Entschuldigung!", rief sie schließlich so laut, dass es nicht zu überhören war.

Endlich hielt die Frau ihre Hand auf den altmodischen Hörer und blickte auf.

„Ja?" Mit hochgezogenen Augenbrauen signalisierte sie eindeutig, dass sie bei etwas Wichtigem gestört worden war.

„Mein Name ist Laura Wildgruber. Ich möchte meine Nichte Ava Härtel abholen. Ihr Vater müsste Bescheid gesagt haben."

Die Frau hob ihre Brauen noch einen Millimeter weiter und schnalzte unwillig. „Mit Ihnen haben wir nicht mehr gerechnet. Mittlerweile hat der Vater das arme Mädchen abgeholt. Sie haben sich dann doch zu viel Zeit gelassen."

Mit diesen Worten wandte sie sich wieder ihrem Telefonat zu.

Laura stand einen Augenblick mit geöffnetem Mund da, ohne zu wissen, was sie darauf antworten sollte. Dann schüttelte sie stumm den Kopf und schlurfte zurück zum Schulparkplatz, wo ihre Mitfahrgelegenheit auf sie wartete.

„Wo ist denn das Mädchen?", fragte er verwundert.

„Ich habe mir offenbar zu viel Zeit gelassen und mein Schwager hat seine Tochter selbst abgeholt." Immer noch ungläubig zuckte sie mit den Achseln.

„Müssen Sie gleich nach Hause oder haben Sie vielleicht Lust auf einen Kaffee?"

Laura zögerte einen Moment. Sie fragte sich, wie es Ava ging, nachdem sie so lange darauf hatte warten müssen, abgeholt zu werden. Zudem strahlte der Mann eine gewisse Bedürftigkeit aus, die sie an einen Studien-

kollegen erinnerte, mit dem sie ein paarmal aus Nettigkeit ausgegangen war und der sich danach hartnäckig
und ohne das Wort ‚Nein‘ zu verstehen, an ihre Ferse
geheftet hatte.

Dann aber sprang ein verführerisches Bild in Lauras
Kopf an. Karamell Macchiato mit einem Extrashot Espresso. Dafür könnte sie jetzt sterben. Außerdem
musste sie sich um Ava keine Sorgen machen. Der eigene Vater würde sich schon gut um sie kümmern.

„Kaffee wäre toll.“

Brötchen waren in der einzigen Bäckerei des Ortes
ausverkauft. Nur einige wenige, ausgewählte Kuchenteilchen lagen noch in der Auslage.

Die Verkäuferin füllte mit großzügigem Lächeln zwei
Pappbecher mit einer heißen Kaffeebrühe, die vermutlich schon den ganzen Vormittag in der Maschine vor
sich hin köchelte und wegmusste. Immerhin lud ihr
Range-Rover-Fahrer sie ein.

„Ich bin Max.“

Er streckte die Hand hin. Laura ergriff sie.

„Laura.“

Es entstand eine Gesprächspause, in der beide gedankenverloren in ihren Kaffees rührten.

„Also, was hat dich hierher verschlagen?“, erkundigte
Laura sich schließlich. „Ich war damals so froh, von
hier wegzukommen, dass ich mir gar nicht vorstellen
kann, wie jemand freiwillig in diese Gegend kommt.“

Er zögerte. „So was wie eine Familienangelegenheit.“
Für einen Moment blickten seine Augen beiseite und
Laura fragte sich verwundert, warum er sie über so etwas Banales so offenkundig anlog.

„Laura!", ertönte es plötzlich hinter ihr, bevor sie weiter nachfragen konnte. „Wie schön, dich so bald wieder zu treffen."

Vanessa strahlte sie an wie eine lange vergessene, beste Freundin. Sie hatte ein schlafendes Kleinkind in einem Buggy dabei und die Polizeiuniform gegen ein gepunktetes Kleid getauscht.

Mit einem entschuldigenden Lächeln stand Laura auf, um sie zu begrüßen. „Wer ist denn diese entzückende Maus?"

„Greta, meine Jüngste", verkündete Vanessa stolz, dann lugte sie neugierig an Laura vorbei.

„Und wer ist das Schnuckelchen da?", fragte sie verschwörerisch, aber nicht leise genug, dass Max es nicht gehört hätte.

„Ich bin Max." Er erhob sich höflich. Doch sein Lächeln erreichte seine Augen nicht und Laura hatte das Gefühl, dass er von dieser Unterbrechung nicht allzu angetan war.

„Tommy, schau mal, wer da ist!"

Der Mann, der rechts von ihr gestanden hatte, drehte sich um. Laura erkannte zu ihrem Erstaunen ihren alten Klassenkameraden wieder.

„Oh, ich wusste gar nicht, dass ihr verheiratet seid!", rutschte es ihr heraus.

„Aber das hat sich schon damals abgezeichnet, nicht wahr, Schatzi?" Vanessa streckte zärtlich die Hand nach ihrem Mann aus.

Er legte ihr den Arm um die Schultern und zog sie an sich. Dann drückte er ihr einen Kuss auf den Scheitel. Seine Frau ging ihm gerade mal bis zur Brust. „Na, Laura, hast du den Schrecken verdaut?"

„Natürlich, nicht der Rede wert", entgegnete sie hastig, denn sie hatte kein Interesse, die Geschichte jetzt vor Max auszubreiten.

Tommy bückte sich und hob einen Stoffhasen wieder auf, den seine Tochter verloren haben musste. Etwas an dieser Geste war so liebevoll, dass eine ungekannte Seite in Laura erklang. Dieses Paar drückte so viel Liebe und Zufriedenheit aus, dass sie sich unwillkürlich auch so eine Familie wünschte.

„Was denn für ein Schrecken?" Neugierig schaute Vanessa sie an.

„Na, die Sache mit dem Stier, du weißt schon", entgegnete Tommy.

„Was für ein Stier?", mischte sich Max mit in das Gespräch.

„Ich musste vor ein paar Tagen vor einem Stier flüchten", gab Laura widerwillig zu.

Er pfiff leise durch die Zähne. „Die Joggerin, die vor ein paar Tagen vor einem Stier flüchten musste, warst du?"

Verwundert sah sie ihn an. „Was weißt du denn von dieser Geschichte?"

„Erste Seite Lokalzeitung von vorgestern."

Laura runzelte die Stirn. „Woher weiß denn die Zeitung davon?"

Tommy blickte verlegen auf sein schlafendes Kind. „Die Lokalreporterin hier schreibt gern über interessante Fälle der Polizei."

Laura verstand. Hier sickerte offenbar immer mal wieder eine kuriose Begebenheit durch. In ihrem Magen breitete sich ein flaues Gefühl aus. Wenn sie eines sicher nicht wollte, dann war es, in den Fokus der Presse zu geraten.

„Was macht ihr zwei Hübschen hier eigentlich?", versuchte Vanessa, das Thema zu wechseln.

Laura sah demonstrativ auf die Uhr. „Wir haben einen Kaffee getrunken. Aber jetzt müsst ihr mich bitte entschuldigen, ich muss dringend los."

Auch Max erhob sich und nickte den beiden anderen zu. „War nett, euch kennengelernt zu haben."

Laura wollte sich zum Gehen wenden, doch Vanessa hielt sie zurück.

„Morgen hab ich meinen freien Tag. Vielleicht hast du Lust vorbeizukommen und mit mir über die guten alten Zeiten zu quatschen?"

Laura konnte sich Besseres vorstellen, als zu ihrem desaströsen Privatleben Frage und Antwort zu stehen. „Morgen geht es leider nicht. Aber gern ein andermal. Wir sehen uns jetzt sicher häufiger."

„Dann vielen Dank nochmal", wandte sie sich an Max, als sie vor der Tür standen. Sie würde zu Fuß nach Haus gehen, auch wenn das einen Spaziergang von einer knappen Stunde bedeutete. Frische Luft war schließlich gesund.

Er sah sie leicht irritiert an. „Soll ich dich nicht noch nach Hause fahren?"

Sie fühlte sich ein wenig undankbar, weil er ihr so nett und selbstlos geholfen hatte, konnte sich aber nicht dagegen wehren, ein ungutes Gefühl in seiner Gegenwart zu haben.

„Nein, danke, geht schon. Ich habe deine Freundlichkeit bereits viel zu viel ausgenutzt. Ein kleiner Spaziergang wird mir guttun."

Plötzlich sah er beinahe verloren aus, wie ein Hund, den sein Herrchen an einer Autobahnraststätte ausgesetzt hatte und diesem jetzt beim Losfahren zuschauen musste. „Ich muss auch nach Schwarnberg. Das ist gar kein Umweg für mich."

Nun wusste sie nicht mehr, wie sie sein Angebot ausschlagen sollte, ohne ihn vor den Kopf zu stoßen, und folgte ihm zu seinem Wagen, der um die Ecke geparkt war.

Erst als sie in seinem Auto saß, fiel ihr etwas auf. „Woher weißt du, dass ich nach Schwarnberg muss?"

„Das hattest du doch vorhin erwähnt", entgegnete er, wobei seine Augen für einen Moment flackerten. Hatte sie das wirklich?

Der schwarze Mazda ihres Schwagers stand vor der Einfahrt, als sie in die Straße bogen. Max hielt direkt vor der Einfahrt.

„Bitteschön!" Er lächelte sie an.

„Woher weißt du, wo ich wohne?", fragte Laura mit einer gefährlichen Ruhe in der Stimme.

„Das hattest du doch gesagt", entgegnete Max ausweichend.

„Nein, hatte ich nicht. Was ist hier los?"

Max blickte zur Seite, dann versuchte er es mit einem entwaffnenden Lächeln. „Okay, du hast mich erwischt. Ich habe dein Auto erkannt. Du bist die Schwester von Susanna, oder?"

Entgeistert sah Laura ihn an. „Du kennst meine Schwester? Wieso hast du das nicht gleich gesagt?"

Er wandte verlegen den Blick ab. „Weiß ich auch nicht. Und wenn man es nicht sofort sagt, wird es irgendwann komisch, oder?"

Laura schnaubte. „Allerdings." Dann besann sie sich wieder auf die Regeln der Höflichkeit und darauf, dass er ihr aus der Patsche geholfen hatte. „Willst du noch mit reinkommen und ‚Hallo' sagen? Susanna müsste schon zu Hause sein."

In diesem Moment verschloss sich seine Miene und er winkte ab. „Ein andermal gern. Jetzt muss ich dringend los."

Überrascht stieg sie aus dem Auto. Bis dahin hatte es nicht so gewirkt, als wäre er in Eile. „Dann vielen Dank noch!", sagte sie und er brauste davon.

Als sie die Haustür aufschloss, kam ihr Schwager ihr schon entgegen.

„Wo zum Teufel bist du gewesen?", fragte er mit zusammengezogenen Augenbrauen, die Arme vor der Brust verschränkt.

„Laura!", erklang auch noch die vorwurfsvolle Stimme ihrer Schwester hinter ihm.

In Lauras Augen bedeutete diese Art von Tonfall unzweideutig, dass beide längst davon überzeugt waren, dass sie die Zeit vertrödelt hatte. Sie spürte, wie sie innerlich auf Abwehr ging.

„Wo ich gewesen bin? Ich habe gemacht, um was du mich gebeten hast, und versucht, eure Tochter abzuholen!"

Sie schüttelte wütend den Kopf und wollte an Susanna vorbei ins Haus fegen. Die hielt sie am Arm fest.

Ruckartig drehte Laura sich zu ihr um und sah sie an. „Dir kann man aber auch nie etwas recht machen!"

„Wie kommst du auf so etwas?", fragte Susanna empört. Ihre Stimme bebte leicht.

Wutschnaubend riss Laura sich vom Arm ihrer Schwester los. „Dein Auto parkt in einem Straßengraben oben bei Helms Eiche. Vielleicht solltet ihr einen Ersatzreifen besorgen, dann wäre ich vermutlich etwas schneller gewesen."

Sie drückte Susanna den Schlüssel in die Hand, stürmte die Treppe hinauf und verschloss die Tür hinter sich. Mit klopfendem Herzen lehnte sie sich von innen daran. Sie betrachtete den Raum um sich herum mit den behelfsmäßigen Kleiderstapeln. In einem spontanen Impuls packte sie die nutzlos gewordenen Sachen und schleuderte sie durch die Gegend. Sie öffnete den Mund zu einem stummen Schrei. Erst als all ihre Besitztümer einen neuen Platz auf Schleichtiersammlungen, Lampen oder auf dem Boden gefunden hatten, verebbte ihre Wut allmählich. Sie ließ sich aufs Bett sinken.

Eines war klar. So konnte es nicht weitergehen, sonst würde sie wahnsinnig. Sie brauchte dringend ihre eigenen vier Wände. Am liebsten weit weg, an einem Ort, wo niemand sie kannte. Wo sie ihre Biografie wie auf einem unbeschriebenen Blatt neu erfinden konnte.

Leise klopfte es an die Tür.

„Laura?", fragte die Stimme ihrer Schwester. „Können wir reden, bitte?"

Laura antwortete nicht. Sie hielt beinahe die Luft an, um durch kein Geräusch ihre Anwesenheit zu verraten. Fast so wie früher, wenn sie verstecken gespielt hatten.

„Laura?", fragte Susanna erneut.

Dann drückte sie die Klinke herunter und stellte fest, dass die Tür abgeschlossen war.

„Laura!", erklang es schärfer. „Wir fahren los, das Auto holen. Ava ist in ihrem Zimmer und schläft."

Laura lauschte, wie die Schritte ihrer Schwester im Erdgeschoss verklangen. Sie sagte etwas zu Henning, dann schlug die Haustür zu und ein Auto fuhr los.

Noch einige Minuten lang saß sie wie versteinert auf der Bettkante. Ihr Kiefer schmerzte, weil sie die Zähne so fest aufeinandergepresst hatte. Egal, wie sehr sie sich anstrengte, sowohl ihre Schwester als auch ihr

Schwager hatten eine festgefahrene Meinung von ihr, die sie niemals ändern würden, das war ihr jetzt klar. Ihre Kehle schnürte sich zusammen bei dem Gedanken, noch eine Stunde länger hier in diesem Haus zu sein. Nun war der Moment gekommen, den Versuch ‚Schwarnberg' abzubrechen, auch wenn es sich wie eine erneute Flucht anfühlen würde. Bis auf Ava schien hier ohnehin niemand großen Wert darauf zu legen, sie hier zu haben.

Ava. Für sie tat es Laura leid, dass sie wieder gehen würde. Gern hätte sie ihr geholfen. Sie erinnerte sich noch gut, wie es war, wenn man Konflikte mit den anderen Kindern hatte, wenn man das Gefühl hatte, nicht so richtig dazuzugehören.

Tränen liefen über ihre Wangen, während sie ihre Sachen in die Koffer warf. Dann beschloss sie, wenigstens Ava ordentlich auf Wiedersehen zu sagen. Sie stieg hinunter in den ersten Stock, klopfte leise an die Tür und öffnete sie vorsichtig, um ihre Nichte nicht zu stören, falls sie noch schlief.

Das gibt es doch nicht, dachte Laura, als sie das Bild wahrnahm, das sich ihr bot.

Krank sah Ava wirklich nicht aus. Gemütlich lag sie in ihrem Bett, den Rücken an die Wand gelehnt und die Beine angewinkelt. In der Hand hielt sie den zweiten Band ihrer Meerjungfrauensaga, in den sie sich genüsslich vertieft hatte.

Mit schreckgeweiteten Augen starrte sie Laura an und versteckte das Buch unter der Bettdecke. Dann ging ihr auf, wie sinnlos dieser Versuch war. Verlegen senkte sie den Kopf. Lauras erster Impuls war, ihre Nichte zu fragen, was zum Teufel sie sich dabei gedacht hatte und ob sie wusste, wie viel Arbeit, Mühe und Streit sie mit diesem Verhalten erzeugt hatte.

Dann aber kam ihr wieder das Gespräch in den Sinn, dass sie vor ein paar Tagen mit ihr geführt hatte. Für Ava gab es offenbar niemanden außer ihr, dem sie sich anvertrauen konnte oder wollte. Laura schluckte ihren Ärger hinunter und ließ sich neben ihr auf dem ausgeklappten Schlafsofa nieder.

„Willst du mir nicht verraten, was los ist?"

Ava rutschte zu ihr herüber und lehnte den Kopf an ihre Schulter. Das geschah so unvermittelt, dass Laura sich kaum traute zu atmen, um sie nicht zu verschrecken.

„Ist dir auch schon mal was Schlimmes passiert, was dann noch schlimmer wurde?", fragte das Mädchen schließlich.

„Oh ja!" Laura dachte an die Ereignisse, die dazu geführt hatten, dass sie hier war. „Sogar so was Schlimmes, dass ich gar nicht mehr wusste, was ich tun sollte. Dann hat deine Mutter mir geholfen."

Ava sah auf. „Wirklich?" Sie schaute Laura zweifelnd an, als würde sie Susanna so etwas gar nicht zutrauen.

Laura nickte.

„Ist das das, wieso du jetzt hier bist?"

„Genau das."

Neugierde blitzte in den Augen des Mädchens auf. „Erzählst du mir, was passiert ist?"

„Das kann ich nicht. Sonst könnte der Ärger noch viel größer werden."

„Wieso?"

„Leider konnte deine Mutter nicht alle meine Probleme auf einmal lösen. Verrätst du mir deine?", erkundigte Laura sich versuchsweise und ahnte doch die Antwort.

„Das kann ich nicht. Sonst könnte der Ärger noch viel größer werden", kam es prompt von Ava.

Mist, dachte Laura bei sich. Wie argumentierte man bloß mit einer Neunjährigen? Sie hätte in ihrem Pädagogikkurs besser aufpassen sollen. Als beinahe fertig studierte Lehrerin wäre es zu erwarten, dass sie hier ein paar Kniffe auf Lager hätte.

„Wenn du mir die Geschichte erzählst, meinst du, ich könnte dir helfen?", versuchte sie es erneut.

„Weiß nicht. Vielleicht." Zweifelnd kaute Ava auf einer Haarsträhne herum.

„Mir kann nur ein Rechtsanwalt helfen", gab Laura zu und dachte an die Forderung der Bank, die ihr immer noch Schwindelanfälle verursachte.

„Musst du ins Gefängnis?" Mit offenem Mund starrte Ava sie an.

„Nein", beschwichtigte Laura sie, ohne dessen wirklich sicher zu sein. „Aber manchmal braucht man eben trotzdem einen Anwalt." Sie machte eine Pause und dachte nach. „Deswegen möchte ich dir meine Geschichte zumindest jetzt nicht erzählen. Doch ich kann dir vielleicht helfen."

Ava überlegte. Dann schüttelte sie entschieden den Kopf. „Ich brauche auch einen Anwalt. Sonst muss ich nämlich ins Gefängnis."

„Was? Wie kommst du denn auf so etwas?"

Verstockt schlossen sich Avas Lippen und ihre Augen glänzten verräterisch. Ungeduldig packte Laura sie an den Schultern und zwang sie dazu, ihr ins Gesicht zu blicken.

„Das ist kein Spaß, Süße. Wer hat dir das eingeredet?“

„Leonie“, flüsterte Ava.

„Die, die dich schon die ganze Zeit ärgert?“

Ava nickte.

„So, jetzt will ich aber wirklich alles wissen.“

„Ich darf nichts sagen, sonst ruft sie die Polizei.“

Laura atmete tief durch und zwang sich zur Ruhe. „Ava, egal, was du gemacht hast, Kinder dürfen gar nicht ins Gefängnis.“

„Aber Leonie hat gesagt ...“

„Leonie hat keine Ahnung! Das ist Quatsch! Bitte Ava, sag mir, was geschehen ist. Sonst muss ich Leonies Mutter anrufen.“

„Nein. Dann kann ich nie wieder in die Schule gehen.“ Zwei verzweifelte Augen sahen sie an.

„Ich kann dir nur helfen, wenn ich weiß, was los ist“, wiederholte Laura.

Wie ein Häufchen Elend sackte das Mädchen in sich zusammen.

„Leonie erpresst mich. Wenn ihr ihr kein Geld gebe, verrät sie mich.“

„Was soll sie nicht verraten? Womit erpresst sie dich?“

„Ich habe etwas geklaut“, begann sie schließlich mit kaum hörbarer Stimme. „In der Drogerie. Und Leonie erpresst mich damit. Ich habe ihr mein ganzes Geld gegeben, aber sie will immer noch mehr. Sie sagt, ich bin eine Diebin. Ich soll es meinen Eltern aus dem Portemonnaie nehmen.“

Ihr Gesicht verzog sich in purer Verzweiflung und dicke Tränen kullerten aus ihren Augen.

Unbeholfen strich Laura ihr über den Rücken und flüsterte Unnützes wie: „Schhhh. Alles wird gut!"

Endlich beruhigte Ava sich wieder. Laura reichte ihr die Taschentücher, die sie auf dem gegenüberliegenden Schreibtisch entdeckt hatte.

„Jetzt noch einmal von vorn. Du musst mir jedes Detail erzählen, hörst du. Und dann lösen wir das Problem zusammen."

Die Geschichte, die Laura zu hören bekam, stand der Manipulationskraft und der Gemeinheit von Erwachsenen in nichts nach. Neunjährige Mädchen! Laura konnte es kaum fassen.

„Ich habe Finn einen Brief geschrieben und ihn gefragt, ob er mit mir Playstation spielen möchte." Ein entschuldigendes Lächeln zeigte sich in Avas Miene. „Ich hab lange überlegt, was ich schreibe, denn ich will ja nicht, dass er glaubt, dass ich in ihn verliebt bin. Doch dann ist einfach alles schiefgegangen."

Ava senkte den Kopf und erneut sammelten sich Tränen in ihren Augen. „Ich wollte ihm den Brief vorm Sport geben, aber dann hab ich mich nicht getraut. In der Turnhalle ist mir eingefallen, dass ich den Brief nicht zurück in meinen Ranzen gepackt hab."

Laura ahnte, was kommen würde.

„Ich bin zurückgelaufen, damit ihn keiner auf meinem Tisch sieht. Aber Leonie hatte ihn schon gefunden. Sie hat voll fies gelacht und gesagt, dass sie den Brief allen in der Schule vorlesen wird. Und dass Finn niemals mit mir Playstation spielen wird, weil das peinlich ist, weil ich so verliebt in ihn bin. Aber das bin ich gar nicht!"

„Ava, mit so einer Geschichte kommst du am besten
sofort zu deiner Mutter oder deiner Lehrerin. So etwas
darf sie nicht machen!"

Das Mädchen sackte immer weiter in sich zusammen.

„Was ist dann passiert?" Laura ahnte Böses.

„Sie hat gesagt, wenn ich was für sie klaue, gibt sie mir
den Brief zurück."

Beide zuckten zusammen, als die Haustür unten aufging. Laura fühlte sich beinahe so ertappt wie zu der
Zeit, als sie das erste Mal und einzige Mal einen Jungen
mit nach Hause gebracht hatte.

Susanna und Henning führten mal wieder eine heftige Diskussion. Laut schallten ihre Stimmen nach
oben.

„Was solltest du für sie stehlen?", flüsterte Laura.

„Einen Amazon-Gutschein."

Ach, du Scheiße, dachte Laura. Das war schlimmer als
nur einen Lolli mitgehen zu lassen.

„Hat dich jemand dabei erwischt?", fragte sie.

„Nein", entgegnete Ava. „Aber der Gutschein war ka-
putt."

„Vermutlich musste der erst an der Kasse aktiviert
werden", überlegte Laura laut.

Ava zuckte mit den Schultern. „Sie hat dann gesagt,
dass das nicht zählt. Und ich sollte noch was klauen,
aber ich wollte nicht mehr."

„Und jetzt droht sie, den Brief doch den anderen zu
zeigen?", vermutete Laura.

„Noch viel schlimmer. Sie hat mich mit dem Handy
gefilmt, als ich den Gutschein in die Tasche gesteckt
hab. Und das will sie der Polizei zeigen."

Plötzlich polterte unten eine Tür und jemand stampfte die Treppe hoch. Ava und Laura tauschten einen Blick.

„Hinlegen", befahl Laura.

Ava streckte sich hastig auf dem Bett aus und schloss die Augen. Laura zog die Decke über sie. Da wurde bereits die Tür geöffnet.

Verdutzt starrte Susanna Laura an. „Was machst du denn hier?"

Widerstrebend erhob Laura sich und überließ ihrer Schwester das Feld. „Ich wollte nur sehen, wie es ihr geht, und ihr meine Hilfe anbieten, wenn sie sie braucht." Die letzten Worte sagte sie besonders eindringlich, damit ihre Nichte wusste, dass Laura versuchen würde, ihr zu helfen.

Den Ausdruck, der nun in Susannas Augen trat, konnte Laura nicht so recht deuten. „Und, wie geht es ihr?"

„Besser, nicht wahr, Ava?"

Das Mädchen öffnete scheinbar verschlafen die Augen und nickte.

„Dann gehe ich mal wieder nach oben." Laura wandte sich zur Tür.

Ihre Schwester hielt sie zurück. „Interessiert es dich nicht, ob wir das Auto gefunden haben?"

„Doch, natürlich!", beeilte Laura sich, zu sagen, und verschwieg ihr, dass sie eben die Ankunft zweier Autos vernommen hatte und dementsprechend davon ausging, dass alles so war, wie es sich gehörte.

„Was ist denn mit dem Auto?", wollte Ava wissen.

„Ich habe versucht, dich abzuholen, aber dann ist mir der Reifen geplatzt und ich konnte nicht mehr weiterfahren.“

„Ehrlich?“ Das Leuchten in den Augen ihrer Nichte entschädigte sie für den Stress, den es heute gegeben hatte.

„Ja, tut mir leid, dass ich es nicht früher geschafft habe. Als ich endlich in der Schule angekommen bin, haben sie mir gesagt, dass dein Vater dich bereits abgeholt hat.“ Laura hob entschuldigend die Schultern.

„Du musst mir ohnehin noch die ganze Geschichte erzählen“, meinte ihre Schwester. „Vielleicht setzen wir uns nach dem Abendessen mal in Ruhe zusammen.“

„Gute Idee“, bestätigte Laura und nahm innerlich Abschied von ihrem Plan, heute bereits abzureisen. Aber nach dem, was Ava ihr erzählt hatte, war sie es ihr zumindest schuldig, für ein paar Stunden ihren Ärger zu vergessen und mit Susanna über die Angelegenheit zu reden.

Mehr oder weniger lustlos stocherten sie in den Nudeln herum, die Susanna mit der gleichen Fertigsoße zubereitet hatte, wie damals schon ihre Mutter. Laura vermisste die raffinierten Gerichte, die Costanza gezaubert hatte. Wie schade, dass sie ihr nie beim Kochen zugesehen hatte, sonst hätte sie versuchen können, ein Cajun Chicken zu zaubern.

Die Konversation verlief schleppend und zu Lauras Ärger ließ Ava die Möglichkeit verstreichen, ihre Eltern auf ihr Problem aufmerksam zu machen.

Dafür erhob sie sich, kaum, dass sie den letzten Bissen in den Mund geschoben hatte. „Ich gehe ins Bett.“

„Und ich bin im Schuppen", erklärte Henning.

Der Schuppen beherbergte mittlerweile nicht mehr eine Werkstatt wie zu Zeiten ihres Vaters, war aber immer noch ein Rückzugsort für den männlichen Bewohner des Hauses. Henning hatte dort eine Computeranlage aufgebaut und widmete sich einer App, die er mit der Hoffnung entwickelte, dass sie irgendwann das nächste große Ding sein würde.

Susanna hielt ihn zurück. „Ich denke, unser Gespräch geht auch dich etwas an!"

Er verdrehte die Augen, widersprach ihr aber nicht. Stattdessen ging er zum Kühlschrank, um sich ein Bier zu holen.

„Willst du auch eins, Laura?", fragte er aus der Kühlschranktür heraus.

„Gern", antwortete sie, obwohl sie lediglich den Gedanken tröstlich fand, sich während der nun folgenden Unterhaltung an einer Flasche festhalten zu können.

Kurze Zeit später saßen sie gemeinsam auf dem Sofa. Überrascht bemerkte Laura, dass Susanna kein Bier, sondern eine Tasse Tee vor sich stehen hatte. Plötzlich fiel ihr auf, wie blass sie war. War sie etwa krank?

„Wie habt ihr denn das Auto so schnell wieder flottgemacht?", erkundigte Laura sich, um das Gespräch in Gang zu bringen.

„Der Ersatzreifen war in der Garage. Irgendwann haben wir ihn rausgeräumt, weil wir so viel zu transportieren hatten und vergessen, ihn wieder ins Auto zu packen, sorry", erklärte Henning leichthin und ohne Laura das Gefühl zu geben, dass er sich entschuldigte.

„Verstehe." Laura versuchte, sich ihren Ärger darüber nicht anmerken zu lassen.

„Du hättest ihn sowieso nicht wechseln können", sprang Susanna ihrem Mann bei. Obwohl sie damit prinzipiell recht hatte, ärgerte Laura sich über diesen Versuch, sich herauszureden.

„Möglicherweise hätte ein Ersatzreifen mir erspart, zu einem Fremden ins Auto steigen zu müssen."

Laura dachte kurz daran, dass ihr Retter für Susanna kein Fremder gewesen war. Dennoch verzichtete sie darauf, es ihr unter die Nase zu reiben. Sollte sie ruhig glauben, dass sie Laura durch ihre Nachlässigkeit einer unberechenbaren Gefahr ausgesetzt hatte.

„Wie gut, dass hier auf dem Land nicht jeder plötzlich auf deine Tugend aus ist. Das ist in New York vielleicht anders", frotzelte Henning.

„Dort sind die meisten auch eher auf das Portemonnaie aus, wenn dich das tröstet", erwiderte Laura mit zusammengekniffenen Lippen.

„Eins verstehe ich nicht", mischte Susanna sich in diesen Schlagabtausch ein. „Wieso hast du nicht jemanden angerufen oder wenigstens in der Schule Bescheid gesagt, damit sie wissen, was los ist?"

Laura lachte unfroh auf. „Wenn mein Handy funktionieren würde, hätte ich das selbstverständlich gemacht."

„Wieso funktioniert es nicht?" Susanna runzelte die Stirn. „Wir haben unzählige Male versucht, dich zu erreichen, nachdem du nicht aufgetaucht bist."

„Es geht eben nicht." Laura hoffte, dass sie nicht weiter nachfragen würden.

„Ich sehe dich aber oft mit deinem Smartphone in der Hand." Susanna kniff misstrauisch die Augen zusammen und Henning nickte bestätigend.

„Man kann es nur im WLAN-Netz benutzen, aber nicht telefonieren."

„Wozu hast du ein Handy, wenn du damit nicht telefonieren kannst?", bohrte Henning nach.

Laura seufzte. „Ich habe am Flughafen meine SIM-Karte vernichtet. Es gab zu viele Anrufe von Menschen, mit denen ich nicht sprechen wollte."

Betreten sahen Henning und Susanna sich an, fragten aber nicht nach weiteren Details.

„Am besten besorgst du dir eine neue", schlug Susanna schließlich vor. „Im Notfall ist es immer gut, ein Handy griffbereit zu haben."

„Jaaa …" Laura starrte auf ihre Bierflasche, als stünde dort die Lösung für ihre Probleme. „Ich muss gestehen, dass ich momentan nicht ganz so flüssig und mir auch nicht sicher über den Status meines Schufa-Eintrages bin."

Sie blickte in zwei fragende Gesichter und entschied, ihnen zumindest einen Teil ihrer Misere anzuvertrauen. Als sie über die hohe Forderung der Schweizer Bank berichtete, weiteten sich Susannas Augen geschockt.

„Wie konntest du so viel Geld ausgeben? Nimmst du etwa Drogen?"

Laura stieß ein gequältes Lachen aus. „Natürlich nicht. Es scheint bloß, als hätte mein Ex-Freund sein Versprechen, für meine laufenden Kosten aufzukommen, im Nachhinein zurückgenommen." Sie zuckte hilflos mit den Achseln.

„Willst du etwa sagen, dass knapp zweihunderttausend Euro bloß deine ‚laufenden Kosten' waren?" Susanna war fassungslos.

Laura bezweifelte mittlerweile, ob es eine gute Idee gewesen war, ihnen reinen Wein einzuschenken.

„Hast du dir davon ein Haus oder eine Wohnung gekauft? Das könntest du wieder veräußern.“

Laura schüttelte den Kopf. „Das war eher Verbrauchsgeld. Frisuren, Klamotten, Sport. So etwas.“

Susanne verschluckte sich an ihrem Tee. „Krass!“

„Ich bin mir gar nicht so sicher, ob das alles mit rechten Dingen zugeht. Bevor man einen solchen Betrag schuldig wird, müssten sie einem doch die Karte sperren“, überlegte Henning laut.

„Es gibt aber auch diese Karten, wo man immer nur die Zinsen bezahlen muss.“ Susanna stützte nachdenklich ihr Kinn in die Hand.

„Vielleicht versucht Vince auch einfach, mich einzuschüchtern.“

„Wieso sollte er das tun?“, fragte Susanna.

„Damit ich nicht mit der Presse rede“, vermutete Laura.

Ihre Schwester seufzte mitleidig.

„Du brauchst einen guten Anwalt“, stellte Henning schließlich fest.

„Ich fürchte, dafür reicht mein Geld nicht.“

„Du brauchst einen Job.“

„Ich brauche so einiges.“

Laura ließ sich gegen die Sofalehne sinken. Wieder entstand eine längere Gesprächspause. Die beiden wechselten einen Blick. Henning schüttelte fast unmerklich den Kopf.

„Finanziell können wir dir nicht helfen. Es stehen bei uns viele Ausgaben an. Allen voran die Straße, die neu gemacht wird.“ Susanna setzte ein entschuldigendes

Lächeln auf. „Aber du kannst auf jeden Fall bleiben, bis du wieder auf die Füße gekommen bist. Wir haben das Zimmer oben doch quasi übrig."

Hennings Miene entgleiste derart, dass es schon fast komisch war.

„Nicht wahr, Henning?" Susanna funkelte ihren Mann so lange hypnotisierend an, bis dieser widerwillig nickte.

Laura riss sich mühsam zusammen, um nicht die Reißleine zu ziehen und auf Nimmerwiedersehen zu verschwinden. Das Gefühl, nur gerade eben von ihrem Schwager geduldet zu werden, überwältigte sie fast.

Doch es war, als hätte Ava mit ihrem Hilferuf einen geheimen Zauber über sie gelegt, der verhinderte, dass Laura alle Zelte hinter sich abbrechen konnte. Als sie damals nach New York gegangen war, hatte sie gedacht, dass sie in Deutschland von niemandem mehr gebraucht wurde, dass ihre Abreise keine große Lücke reißen würde. Susanna war mit ihrer Familie im Endeffekt ohne sie besser dran.

Möglicherweise war das ein Irrtum gewesen. Heute schien die kleine Gemeinschaft nur von dünnen Fäden zusammengehalten zu werden. Es war, als hätte Susanna im Lauf der Jahre etwas Wesentliches verloren, die Kraft, sich um Mann und Tochter zu kümmern. Sie war ein Mensch, der nur noch auf Sparflamme lief.

„Das ist wahnsinnig nett von euch. Ich kann aber momentan kaum etwas beisteuern", gab sie zu bedenken.

„Macht gar nichts!", beeilte ihre Schwester sich, zu sagen. Zum ersten Mal hatte Laura das Gefühl, dass, aus welchem Grund auch immer, nicht nur Ava, sondern auch Susanna sich dringend Hilfe von Laura erhofften.

„Vielleicht könntest du mir doch ein wenig mit Ava helfen. Ich war in letzter Zeit häufig krank und es wäre gut, wenn ich länger arbeiten könnte“, schlug Susanna vor.

Laura nickte. „Apropos Ava“, kam sie auf das Thema, das ihr auf der Seele lag. „Ich glaube, sie hat Schwierigkeiten mit ein paar anderen Mädchen. Vielleicht solltest du mal mit ihrer Lehrerin sprechen.“

„Hat sie dir das erzählt?“ Susanna klang verblüfft. „Ich habe bereits ein paar Mal mit der Lehrerin telefoniert. Die meint, dass Ava lernen muss, sich mehr durchzusetzen.“

Laura überlegte, was sie noch sagen konnte, ohne Avas Geheimnis auszuplaudern. „Eventuell solltest du dann mal mit dem Schulleiter sprechen?“, schlug sie vorsichtig vor.

Susanna verschränkte die Arme vor der Brust. „Ich denke nicht, dass das etwas bringen würde. Abgesehen davon war ich in letzter Zeit so oft krank, dass ich Schwierigkeiten bekomme, wenn ich schon wieder bei der Arbeit fehle.“ Sie biss sich auf die Unterlippe.

„Ich habe das Gefühl, dass Ava ein echtes Problem hat und dringend Unterstützung braucht“, versuchte Laura es noch einmal.

„Du glaubst also, nachdem du Ava gerade mal ein paar Tage kennst, besser einschätzen zu können, was sie braucht als ich? Du glaubst, du kennst meine Tochter besser als ich? Bin ich eine schlechte Mutter in deinen Augen?“ Zwischen Susannas Augenbrauen hatte sich eine steile Falte gebildet.

„So war das gar nicht gemeint, ich ...“

„Weißt du was", unterbrach ihre Schwester sie, „da hast du dann wohl endlich eine Aufgabe gefunden, bei der du mich unterstützen kannst. Sprich du mit ihm, wenn du es so wichtig findest." Mit den letzten Worten schnappte sie sich ihren Becher und verschwand.

Irritiert sah Laura zu ihrem Schwager hinüber, der sich in sein Smartphone vertieft hatte, als ginge ihn das Ganze nichts an. „Hast du eine Ahnung, was das gerade war?", erkundigte sie sich.

Henning lächelte resigniert. „Sie macht gerade eine schwierige Zeit durch. Nimm es ihr nicht übel, wenn sie manchmal etwas unwirsch ist. Das versuche ich genauso."

„Was ist denn los?"

Er erhob sich und schüttelte bedauernd den Kopf. „Das muss sie dir schon selbst erzählen. Ich gehe nochmal rüber in den Schuppen."

„Aber was ist nun mit Ava?"

Müde blickte er sie an. „Vielleicht wäre es wirklich hilfreich, wenn du das übernimmst." Er verschwand und ließ Laura allein mit ihren Gedanken.

Sie nahm die leeren Bierflaschen und trug sie in die Küche. Als sie sie in die Kiste stellte, ging leise die Küchentür auf.

Ava sah sie mit großen Augen an. „Und?"

„Was ,und'? Hast du etwa die ganze Zeit gelauscht?"

Avas Lippen wurden zu einem trotzigen Strich.

„Du weißt schon, dass man das nicht macht?"

„Was denn?", fragte Ava mit unschuldigem Augenaufschlag.

„Tu nicht so begriffsstutzig!"

„Wirst du mit ihm sprechen?"

„Möchtest du das denn?"

Ava nickte. „Aber es muss alles wieder gut werden. Nicht schlimmer, okay?"

„Ich tue mein Bestes!" Laura seufzte. „Und du gehst jetzt schnell wieder ins Bett!" Sie strich ihr übers Haar. „Schlaf gut!"

Als ihre Nichte verschwunden war, sinnierte Laura noch eine Weile darüber nach, wie es hatte kommen können, dass sich diese Neunjährige förmlich in ihr Herz gebohrt hatte. Denn eines war ihr mittlerweile klar geworden: Sie konnte Schwarnberg erst verlassen, wenn es Ava wieder gut ging.

9

„Für Laura" stand auf dem Briefumschlag, den jemand am nächsten Tag unter ihrer Tür durchgeschoben hatte. Verwundert hob sie ihn hoch und öffnete ihn. Eine Notiz fiel hinaus:

Inklusive USA-Tarif. Vielleicht kannst du ein paar Probleme telefonisch regeln. Prepaid, erster Monat bezahlt, also einfach loslegen.

Es folgte ein Zwinkersmiley.

Laura war gerührt. Ihre Schwester musste das noch vor ihrem Weg zur Arbeit erledigt haben. Ein warmes Gefühl breitete sich in ihrem Bauch aus und plötzlich erschienen ihr ihre Probleme gleich ein paar Tonnen leichter.

Wie spät war es jetzt in New York? Fünf Uhr dreißig morgens. Perfekt, Vince hatte gerade geduscht und aß das gesunde Frühstück, das sein Ernährungsberater ihm zusammengestellt hatte. Er sollte erreichbar sein.

Sie wählte und ließ es zwölfmal klingen, doch niemand antwortete. Mehrmals probierte sie es im Verlaufe des Tages ohne Erfolg.

Hier ist Laura, ruf mich zurück, wir müssen reden, schrieb sie ihm schließlich und nahm in Kauf, dass sie auf diese Weise den Überraschungseffekt verspielte.

Zwei Tage später, als sie mit Ava ‚Mensch ärgere dich nicht' spielte, erschien plötzlich eine amerikanische Nummer auf ihrem Display.

„Tut mir leid, Ava, ich muss dringend telefonieren“, erklärte sie dem Mädchen und eilte mit klopfendem Herzen hinauf in ihr Zimmer. Bei diesem Gespräch konnte sie keine Zuhörer gebrauchen.

Auf halber Strecke nahm sie sicherheitshalber ab, weil sie nicht riskieren wollte, dass der Anrufer auflegte.

„Hallo?“, fragte sie atemlos.

„Laura“, erklang die Stimme von Dave, Vincents Assistenten. Augenblicklich ärgerte sie sich, weil ihr Ex-Freund sich nicht einmal die Zeit nahm, sie persönlich anzurufen.

„War ja klar, dass Vince dich vorschickt“, fauchte sie auf Englisch.

Dave lachte leise. Sie stellte sich vor, wie er in seiner üblichen Haltung hinter seinem Schreibtisch hockte. Der obligatorische Nadelstreifenanzug machte ihn dünner, als er ohnehin schon war, die Nickelbrille ließ ihn wie einen groß gewordenen Harry Potter aussehen. Sie hatte immer das Gefühl gehabt, dass er auf sie hinabschaute, als wäre sie nicht gut genug für Vince. Sie fragte sich, ob er das mit der neuen Freundin ebenfalls machen würde. Eventuell hielt er sich selbst für den bestmöglichen Lebenspartner seines Chefs.

„Was willst du?“

„Zunächst einmal will ich mit Vince sprechen und nicht mit dir!“, entgegnete Laura angriffslustig.

„Der hat keine Zeit. Du weißt, wie beschäftigt er ist.“

Laura versuchte, sich nicht provozieren zu lassen. „Es ist nun mal so, dass ich mit ihm eine Beziehung geführt habe und nicht mit dir. Deshalb gibt es Dinge, die ich nur mit ihm besprechen werde.“

„Sweetie, vermutlich hättest du das tun sollen, bevor du ihn zum Gespött seiner gesamten Branche gemacht hast. Er hat das Thema ‚Laura' ad acta gelegt."

Es folgte ein hämisches Lachen, das Lauras Selbstbeherrschung beinahe zunichtemachte.

„So? Und wieso bekomme ich dann diesen merkwürdigen Brief von einer Bank? Ist er heiß auf weitere Skandale? Ich kann gern über die lukrativen Interviewangebote aus der Klatschpresse nachdenken. Sag ihm, dass er mich nach all dem nicht auch noch mit so etwas belästigen soll!"

Obwohl sie versuchte, nicht zu schreien, konnte sie nicht verhindern, dass ihre Stimme eine gewisse Schärfe bekam.

„Ich weiß nicht, was du meinst. Wenn ich es richtig verstanden habe, hast du lediglich eine Rechnung über deine persönlichen Ausgaben erhalten, nicht wahr?"

Sie konnte es förmlich sehen, wie er sich in seiner Genugtuung suhlte und zwang sich, tief einzuatmen, um nicht zu zeigen, wie sehr sie das Gespräch aufwühlte. „Du weißt genau, wie es zwischen Vince und mir lief. Das muss ich dir sicher nicht extra erklären!"

„Vielleicht muss ich dir dann nicht extra erklären, dass das nur für eine loyale Freundin galt. Was willst du der Klatschpresse sagen? Willst du dich beschweren, dass er nach allem, was geschehen ist, deine Verschwendungssucht nicht mehr finanzieren will? Wen möchtest du lächerlich machen? Ihn oder dich?"

Tränen der Wut und der Demütigung stiegen in Lauras Augen. Wie gut, dass Dave sie nicht sehen konnte. Die Genugtuung gönnte sie ihm nicht. „Damit kommt ihr niemals durch!"

„Bist du dir sicher? Bis etwaige Prozesse darüber erledigt sind, wirst du feststellen, dass du weder ein Girokonto noch einen Handyvertrag erhältst, weil du nicht kreditwürdig bist. Auch eine Wohnung zu mieten, dürfte alles andere als einfach für dich werden."

Er klang derart triumphierend, dass sie sich fragte, ob nicht Vince, sondern sein Assistent für den Racheplan verantwortlich war.

„Hol ihn ans Telefon. Mit dir bin ich fertig."

„Das kannst du vergessen. Hier sind seine Bedingungen: Du machst eine Gegendarstellung in der Zeitung, dass das Video eine geschickte Fälschung war, und gibst zu, dass du aus gekränkter Eitelkeit gehandelt hast."

„Bist du wahnsinnig? Damit ich die Polizei auf dem Hals habe?"

„Wir werden alles vertraglich festhalten. Deine Gegendarstellung. Unsere Zusage, auf eine Anzeige zu verzichten, und die Übernahme der Kreditkartenrechnung."

„Das mache ich nicht. Das könnt ihr vergessen."

Sie hörte, wie er geräuschvoll ausatmete. „Vince bietet dir zusätzlich 200.000 Dollar Startkapital an, wenn du seinen Namen wieder reinwäschst."

Sie lachte auf. „Ich will sein Geld nicht. Ich will hier lediglich in Ruhe gelassen werden. Du kannst deinem Boss sagen, wenn er etwas von mir will, muss er sich persönlich bei mir melden."

Mit diesen Worten legte sie auf und sackte mit zitternden Beinen auf das Bett. Wie sollte sie bloß aus diesem Schlamassel herauskommen?

„Alles in Ordnung?“ Ava stand in der Tür und sah sie besorgt an.

Laura lächelte matt. „Das war ein Teil von den Problemen, über die ich gesprochen habe, weißt du noch?“

Das Mädchen nickte zaghaft.

„Jedes Problem lässt sich lösen, keine Sorge. Gleich Montag kümmere ich mich um deines, in Ordnung?“, fügte Laura hinzu, mit mehr Zuversicht, als sie tatsächlich besaß.

10

Um Ava auf andere Gedanken zu bringen, schlug Laura am nächsten Tag eine Wanderung mit Picknick zu einem nahegelegenen Baggersee vor. Begeistert sprang Ava auf diese Idee an und beide verbrachten einen überraschend netten und unbeschwerten Nachmittag zusammen. Sie setzten sich in die Sonne und machten sich über belegte Brötchen, gekochte Eier und Obstsalat her. Dazu öffnete Laura zwei Flaschen Apfelschorle.

Sie genoss den Anblick ihrer Nichte, die ihr mit rosigen Wangen und blitzenden Augen gegenübersaß. Die Sonne fiel durch die Baumwipfel und malte ihr ein Bild aus Licht und Schatten auf das Gesicht.

Beinahe bedauerte Laura, dass so ein Ausflug nur noch sporadisch würde stattfinden können, wenn sie endlich eine Wohnung und einen Job in Hamburg oder Berlin gefunden hatte. Aber sie wusste, dass sie ihr Glück hier auf dem Land niemals finden würde. Dafür hatte sie zu lange in einer aufregenden und pulsierenden Metropole gelebt. Ruhe und Beschaulichkeit waren nicht das, wonach sie sich in ihrem Leben sehnte.

„Wie war es denn heute in der Schule?", erkundigte sich Laura schließlich vorsichtig.

„Ganz okay." Ava widmete sich akribisch ihrem Brötchen.

„Du weißt, dass der beste Weg, nicht geärgert zu werden, der ist, sich nicht ärgern zu lassen, nicht wahr?" Laura sah das Mädchen eindringlich an.

Ava wich ihrem Blick aus. Laura erkannte, dass sie nicht überzeugt war.

„Lass ihre Gemeinheiten an dir abprallen und lass dich um Gottes willen nicht wieder zu Dummheiten überreden, okay? Wenn etwas ist, bin ich nicht weit weg."

„Ich weiß. Das ist toll." Sie ließ den Kopf sinken. „Bestimmt."

Behutsam legte Laura ihr den Arm um die Schultern und zog sie an sich. „Was auch immer ist, Ava, du kannst damit zu mir kommen. Wirklich!"

Ava nickte. „In Ordnung, mach ich."

Laura hob ihre Apfelschorle. „Lass uns darauf anstoßen."

Das Mädchen strahlte bis über beide Ohren und sie schlugen die Flaschen aneinander. Laura sah sich das schmale, sommersprossige Gesicht an und fragte sich, ob sie ihr in den paar Wochen, die sie noch hierbleiben wollte, würde helfen können.

„Kennst du eigentlich Frau Blum?", erkundigte Laura sich, als sie auf dem Rückweg an ihrem Häuschen vorbeikamen.

„Nicht wirklich. Die ist ganz schön alt und verwirrt, sagt Mama."

„Als ich die Reifenpanne hatte, hatte ich ein merkwürdiges Erlebnis mit ihr", meinte Laura nachdenklich. „Sie kam als Erste mit ihrem Auto vorbei. Ich habe gewunken, damit sie mich erkennt und anhält. Sie ist langsam an mir vorbeigefahren, doch dann hat sie auf die Tube gedrückt, als hätte sie vor mir Angst gehabt."

„Mama meint, sie leidet unter Verfolgungswahn. Und, dass es seltsam ist, dass sie immer noch alleine lebt."

Laura blickte hinüber zu dem kleinen Küchenfenster, an dem Frau Blum damals oft gestanden hatte, wenn die Kinder aus der Schule kamen, um Bonbons aus dem Fenster zu reichen. Es war schade, dass die alte Dame sich so zurückgezogen hatte, denn sie war früher eine reizende Person gewesen. Plötzlich stutzte sie. Waren die Scheiben nicht merkwürdig dunkel?

„Sieh mal, ist das etwa Rauch?" Sie drehte sich zu ihrer Nichte um. „Es riecht komisch. Irgendwie verbrannt."

Laura kniff die Augen zusammen, in der Hoffnung noch mehr erkennen zu können. Dann ging sie zum Küchenfenster hinüber. Tatsächlich, alles voller Rauch. „Ich glaube, der Herd brennt! Was, wenn sie noch im Haus ist?" Panisch sah Laura sich um.

„Was machen wir denn jetzt?" Ihre Nichte blickte sie mit weit aufgerissenen Augen an.

Laura versuchte, ihr pochendes Herz zu beruhigen, zog ihr Handy aus der Tasche und reichte es ihr. „Ruf die Feuerwehr an, schnell! Ich schaue, ob ich irgendwie ins Haus komme."

Sie klingelte Sturm, doch hinter der Eichentür mit dem vertrockneten Erntekranz rührte sich nichts. Dann rüttelte sie am Griff. Alles war fest verschlossen. Verdammt, was sollte sie nur tun? Mittlerweile roch es immer stärker nach Rauch. Was, wenn die alte Frau da drinnen um ihr Leben kämpfte?

Laura hastete um das Haus herum, aber auch die Keller- und die Terrassentür waren verriegelt. Mit zusammengekniffenen Augen spähte sie in die Fenster, konnte jedoch nichts erkennen. Sie überlegte, ob sie die Scheibe einschlagen sollte, da fiel ihr ein, dass Frau

Blum früher den Kellerschlüssel unter einem Blumentopf versteckt hatte.

Mit zittrigen Fingern tastete sie unter die Töpfe und
fand ihn tatsächlich unter dem dritten.

„Hast du die Feuerwehr erreicht?", rief sie zu ihrer
Nichte hinüber.

„Ja. Die haben gesagt, sie sind gleich da."

„Ich versuche, durch den Keller hineinzugehen. Du
wartest an der Straße!"

„Ich will aber mit!", protestierte Ava, aber Laura
schüttelte entschieden den Kopf. Sie würde sicher nicht
das Leben ihrer Nichte in Gefahr bringen. Das könnte
sie sich selbst niemals verzeihen.

„Geh jetzt sofort zur Straße!"

Endlich setzte Ava sich in Bewegung. Laura holte tief
Luft, wappnete sich für das, was sie da drinnen erwartete, und schloss die Kellertür auf. Gespenstische Stille
umgab sie.

„Frau Blum? Sind Sie da?" Keine Antwort. Sie spähte
die Kellertreppe hinauf. Es war stockfinster. Mit fahrigen Fingern tastete sie herum, fand den Lichtschalter
und schrie auf. Beinahe wäre sie mit dem Gesicht in das
Netz einer fetten Spinne geraten. Gerade noch wich sie
aus. Ihr Herz schlug ihr bis zum Hals, als sie die Treppe
hinaufstieg.

Erleichtert bemerkte sie, dass die Tür nach oben nicht
abgeschlossen war. Trotzdem zögerte sie. Sie stellte
sich vor, wie eine mittlerweile paranoide Frau Blum
mit einer Bratpfanne oder einem Schlachtermesser vor
der Kellertür stand und auf den vermeintlichen Einbre-
cher wartete.

„Frau Blum?", versuchte sie es erneut. „Frau Blum, erschrecken Sie nicht. Hier ist Laura Wildgruber. Ich möchte nur schauen, ob es Ihnen gut geht!"

Wieder kam keine Antwort. Laura öffnete die Tür. Ein abgestandener Geruch gemischt mit etwas Verbranntem stieg ihr in die Nase. Kohl? Wachsam schlich sie den Flur entlang, der zur Küche führte.

„Frau Blum? Ich bin es, Laura!", wiederholte sie laut.

Immerhin kannte sie sich gut aus, denn als Kind war sie häufig genug hier gewesen. Seit dieser Zeit hatte sich an der Gestaltung des Flurs nichts geändert. Immer noch Holzvertäfelung an den Wänden, darüber diverse Fotografien vermutlich längst verstorbener Menschen und eine Menge eingerahmter Zeitungsartikel. Ein kleines Mädchen, das stolz bei einer Preisverleihung posierte, fiel ihr ins Auge. Schon früher hatte sie sich oft gefragt, um wen es sich dabei handelte.

Mit banger Ahnung öffnete Laura die Küchentür und zuckte zurück. Dicker schwarzer Rauch quoll ihr entgegen. Er brannte in den Augen und in ihrem Hals. Sie musste husten und zog sich ein Stück ihres Ärmels vor die Nase. Ihre tränenden Augen suchten den Raum ab. Sie erstarrte. Der Herd brannte lichterloh. Doch sonst war nichts zu sehen.

Instinktiv schloss Laura die Tür und überlegte, wo Frau Blum sein konnte. Da schlugen erste Flammen unter dem Spalt hindurch. Sie erschrak und wollte herausrennen. Aber was, wenn die alte Frau noch irgendwo im Haus war?

Hastig öffnete sie die angrenzenden Türen. Badezimmer, Schlafzimmer, Abstellraum. Nichts. Hinter der letzten Tür fand sie sie. Leblos in ihrem Fernsehsessel sitzend. Ihr Kopf komisch nach hinten gebogen. Mit größter Überwindung ging Laura auf sie zu, legte ihr zwei Finger an den Hals und spürte das Pochen der Halsschlagader. Erleichterung durchflutete sie. Sie schüttelte die alte Dame an den Schultern.

„Frau Blum, aufwachen, aufwachen! Bitte wachen Sie auf!“

Als Laura schon nicht mehr damit rechnete, öffnete diese endlich die Augen. Verwirrt sah sie Laura an. Dann klärte sich ihr Blick.

„Was machst du denn hier?“, erkundigte sie sich mit ganz vernünftiger Stimme.

„Wir müssen hier raus, dringend!“

Widerstandslos ließ sich die alte Dame aus dem Haus führen. „Wo gehen wir denn hin?“, fragte sie mit großen Augen, so als wäre alles normal, als stünde nicht nebenan die Küche in Flammen.

„Erst mal nach draußen.“ Laura öffnete die Haustür und vernahm die Sirenen von Feuerwehr und Rettungswagen. Drei Männer in voller Ausrüstung rannten ihr entgegen.

„Ist noch jemand im Haus?“

Laura schüttelte den Kopf und übergab Frau Blum zwei Sanitätern, die sie behutsam in einen Krankenwagen bugsierten. Dann trat sie zu ihrer Nichte, die blass, aber gefasst, zugesehen hatte, wie die Sanitäter mit Blaulicht losfuhren.

„Alles in Ordnung mit dir?“

Ava nickte.

Laura nahm sie fest in den Arm. „Das hast du toll gemacht. Möglicherweise haben wir ihr das Leben gerettet.“

„Meinst du?" Mit großen Augen schaute das Mädchen zu ihr hoch.

„Ich glaube schon."

„Laura Wildgruber, wenn in Schwarnberg etwas los ist, bist du stets im Zentrum des Geschehens!", vernahm sie plötzlich Mickeys Stimme hinter sich.

Sie drehte sich um und sah in sein wie so üblich grinsendes Gesicht. Neben ihm stand natürlich sein Partner.

„Mickey und Tommy! So lange gewöhne ich mich wieder an euren Anblick!"

Mickey zwinkerte ihr zu, dann machte er eine offizielle Miene und zog einen Notizblock heraus. „Kannst du mir kurz sagen, was passiert ist?"

„Wir sind am Haus vorbeigekommen und es sah aus, als wenn in der Küche alles voller Rauch war. Ich habe geklingelt, aber niemand hat geöffnet. Also bin ich über die Kellertreppe rein und habe Frau Blum ohnmächtig vorgefunden."

Mickey hob die Augenbrauen. „Du bist einfach so in ein brennendes Haus hineingegangen?"

„Es hat ja nicht richtig gebrannt." Laura unterschlug die Tatsache, dass ihr das Feuer durch die Küchentür entgegengeschlagen war.

„Das war ganz schön leichtsinnig!", mischte sich ein Feuerwehrmann in voller Montur ein, der zu ihrem Gespräch dazu trat. „Man sollte immer auf die Profis warten. Sonst müssen wir gleich doppelt so viele Menschen retten."

Laura wandte ihr Gesicht zu ihm und der funkelnde Blick aus seinen blauen Augen traf sie wie ein Schlag. Lag es an der Erinnerung an den Stier oder an seiner

Gegenwart? Jedenfalls trat eine gewisse Schwäche in ihre Beine. Hier war er wieder, ihr Jäger aus dem Wald. Diesmal in der Montur eines Feuerwehrmanns.

„Lukas?", fragte sie erstaunt. Das zerbrach den magischen Augenblick.

„Du hast es aber auch wirklich drauf, dich unnötig in Gefahr zu begeben!" Missbilligend verzogen sich seine Lippen.

Laura hatte das Gefühl, sich verteidigen zu müssen. „Hätte ich Frau Blum etwa ihrem Schicksal überlassen sollen?"

Erbost runzelte er die Stirn. „Schon mal was von Rauchvergiftung gehört? Man spaziert nicht einfach so in ein brennendes Haus hinein. Damit bringt man sich und andere in Gefahr."

„Ich bin da nicht einfach so hereinspaziert. Und wenn ein Mensch Hilfe braucht, dann helfe ich, ob es dir passt oder nicht!"

Mickey trat zwischen sie. „Nicht streiten, Kinder, ist ja alles nochmal gut gegangen."

Lukas schnaubte. „Du weißt genauso wie ich, dass Laura sich völlig verantwortungslos verhalten hat. Außerdem war Ava dabei!"

Laura blitzte ihn an. „Die habe ich selbstverständlich nicht mit hineingenommen!"

„Wer redet hier von mir?", erkundigte Ava sich, die gerade noch von einem anderen Feuerwehrmann abgelenkt worden war.

„Bist du okay?" In Avas Gegenwart wurde Lukas' Stimme erstaunlich weich und einfühlsam.

Das Mädchen lächelte ihn an. „Na klar, war echt aufregend!"

Einen Augenblick lang wünschte Laura sich, dass Lukas sie selbst so anschauen würde, und stellte sich vor, wie es wäre, diese fein geschwungenen Lippen zu küssen. Hastig schüttelte sie den Gedanken wieder ab. Offenbar spielten ihre Hormone verrückt.

„Mensch, Laura, wir sollten uns wirklich alle mal gemeinsam in der ‚Schelle‘ zusammensetzen! Ich könnte eine ganze Menge Leute zusammentrommeln. Was meinst du?“, fragte Mickey mit begeisterten Augen.

„Tolle Idee“, erwiderte Laura in dem sicheren Wissen, dass sie bei so etwas nicht dabei wäre. „Aber jetzt müssen wir wirklich los, nicht wahr, Ava?“

Ava sah Laura überrascht an, zuckte dann aber mit den Schultern. „Bis später, Lukas!“

„Wieso bis später?“, fragte Laura, als sie mit Ava auf dem Rückweg war.

„Lukas kommt doch immer einmal im Monat zum Abendessen vorbei. Anschließend spielen Papa und er Schach“, entgegnete Ava zu Lauras Überraschung.

11

„Mama, rate, was heute passiert ist!"

Kaum schloss Susanna die Eingangstür auf, da sprang Ava von der Partie Backgammon auf, die sie und Laura gerade zusammen spielten, und stürzte auf ihre Mutter zu. Laura nahm an, dass es ihr seit Stunden unter den Nägeln brannte, das aufwühlende Erlebnis mit jemandem zu teilen.

Über der erschöpften Miene ihrer Mutter breitete sich ein Lächeln aus. „Was denn, mein Schatz?"

„Bei Frau Blum hat es gebrannt und wir haben sie gerettet."

„Wie bitte?" Nun zeigte sich eine ernste Sorgenfalte in ihrem Gesicht. „Das musst du mir genauer erzählen."

Kurze Zeit später saßen sie gemeinsam auf dem Sofa. Susanna trank eine Tasse Tee gegen ihre Magenprobleme und Ava berichtete von dem heutigen Ereignis. Gelegentlich ergänzte Laura etwas, wenn das Erlebnis zu gefährlich klang.

„Da bin ich aber froh, dass euch nichts passiert ist!", war erwartungsgemäß der erste Kommentar, den Susanna hören ließ. Dann wandte sie sich an Laura. „Weißt du, wie es Frau Blum jetzt geht?"

„Leider nein. Ich frage mich ernsthaft, ob es vertretbar ist, dass sie in ihrem Alter allein lebt. Mir erschien sie irgendwie weggetreten. Außerdem hat sie vermutlich etwas auf dem Herd vergessen, das das Feuer entfacht hat."

„Meinst du denn, dass das Haus noch bewohnbar ist?"

Laura überlegte. „Die Küche auf jeden Fall nicht. Die muss bestimmt komplett ersetzt werden. Der Rest vielleicht. Aber kochen kann sie erst mal vergessen."

Susanna legte nachdenklich den Kopf schief. „Irgendwo in der Umgebung lebt ihre Enkelin. Ich würde hoffen, dass die sich einen Ruck gibt und sich um ihre Oma kümmert. Das Verhältnis zwischen den beiden ist leider etwas angespannt."

Neugierig sah Laura sie an. „Wieso denn?"

„Das ist eine komplizierte Geschichte, von der ich auch nur die Hälfte weiß." Sie zuckte mit den Achseln.

„Erzähl mir die Hälfte!"

Susanna lachte. Dann wurde sie wieder ernst.

„Frau Blum ist sehr jung Mutter geworden. Ich glaube, sie war erst 16. Später hat sie geheiratet und ist in dieses Haus gezogen. Aber die Tochter war ein schwieriger Fall. Mit ihrem Stiefvater hat es immer nur gekracht. Als Teenager ist sie abgehauen und hat ihrerseits früh ein Baby bekommen." Sie goss sich eine weitere Tasse Tee ein. „Die Enkelin ist meines Wissens von Frau Blum aufgezogen worden. Die war wohl mal ein echtes Tennisass. Aber dann ist auch sie verschwunden und Jahre später erst wieder in die Gegend gezogen."

„Das habe ich alles gar nicht gewusst!" Laura war jahrelang bei Frau Blum ein und aus gegangen, ohne zu wissen, was für eine gebrochene Lebensgeschichte diese hatte.

„Damit geht sie nicht unbedingt hausieren. Mama hat mir irgendwann mal die ganze Geschichte erzählt."

Laura nickte bedächtig. „Vielleicht sollten wir schauen, ob Tochter oder Enkelin informiert wurden?"

„Ich denke, dass sich das Krankenhaus darum kümmern wird, die Angehörigen zu ermitteln. Aber wir sollten sie im Auge behalten, wenn sie zurückkommt. Eventuell lässt man sie wieder alleine leben. Und ohne Unterstützung wird das schwierig, vermute ich." Sie sah auf die Uhr. „Ich muss mich beeilen, wenn ich mit dem Abendessen rechtzeitig fertig sein will. Immerhin kriegen wir heute Besuch."

Sie erhob sich hastig vom Sofa, blieb dann aber stehen und griff sich an den Kopf.

„Alles in Ordnung, Mama?" Besorgt presste Ava sich an sie.

„Geht schön", brachte Susanna hervor, doch aus ihren Wangen war die Farbe gewichen. „Ich muss bloß ein wenig die Beine hochlegen."

Besorgt sah Laura Susanna an. „Bekommst du eine Migräne? Du siehst wirklich nicht gut aus."

„Nein", sagte Ava, „das ist …"

„Ava!", unterbrach ihre Mutter sie mit ungewohnter Schärfe.

Laura beobachtete irritiert, wie die beiden einen bedeutungsvollen Blick miteinander wechselten. Was sollte das? Stimmte etwas nicht mit Susanna? Panik schnürte schraubstockartig ihre Kehle zu, als Ava die Lippen aufeinanderpresste und sich von ihr abwandte. Alles in ihr wollte schreien: „Was ist los? Was erzählt ihr mir nicht?"

Ungut erinnerte dies Laura an die Zeit, als ihre Mutter krank geworden war. Doch wie so oft blieb sie stumm, überfordert von der Situation und unfähig, die Wand des Schweigens zu durchbrechen, die sich zwischen ihr und Susanna gebildet hatte.

„Ruhe du dich aus, ich koche“, bot sie stattdessen an.

Überrascht, aber erleichtert, nickte ihre Schwester. „Das wäre toll. Ich wollte Spaghetti Bolognese machen. Das Rezept steht in dem großen Kochbuch.“

„Ich helfe dir“, bot Ava an und folgte ihrer Tante in die Küche.

Laura unterdrückte den sofort aufkeimenden Impuls, sie zu fragen, was mit ihrer Mutter los war, und machte sich daran, die erste Spaghetti Bolognese ihres Lebens zu kochen.

Das war leichter, als sie gedacht hatte. Alle Zutaten waren vorhanden und das Rezeptbuch gab genau vor, was zu tun war. Stolz deckten sie gemeinsam den Tisch und waren noch nicht ganz fertig, als es an der Tür klingelte.

„Hallo Lukas, schön dich zu sehen!“, begrüßte Susanna ihren Gast, der ihr höflich einen Tulpenstrauß überreichte. Sie lachte. „Du weißt, dass das nicht nötig ist!“

„Ja. Und ich weiß, wie gern du Blumen bekommst und dass dein Mann das gerne mal vergisst. Wenn ich mich also zum Essen bei dir einlade ...“

„Diesmal habe gar nicht ich gekocht!“, wandte Susanna ein, die zu Lauras Erleichterung wieder rosiger im Gesicht war. „Eigentlich müsste ich den wunderschönen Strauß an dich weiterreichen.“

Überrascht bemerkte Laura so etwas wie Wärme in der Art, wie ihre Schwester sie anschaute. „Ja, vorsichtig! Ich bin nämlich keine besonders begnadete Köchin!“, warf sie ein.

„Solange du mich nicht aus Rache für die Geschichte mit dem Stier vergiftest, soll es mir recht sein.“ Für einen Moment begegneten sich ihre Augen und ein unerwartetes Kribbeln machte sich in ihrer Magengegend breit.

„Dann wohl eher für den Rüffel, dass ich Frau Blum gerettet habe!", entgegnete Laura und funkelte ihn mutwillig an.

„Du hast sie gerüffelt? Wieso denn?", fragte Susanna.

„Hat sie dir das nicht erzählt? Sie ist in das brennende Haus hineingegangen, ohne auf die Feuerwehr zu warten. Absolut leichtsinnig." Kopfschüttelnd sah er Laura an.

Die stemmte die Hände in die Hüften. „Wenn ich es nicht getan hätte, hätte Frau Blum an einer Rauchvergiftung sterben können!"

„Jetzt streiten sie sich schon wieder!", verkündete Ava, nachdem sie eine Weile zwischen den beiden hin und her geguckt hatte.

„Wer streitet sich schon wieder?", fragte Henning, der soeben dazu gekommen war.

„Niemand streitet sich." Mit diesen Worten schob Lukas Henning vor sich her in Richtung des Esszimmers. Über die Schulter hinweg zwinkerte er Laura zu. „Wisst ihr eigentlich, dass ich fast sterbe vor Hunger?"

„Was sich neckt, das liebt sich", frotzelte Susanna, als sie gemeinsam mit Laura die Soße in eine Servierschüssel umfüllte.

„Sehr witzig!" Laura schnaubte. „Sehe ich aus, als wäre ich verliebt?"

„Was nicht ist, kann ja noch werden!" Susanna lachte.

Eine leichte Hitze stieg in Laura auf. Sie dachte daran, wie ihr Herz gepocht hatte, als sie ihren Retter im Wald erkannt hatte. Aber nein, das hier war Lukas, den sie seit ihrer Kindheit kannte. Sicherlich nicht der richtige Kandidat, um sich vom Trennungsschmerz abzulenken.

Sie trugen die Schüsseln hinüber und setzten sich. Es war ungewohnt, mit Lukas und den anderen an diesem Tisch zu sitzen, als hätte sie ihren Mann oder Freund mitgebracht. Auf einmal wünschte sie sich, dass es real wäre. Dass sie jemanden an ihrer Seite hätte, der sie zu einem Familienessen begleitete. Allerdings hätte Vince mit seiner mondänen, hochtrabenden Art in diese Gesellschaft niemals hineingepasst. Doch wie wäre es mit Lukas? Der deutete gerade auf Avas T-Shirt. Die senkte den Kopf, um zu sehen, was er meinte. In dem Moment hob er den Finger, stupste sie an die Nase und lachte. Ava kicherte empört und trommelte gespielt wütend auf seine Brust.

Laura musste unwillkürlich lächeln. Die beiden wirkten vertraut, als würden sie sich schon eine Ewigkeit kennen.

Als hätte Lukas ihre Gedanken gehört, hob er plötzlich den Kopf und sah ihr in die Augen.

Im Gefühl, ertappt worden zu sein, erhob Laura sich hastig. „Wer möchte Bolognese?", fragte sie gespielt fröhlich wie eine italienische Mama in der Fernsehwerbung. Sie versuchte, das wissende Grinsen zu ignorieren, das sich in Lukas' Gesicht ausgebreitet hatte.

Sie füllten ihre Teller und begannen zu essen. Ava bekam direkt nach dem ersten Bissen einen knallroten Kopf.

„Meine Zunge brennt!", schrie sie und leerte ihr Wasserglas in einem Zug. „Warum ist das denn so scharf?"

Irritiert sah Laura sie an. „Ich habe nur nach Rezept gekocht.“

„Gut gewürzt, das muss ich schon sagen!“, meinte Henning.

„Ich liebe es scharf“, sagte Lukas augenzwinkernd.

„Was hast du da bloß reingemacht?“, fragte Susanna.

Laura zuckte ratlos mit den Schultern. „Ich habe mich komplett an das Rezept gehalten, was du mir gegeben hast.“

Susanna lachte. „Ach, Laura, du bist und bleibst beim Kochen einfach eine Totalkatastrophe! Weißt du noch, wie du mal zum Muttertag einen Brunch für uns alle machen wolltest?“

„Oh Gott, erinnere mich nicht daran!“ Laura prustete los. „Danach habe ich komplettes Küchenverbot gehabt. Kein Wunder, dass ich nicht kochen kann!“

„Nun ja, du hattest es ja auch geschafft, gleich drei von den teuren neuen Töpfen zu ruinieren ...“

„Okay, okay, ich gebe es zu: Kochen ist nicht meine Kernkompetenz. Dafür kann ich aber so einiges anderes!“

„Was kannst du denn?“ Lukas grinste herausfordernd.

Henning stupste Lukas freundschaftlich an. „Jetzt hör mal auf, mit ihr zu flirten! Immerhin hat Laura uns hier fast vergiftet.“

Sein Freund machte ein unschuldiges Gesicht. „Das tue ich gar nicht. Ich wollte bloß wissen, wie Laura all die Jahre überlebt hat, ohne kochen zu lernen.“

Seine Augen ruhten auf den ihren und ihre Kehle wurde trocken. Laura räusperte sich. „Es gibt schließlich Dosenravioli und Tiefkühlpizza. Und in New York gab es Costanza. Die beste Köchin der Ostküste."

Nach dieser Panne verlief der Abend überraschend harmonisch. Zum einen lag das an ihrem Gast, dessen Blicke Laura bis in die Nacht verfolgten, zum anderen an einer doppelten Portion Nachtisch für alle, denen die Soße zu scharf gewesen war.

Erst als die Männer den Tisch abräumten, löste sich das Rätsel.

„Guckt mal, was ich im Mülleimer gefunden habe!" Henning hielt ein kleines Glas hoch, in dem sich noch der Rest einer roten Flüssigkeit befand.

„Tomatenmark?", fragte Laura verwirrt.

„Tomatenmark?" Susanna lachte. „Von wegen. Das ist so ziemlich die schärfste asiatische Soße, die man kriegen kann. Davon nehme ich normalerweise höchstens einen Hauch!"

Von der bekam Laura später einen solchen Durst, dass sie noch einmal in die Küche ging, um etwas zu trinken. Sie wollte gerade die Tür öffnen, als ihr laute Stimmen entgegenschallten.

„Du kannst mich nicht für alles verantwortlich machen, was in deinem Leben falsch läuft", vernahm sie die Stimme ihrer Schwester in einem ungewohnt ätzenden Tonfall.

Ihre Hand, die die Klinke herunterdrücken wollte, hielt mitten in der Bewegung inne. Sie scheute sich, in einen Streit hereinzuplatzen. Vermutlich wäre es das Beste, sie ginge wieder nach oben. Doch obwohl sie wusste, dass sie umdrehen und sich die Treppe hinaufbewegen sollte, blieb sie wie angewurzelt stehen. Offensichtlich war die Harmonie des Abendessens bereits wieder vorbei.

Susanna und Henning stritten um Geld. Das sollte Laura eigentlich nicht wundern. Sie hatten schon angedeutet, dass viele Rechnungen anstanden.

„Und deine Schwester sitzt da oben wie eine Prinzessin in ihrem Turm und rührt kein Ohr am Kopf", erklang plötzlich wie ein Giftpfeil die Stimme ihres Schwagers. „Hat sie etwa jemals gearbeitet? Erst haben deine Eltern ihr Geld in den Arsch geschoben und dann dieser komische Amerikaner."

Als wäre der Türgriff aus glühendem Eisen, wich Laura zurück. Die Worte ihres Schwagers trafen sie mit Wucht und durchbohrten ihre Eingeweide. Gerade hatte sie das Gefühl gehabt, ein wenig besser mit ihm auszukommen. Tränen brannten in ihren Augen, als sie sich zur Treppe drehte, um nicht noch mehr zu hören. Auch weil sie plötzlich fürchtete, wie die Antwort ihrer Schwester ausfallen mochte.

Da sah sie auf einmal ein kleines helles Gesicht in einer Treppennische kauern. Fassungslos starrte sie ihre Nichte an. Nun war auf jeden Fall klar, wieso sie über die Streitereien ihrer Eltern so gut informiert war.

„Wie lange sitzt du schon da?", flüsterte Laura und ahnte doch die Antwort.

„Eine Weile." Ava senkte die Augen.

12

Die harten Worte ihres Schwagers vibrierten die ganze Nacht lang in ihrem Kopf und raubten ihr den Schlaf. Vor allem, weil er mit vielem recht hatte. Es war weder seine Schuld noch seine Verantwortung, dass sie auf das falsche Pferd gesetzt hatte. Im Grunde genommen konnte sie ihn verstehen, auch wenn er ihr das nicht ständig auf die Nase binden musste. Wieso sollte er seine Schwägerin mit durchfüttern, die sich seiner Ansicht nach immer nur ein schönes Leben gemacht hatte? Sie musste aufhören, sich auf andere Menschen zu verlassen und einen Weg finden, sich selbst zu finanzieren.

Leider waren ihre Optionen gering. Sie hatte zwar ihre Prüfungen als Lehrerin absolviert, jedoch kein Referendariat. Vor allem aber würde sie es sich nicht leisten können, in irgendeiner Form eine Ausbildung zu bewerkstelligen, weil ihr dafür das Geld fehlte. Im Internet informierte sie sich darüber, was sie tun müsste, um staatliche Hilfe zu beantragen. Doch alles in ihr sträubte sich gegen die Idee. Nur wenn es gar nicht anders ging, würde sie in den sauren Apfel beißen. Ansonsten konnte sie nur noch die wertvolle Uhr von Vincents Großvater verkaufen.

Außerdem konnte sie ohnehin erst los, wenn ihr Versprechen an Ava erfüllt war. Ihre Nichte verließ sich auf sie. Aus irgendeinem seltsamen Grund waren ihre Eltern so stark mit anderen Problemen beschäftigt, dass sie nicht merkten, wie sehr Ava litt.

Laura dagegen konnte sich noch genau erinnern, wie es war, zu denen zu gehören, die in der Schule gern geärgert wurden, die immer ein bisschen außen vor blieben. Dies war ein Grund gewesen, die kleine Stadt direkt nach der Schule zu verlassen und so auch das Image des unbeliebten Mädchens loszuwerden.

Also rief sie am nächsten Morgen im Schulsekretariat an und bekam zwei Tage später einen Termin bei Herrn Turan, dem Schulleiter.

„Das geht allerdings nur, wenn Sie eine Vollmacht der Eltern mitbringen, dass Sie befugt sind, über Ava zu sprechen", hatte ihr die überkorrekte Sekretärin noch mit auf den Weg gegeben.

Mehr oder weniger desinteressiert hatte ihre Schwester das Formular an ihrem Arbeitsplatz ausgedruckt.

Laura fragte sich, was mit Susanna los war. So ein Verhalten sah ihr nicht ähnlich.

Was raubte ihr die Kraft, sich richtig um Ava zu kümmern? Lag es daran, dass sie tatsächlich krank war? Wenn Laura diesen Gedanken weiterdachte, schnürte ihr die Angst die Kehle zu. Ihre Eltern hatten Krebs gehabt. Vielleicht hatte auch Susanna …? Nein, die Idee war so quälend undenkbar, dass sie sie in die hinterste Nische ihres Kopfes verbannte. Das durfte einfach nicht sein. Plötzlich wurde Laura schmerzlich bewusst, wie sehr sie an ihrer Schwester hing, wie verloren sie ohne sie wäre.

Da Susanna heute mit dem Auto zur Arbeit gefahren war, musste Laura sich auf ein Fahrrad schwingen. Allerdings hatte die alte Rostlaube keine Gangschaltung. Deshalb geriet sie auf dem Weg ganz schön ins Keuchen. Sie hatte völlig vergessen, wie hügelig die Strecke war. Mit sonnigen zweiundzwanzig Grad war der Frühsommer angebrochen, so dass sie ziemlich erhitzt war, als sie endlich die Schule erreichte.

„Frau Wildgruber."

Lächelnd streckte ihr der gut aussehende Enddreißiger, der an demselben Schreibtisch saß wie zu Lauras Zeiten die zugeknöpfte Frau Schmitt-Hagemann die Hand hin. Eigentlich hatte sie sich den Schulleiter Herrn Turan seriöser vorgestellt. Nicht so einen sportlichen Mann mit südländischem Einschlag. Kurz überließ sie sich der Fantasie, wie der Mann wohl unter seinem eng geschnittenen, grauen Hemd aussehen mochte, und wurde leicht rot bei dem Gedanken.

„Was kann ich für Sie tun?", erkundigte er sich höflich, ohne von ihrem unpassenden Gedankengang etwas zu ahnen.

„Wie Sie wissen, geht es um meine Nichte Ava Härtel." Laura unterdrückte nur mühsam ein nervöses Kichern.

Er sah kurz auf die Unterlagen auf seinem ansonsten akribisch aufgeräumten Schreibtisch und runzelte die Stirn. „Es ist ungewöhnlich, so ein Gespräch mit der Tante, statt den Eltern, zu führen."

„Ava ist über einige Vorfälle hier in der Schule sehr unglücklich. Weil meine Schwester und ihr Mann es momentan kaum einrichten können, am Vormittag hierher zu kommen, habe ich angeboten, für sie einzuspringen."

„Wohnen Sie hier in der Gegend?", fragte Herr Turan neugierig. „Gesehen habe ich Sie noch nie."

Das brachte Laura für einen Moment aus dem Konzept, doch sie fing sich gleich wieder.

„Ich bin hier aufgewachsen, aber erst kürzlich zurückgekehrt.“

Er legte den Kopf schief und betrachtete sie eingehend. Dann überzog ein feines Lächeln seine Miene. „Wo genau liegt das Problem bei Ihrer Nichte?“

In vorsichtigen Worten schilderte Laura ihm die Geschichte, nicht ohne ihn mehrfach darauf hinzuweisen, dass Ava auf keinen Fall als Petze dastehen wollte.

„Ehrlich gesagt, habe ich das Gefühl, dass Ihre Lehrerin den Sachverhalt unterschätzt. Ich wohne jetzt seit ein paar Wochen bei meiner Schwester und in der Zeit hat Ava zweimal mit Kopfschmerzen die Schule verlassen und im Nachhinein zugegeben, dass es an Problemen mit den Mitschülern lag.“

Er studierte die Notizen, die er sich gemacht hatte, und sah dann auf. „Haben Sie schon mit der Klassenlehrerin geredet?“

„Meine Schwester hat sie mehrfach auf die Vorfälle angesprochen und meint jetzt, dass es ohnehin nichts bringt.“

Er hob die Augenbrauen. „Dann ist der Besuch hier auf Ihre Initiative zurückzuführen?“

„Meine Nichte hat sich an mich gewandt, weil sie nicht das Gefühl hatte, die richtige Hilfe zu bekommen. Hätte ich das etwa ignorieren sollen?“ Sie merkte, dass ihre Stimme leicht gepresst klang, und zwang sich, tiefer zu atmen.

„Ich wollte Sie nicht angreifen, sondern versuche nur, den Sachverhalt zu verstehen“, meinte er beschwichtigend.

„Tatsache ist, dass sich hier ein kleines Mädchen so unwohl fühlt, dass es nicht in die Schule möchte. Ist es nicht Ihre pädagogische Pflicht als Lehrer, sich darum zu kümmern?“, entgegnete Laura schärfer als beabsichtigt.

Seine Miene verhärtete sich. „Was wissen Sie denn über unsere pädagogischen Aufgaben?“

„Rein zufällig habe ich Pädagogik studiert und kann mich noch gut daran erinnern, wie wichtig das Thema Mobbing war“, erwiderte sie mit blitzenden Augen.

Er pfiff leise durch die Zähne. „Da habe ich also eine Kollegin vor mir sitzen. Wenn ich das gewusst hätte! Wo unterrichten Sie denn?“

Schon bereute Laura ihre unbedachten Worte. Wenn sie jetzt zugab, noch nie unterrichtet zu haben, würde sie ihre Glaubwürdigkeit einbüßen.

„Momentan gar nicht. Ich habe die letzten drei Jahre in New York verbracht.“

Auf seinem Gesicht machte sich ein fragender Ausdruck breit.

„Lange Geschichte“, fügte sie hastig hinzu.

„Erstaunlich, dass Sie trotzdem so ein inniges Verhältnis zu ihrer Nichte haben“, bemerkte er und sah sie aufmerksam an.

„Nicht wahr?“, entgegnete Laura leichthin und versuchte, nicht rot zu werden.

Schließlich versprach er, sich der Sache anzunehmen und sie zu informieren, wenn sie in der Lehrerkonferenz eine Strategie dazu entwickelt hätten.

Laura machte sich auf den Rückweg. Es war mittlerweile elf Uhr vormittags. Der Rest des Tages ragte wie ein großer Hügel der Bedeutungslosigkeit vor ihr auf.

Leider hatte sich nach dem Gespräch mit dem Schulleiter nicht die erhoffte Euphorie eingestellt.

Plötzlich verdunkelte sich der Himmel über ihr und der aufkommende Wind ließ die Blätter der Birkenallee rauschen. Sofort bemerkte sie erste Regentropfen in ihrem Gesicht.

„So ein Mist!“, fluchte sie.

Der Heimweg würde mindestens zwanzig Minuten dauern. Bis sie zu Hause ankam, würde sie total durchnässt sein.

Schon wurde der Niederschlag stärker. Sie überlegte, wo sie den Schauer am besten abwarten könnte, und blickte sich um. Dabei fiel ihr auf, dass der Ortskern verwaist aussah. Als sie jung gewesen war, hatten wenigstens noch einige Geschäfte die Hauptstraße gesäumt. Heute waren nur ein Supermarkt, ein Krimskramsgeschäft und – unerklärlicherweise – ein Ballongeschäft, in dem man überdimensionierte Gasballons mit Comicmotiven kaufen konnte, übrig geblieben.

Sie stellte sich schon darauf ein, die nächste Stunde unter den misstrauischen Blicken der Verkäuferin durch den Supermarkt zu schlendern, als ein orangefarbener Bulli neben ihr anhielt und hupte.

„Laura! Das gibt es nicht! So schnell treffen wir uns wieder.“

„Stimmt“, entgegnete Laura lahm.

Die mangelnde Begeisterung prallte völlig an Vanessa ab. „Was treibst du denn so?“

„Nichts Besonderes. Eben wollte ich nach Hause fahren.“

Vanessas Augen leuchteten auf und Laura erkannte ihren Fehler.

„Wenn du nichts Besseres zu tun hast, komm mit zu uns. Bei dem Unwetter schickt man doch keinen Hund vor die Tür!", schlug Vanessa vor. „Dann trinken wir einen Kaffee oder essen Mittag zusammen und quatschen über die alten Zeiten, was sagst du?"

Kurze Zeit später war das Fahrrad auf der geräumigen Ladefläche verstaut und Laura atmete den Duft eines in die Jahre gekommenen Gebrauchtfahrzeuges ein, in dem früher offensichtlich geraucht worden war. Der Geruch hatte sich in Polster und Armaturen gebrannt. Das aufdringliche Vanillearoma des am Rückspiegel befestigten Pappbäumchens vermochte diesen eher schlecht als recht zu übertünchen.

„Spontan klappt am besten, nicht wahr?" Vanessa lachte. Dann riss sie so ruckartig das Lenkrad um, dass Laura heilfroh war, sich angeschnallt zu haben. „Tschuldige, hab grad nicht aufgepasst!", erklärte Vanessa immer noch aufgekratzt, als sie einen Feldweg entlangzuckelten, der mit ebenso vielen Löchern übersäht war wie ein Schweizer Käse.

Am Ende des Weges erwartete sie ein stattliches und verwinkeltes Bauernhaus. Der Teil rechts schien mindestens dreihundert Jahre alt zu sein. Die hufeisenförmig angeordneten Anbauten waren eher neueren Datums.

„Du wohnst auf einem Bauernhof!"

Noch so etwas, was sie Vanessa nie zugetraut hätte. War sie es nicht gewesen, die auf einer Klassenfahrt wegen einer mittelgroßen Spinne eine derartige Krise bekommen hatte, dass sie in der Nacht von ihrer Mutter abgeholt werden musste?

Vanessa verdrehte die Augen. „Nicht unbedingt mein Erstwunsch. Aber dann haben sich die Zwillinge angekündigt und dies hier war einfach unschlagbar günstig."

Sie schloss die Tür auf und bedeutete Laura, ihr zu folgen. Das alte Holz schabte geräuschvoll über den unebenen Boden.

„Billig, aber renovierungsbedürftig. Leider habe ich Tommy geglaubt, dass er ein handwerkliches Genie ist und alles, was am Haus erledigt werden muss, im Handumdrehen schafft." Sie seufzte.

„Doch eher zwei linke Hände?"

„Schlimmer. Schichtdienst und maßlose Selbstüberschätzung! Aber was soll's. Den Kindern gefällt es hier und ich muss nicht ständig sagen, dass sie etwas nicht schmutzig machen sollen. Für die Kleinen ist das hier paradiesisch."

Die gesamte Diele war gepflastert mit Bauklötzen, Fahrzeugen und Spielsachen aller Art. Als sie die Küchentür öffnete, wurde Vanessa ungeduldig erwartet. Gleich vier Katzen strichen ihr maunzend um die Beine und forderten ihr Recht auf Nahrung ein.

„Oh nein, habe ich euch hier etwa eingesperrt?" Sie drehte sich zu Laura um. „Morgens ist es bei uns oft so turbulent, dass ich von Glück reden kann, dass ich noch nie ein Kind vergessen habe!"

Dabei zog sie ein derart verzweifeltes Gesicht, dass Laura sich das Chaos lebhaft vorstellen konnte.

„Ist ja gut, ihr Süßen, gleich gibt es was zu fressen." Zärtlich sah Vanessa ihre Katzen an. „Entschuldige mich kurz, die geben sonst keine Ruhe!"

Da hatte sie recht. Die vier Wollknäuel folgten ihr auf Schritt und Tritt. Sie musste höllisch aufpassen, niemandem auf die Pfoten zu treten. Als sie die Tüte mit dem Trockenfutter in die Hand nahm, schwoll das Maunzen zu ohrenbetäubender Lautstärke an. Dann endlich hatte jede einen gefüllten Napf vor sich und man vernahm nur noch gemütliches Schmatzen.

„Wie wäre es mit einem Kaffee?", fragte Vanessa.

Laura wollte schon in Erwartung des üblichen Filterkaffees dankend ablehnen, als sie aus dem Augenwinkel den Jura-Vollautomaten entdeckte. Das war besser als alles, was sie getrunken hatte, seit sie wieder in Schwarnberg war.

„Sehr gern!" Voller Vorfreude beobachtete sie, wie die Maschine einen Cappuccino zauberte. So langsam gefiel ihr der spontane Besuch hier. „Sind das deine?" Laura deutete auf ein Foto, das drei kleine Kinder auf einem Traktor zeigte.

Besonders die beiden Jungen – sie mochten vielleicht fünf Jahre alt sein – wirkten, als hätten sie es faustdick hinter den Ohren. Während das jüngste Kind einen eher gesitteten Eindruck machte, ließ der freche Blick aus den eng zusammenstehenden Augen und die leicht nach oben gerichtete Nase erahnen, dass Vanessa es mit ihnen nicht einfach hatte.

„Sie sind die tollsten Kinder der Welt", sagte Vanessa mit dem verklärten Blick einer liebevollen Mutter. „Doch wenn sie nicht wenigstens bis drei in der Kita wären, wäre ich längst mit dem Postboten über alle Berge!"

Vor Lachen verschluckte Laura sich beinahe an ihrem Kaffee.

„Aber jetzt erzähl mal von dir!", kam schließlich die gefürchtete Aufforderung.

Unbehaglich hielt sie sich an ihrer Tasse fest. „Da gibt es nicht groß was zu erzählen." Laura sprach bewusst in einem neutralen, sachlichen Tonfall. „Ich habe drei Jahre lang mit meinem Freund in New York gelebt. Mittlerweile ist er mein Ex-Freund. Also bin ich wieder hier und versuche, mir klar zu werden, wie ich mein Leben führen will."

Laura holte tief Luft, denn die letzten Informationen hatte sie, ohne zu atmen, förmlich herausgespuckt. „Aber deine Geschichte ist viel spannender. Wolltet ihr immer schon drei Kinder, oder plant ihr noch weitere?"

Vanessa starrte sie überrascht an und Laura merkte, wie distanzlos ihre Frage gewesen war. Ihre alte Klassenkameradin lachte kurz auf und entschied sich dann, sie zu ignorieren. „Klingt interessant. Was genau hast du denn in New York gemacht?"

Laura schnaubte freudlos. „Ich bin wegen eines Mannes hin, den ich für die große Liebe gehalten habe." Sie zuckte mit den Achseln. „Das hat er letztlich anders gesehen. Mein Pech ist bloß, dass ich meine Ausbildung für ihn abgebrochen, mein ganzes Geld verprasst habe und nun mit einem Berg Schulden dastehe. Ach ja, abgesehen davon, dass ich bei meiner Schwester und meinem Schwager unterkriechen muss, die mich hassen, seit ich nach dem Tod meiner Mutter einfach die Biege gemacht habe – mit meinem Erbe wohlgemerkt."

„Oh!", machte Vanessa mit einem etwas ratlosen Gesichtsausdruck, nachdem Laura diese Salve abgelassen hatte. „Das klingt, als könntest du einen Roman darüber schreiben! Was hast du für eine Ausbildung abgebrochen?"

„Ich wollte Lehrerin werden, habe aber vor dem Referendariat geschmissen."

Vanessa setzte ein aufmunterndes Lächeln auf. „Lehrer werden grad überall gesucht. Wieso holst du nicht einfach den Rest nach?"

Auf die Idee war Laura seltsamerweise noch gar nicht gekommen.

„Vielleicht wäre das tatsächlich eine Möglichkeit."

13

Zwei angenehme Stunden später war sie guten Mutes und mehr mit sich selbst im Reinen als lange Zeit zuvor. Vielleicht lag es an dem erstaunlich netten Gespräch. Vielleicht aber auch an den zwei Tassen von Vanessas hervorragendem Cappuccino. Sogar die Sonnenstrahlen hatten sich mittlerweile wieder durch die Wolken gekämpft und verhießen eine trockene Heimfahrt. Laura trat kräftig in die Pedale und quälte sich die lang gezogene Steigung hinauf, die ihr schon zu Schulzeiten Schweißperlen auf der Stirn beschert hatte.

Plötzlich fuhr ein schwarzer Geländewagen an ihr vorbei und hielt wenige Meter vor ihr an. Ein rothaariger Mann beugte sich aus dem Fenster. Max. „Diesmal mit dem Fahrrad unterwegs?"

Laura bremste ebenfalls. „Das erschien mir zuverlässiger."

„Soll ich dich ein Stück mitnehmen? Ist ja eine ganz schön harte Steigung."

„Sehe ich etwa so aus, als würde ich sie nicht bewältigen können?" Es war ihr unangenehm, dass er zum zweiten Mal innerhalb von einer Woche den edlen Ritter spielen wollte.

„Nein, aber ich dachte, dann können wir uns ein bisschen unterhalten." Einladend deutete er auf die Beifahrerseite.

Sie durchforstete ihr Gehirn nach einer unverfänglichen Absage, doch ihr fiel nichts Passendes ein. Also sah sie zum zweiten Mal an diesem Tag zu, wie ihr Rad in einem Kofferraum verschwand.

„Wo kommst du denn her?", fragte er, als sie neben ihm saß.

„Ich war schon wieder in der Schule."

„Geht es deiner Nichte gut?"

„Wie man es nimmt." Laura zuckte mit den Schultern. „Hast du eigentlich Kinder?", fragte sie, um das Thema zu wechseln.

Überrascht bemerkte sie den bitteren Ausdruck, der für einen Moment seine Miene überzog.

„Leider nein." Dann setzte er ein breites Lächeln auf, das nicht ganz seine Augen erreichte. „Was hast du denn heute noch vor? Hast du vielleicht Lust, mit mir zu Abend zu essen? Ich kenne ein nettes, kleines Restaurant hier in der Nähe."

Laura wollte schon ablehnen, weil ihr die Art von Max zu aufdringlich war. Dann gab sie sich einen Ruck. Es kam schließlich nicht jeden Tag vor, dass sich die Gelegenheit auf etwas Abwechslung bot. „Gern. Aber ich würde mich vorher lieber nochmal umziehen."

„Sollen wir zusammen zu dir fahren? Ich kann dich später wieder zurückbringen."

„Das wäre perfekt."

Als sie nach kurzer Zeit in die Einfahrt bogen, parkte dort Susannas Auto. Max heftete seinen Blick auf das Nummernschild des Hondas, als stünde darauf die Antwort auf das Geheimnis des Lebens.

„Woher kennt ihr euch eigentlich?", fragte Laura.

Sein Blick schweifte in die Ferne, als versinke er in einer längst vergessenen Erinnerung. „Mein Vater war nach einem Schlaganfall in Hochheim im Krankenhaus." Er schluckte. „Es ging drei Wochen lang auf und ab. Dann starb er. In der Nacht hat Susanna sich viel

Zeit genommen, um mit mir zu reden, und wir haben danach noch eine Weile Kontakt gehalten. Seit ich hier in der Gegend wohnte, wollte ich mich bei ihr melden. Aber du weißt, wie das so ist. Man nimmt es sich vor und macht es dann doch nicht." Er zuckte mit den Achseln.

„Möchtest du mit reinkommen?", erkundigte Laura sich, einer spontanen Eingebung folgend.

Vage erinnerte sie sich daran, dass ihre Schwester eine Weile in einer Klinik in Hessen gearbeitet hatte, bevor sie wieder zurückgekehrt war, um ihren Jugendfreund Henning zu heiraten.

„Dann kannst du heute meiner Schwester ‚Hallo' sagen", schlug sie vor.

„Ich warte gern im Auto", wehrte er ab.

„Quatsch. Das ist doch eine tolle Gelegenheit."

Ohne seinen Protest weiter zu beachten, zog sie ihn hinter sich her.

Susanna musste in der Küche gewesen sein, denn sie schaute direkt um die Ecke, als Laura die Tür aufschloss. Kaum erblickte sie den unerwarteten Gast, da wurde sie kreidebleich. Wiedersehensfreude sah anders aus, bemerkte Laura erstaunt. War zwischen den beiden etwas vorgefallen?

„Hallo Susanna. Ich wollte mich schon die ganze Zeit bei dir melden", sagte Max leise.

„Woher kennst du meine Schwester?" Susanna lehnte im Türrahmen, als wolle sie sich an ihm festhalten.

„Max war bei der Reifenpanne mein Retter", erklärte Laura.

„Was für ein Zufall", bemerkte ihre Schwester stirnrunzelnd.

„Ja, wenn man bedenkt, dass ich beinahe deine Tochter kennengelernt hätte, ohne es zu wissen." Max sah sie herausfordernd an.

Irritiert blickte Laura zwischen den beiden hin und her. Es lag etwas nicht Greifbares in der Luft, schwelte unter der Oberfläche, als liefe darunter ein geheimer Dialog ab, den Laura nicht hören konnte.

„Willst du etwas trinken?" Ohne eine Antwort abzuwarten, wandte Susanna sich in Richtung Küche.

„Ein Wasser, wenn möglich", rief Max ihr hinterher.

„Ich bin gleich wieder da." Laura verschwand nach oben, obwohl sie zu gern weiter beobachtet hätte, wie die beiden miteinander redeten.

So schnell hatte sie sich noch nie für ein Date umgezogen. Keine acht Minuten später stand sie frisch geduscht und in ihrem schlichten schwarzen Kleid im Wohnzimmer. Als sie es betrat, verstummte das Gespräch schlagartig.

Max musterte sie von oben bis unten. „Toll siehst du aus."

„Danke. Wollen wir dann los?" Laura schnappte sich ihre Handtasche. Irgendetwas war hier faul. Ihr Instinkt riet ihr, Max schnellstmöglich aus dem Haus ihrer Schwester zu entfernen.

„War nett, dich wiederzusehen." Susannas Hand, in der sie das Wasserglas hielt, zitterte. Wieso brachte der Besuch dieses Mannes sie so aus der Fassung?

„Bis später." In dem Moment als Laura sich zur Tür wandte, öffnete sich diese. Ava stand mit gerötetem Gesicht vor ihr. Die roten Locken klebten ihr feucht am Hinterkopf. Sie kam offenbar von ihrer Reitstunde, denn die Mutter ihrer Klassenkameradin, die sie mitgenommen hatte, hupte freundlich und verschwand dann um die Ecke.

„Hallo Ava!" Laura freute sich ehrlich, ihre Nichte zu sehen, vor allem, weil diese ausnahmsweise einmal unbeschwert und gelöst wirkte. „Du siehst so aus, als hättest du heute viel Spaß gehabt."

„Und wie! Ich durfte auf Milva, der Haflingerstute, reiten. Die ist wirklich lieb, so ein Pferd wünsche ich mir auch!"

Ihre Augen leuchteten bei der Erinnerung daran auf. „Wer ist das denn?", fragte sie und musterte den fremden Mann interessiert.

„Das ist ein Bekannter von mir. Wir wollten eben los", entgegnete Laura.

Max war in Gedanken versunken und bekam kaum mit, was sie gesagt hatte.

Laura legte ihm die Hand auf den Arm. „Können wir?"

Erst da schien er wieder in der Realität anzukommen.

„Ja, natürlich. Hallo Ava. Du bist also Susannas Tochter?" Nachdenklich sah er sie an.

In dem Moment kam Susanna dazu. Sie blickte von einem zum anderen und Laura sah, wie erneut sämtliche Farbe aus ihrem Gesicht wich. „Ava, was machst du denn schon hier?"

„Wieso?", fragte das Mädchen.

„Huhu, ich bin's!", rief plötzlich eine Stimme vom Gartentor.

Laura erkannte Mildred, Hennings Mutter, die nur drei Häuser weiter wohnte.

„Ich habe euch Eintopf mitgebracht", flötete sie. „Dann müsst ihr morgen nicht kochen." Sie trat herbei und bemerkte überrascht den Gast. „Guten Tag …?"

„Das ist ein Bekannter von mir, Max. Wir sind quasi schon weg", stellte Laura ihn vor und sah ihn auffordernd an. Aber er reagierte immer noch nicht.

„Verstehe." Die alte Dame lächelte freundlich. „Sie haben ja dieselbe ungewöhnliche Haarfarbe wie Ava. Gibt es viele Rothaarige in Ihrer Familie?"

„Äh …", begann dieser, doch weiter kam er nicht.

Susanna stieß ein leises Seufzen aus, verdrehte die Pupillen nach oben und sackte auf den Boden.

„Mama!", kreischte Ava und hockte sich neben sie.

„Wir müssen ihre Beine hochlegen!", befahl Max.

Eilig holte Laura einen Stuhl aus der Küche. Dann fühlte sie ihren Puls, während Ava nicht von der Seite ihrer Mutter wich.

„Ihr Herz rast. Wir brauchen einen Notarzt!", rief Laura.

„Oh Gott, oh Gott! Was ist denn bloß los?" Mildred sah aus, als würde sie ebenfalls einen Krankenwagen benötigen.

In dem Moment schlug Susanna die Augen wieder auf. Erleichterung machte sich breit.

„Alles in Ordnung?" Laura strich ihr über die eiskalten Hände.

„Mir ist plötzlich schwindelig geworden!", sagte ihre Schwester mit matter Stimme.

„Du musst dich hinlegen!", drängte Max.

Gemeinsam geleiteten sie Susanna zum Sofa.

„Soll ich nicht doch einen Arzt rufen?" Laura breitete eine Decke über Susannas Beine.

Ihre Schwester schüttelte den Kopf. „Ich brauche nur etwas Ruhe. Geht ihr ruhig essen.“

„Was ist denn mit dem Eintopf?“, erkundigte sich Mildred und hielt ihr den silbrig glänzenden Topf hin, um dessen Deckel kunstvoll das Gummi eines Einweckglases geschlungen worden war. Möglicherweise fürchtete sie, dass ihr Sohn nicht genug zu essen bekam. Jedenfalls versorgte sie seine Familie in schöner Regelmäßigkeit mit Selbstgekochtem.

„Es gibt Steckrüben mit Würstchen.“ Einladend öffnete sie den Topf, damit Susanna einen Blick auf die undefinierbare Brühe werfen konnte, die Laura an Erbrochenes erinnerte.

Susanna schien es ähnlich zu gehen. Mit einem gequälten Laut beugte sie sich über den Topf und gab ihren gesamten Mageninhalt dazu.

Konsterniert betrachtete ihre Schwiegermutter das Desaster, als könnte sie nicht fassen, was soeben geschehen war. „Das ... Ich ...“, stammelte sie.

„Susanna war leider den ganzen Tag schon schlecht“, improvisierte Laura. „Was für eine Schande, dass es den guten Eintopf getroffen hat. Ich glaube, sie braucht jetzt dringend ihre Ruhe. Sie sollten besser gehen, eventuell ist der Magenvirus, den sie hat, ansteckend.“

Bei Mildred zeigte die Andeutung einer Krankheit umgehend Wirkung. Sie drückte Laura den Topf in die Hand.

„Ihr könnt ihn mir in ein paar Tagen wiedergeben.“ Mit diesen Worten verschwand sie.

Laura stellte die ekelhafte Brühe auf den Küchentisch. „Lass uns das Essengehen verschieben“, wandte sie sich an Max. „Ich muss auf meine Schwester achtgeben.“

„Natürlich. Vielleicht dann ein andermal.“

Laura meinte, fast so etwas wie Erleichterung in seinem Gesicht zu sehen.

Doch das war jetzt nebensächlich. Susanna musste wieder auf die Beine kommen. Als Laura sie auf dem Boden gesehen hatte, war kalte Angst in ihr aufgestiegen. Dasselbe Gefühl hatte sie gehabt, als die Diagnose ihrer Mutter bekannt geworden war. Die Furcht, allein zurückzubleiben, mutterseelenallein. Ohne dass sie es gewusst hatte, hatte Susanna eine wichtige Lücke in ihrem Leben ausgefüllt.

Manchmal brauchte es Katastrophen, um zu erkennen, was wirklich im Leben zählt, dachte sie und betete, dass mit ihrer Schwester alles in Ordnung war.

„Möchtest du etwas trinken?“, fragte sie sie, als Max gegangen war.

„Orangensaft wäre toll“, entgegnete Susanna matt.

„Geht es dir wieder besser, Mama?“ Ava kuschelte sich an ihre Mutter. „Ist mit dem Baby alles okay?“

Laura starrte sie wie vom Donner gerührt an. Hatte sie da grad etwas von einem Baby gehört? Konnte es sein, dass Susanna schwanger war und es ihr nicht verraten hatte?

„Bitte was?“

„Ava!“, schimpfte Susanna. „Du solltest das für dich behalten.“

„Warum hast du mir nichts davon gesagt?“

Susanna presste die Lippen aufeinander und verschränkte die Arme vor der Brust. „Ganz ehrlich? Was geht es dich an, so selten, wie du dich bei uns hast

blicken lassen? Interessiert dich diese Familie überhaupt?"

„Das ist unfair und das weißt du auch" erwiderte
Laura mit belegter Stimme.

Susanna lachte bitter. „Ach ja? Sechs. Ganze sechs
Fehlgeburten habe ich nach Ava gehabt. Die Ärzte
wussten nicht, was los war. Organisch war nichts zu
finden. Nur eine Schwangerschaft halten, das schien
nicht mehr möglich." Tränen stiegen ihr in die Augen.
„Und wenn es einmal geklappt hatte, war vor der zwölf-
ten Woche alles vorbei. Hast du eine Ahnung, wie sich
das anfühlt und wie schwer es war mit all den finanzi-
ellen Problemen, die wir hatten? Ich konnte es mir
nicht leisten, krank zu sein, musste immer meinen Anteil am Familieneinkommen beisteuern. Wo warst du
in der Zeit? Hat es dich interessiert, wie es mir ging?"
Plötzlich fiel ihr schuldbewusster Blick auf ihre Tochter und sie verstummte.

Ava sah sie mit traurigen Augen an und schmiegte
sich an sie. „Arme Mama!"

Obwohl Susannas Eröffnung Laura erschüttert hatte,
sprach die Art, wie Ava versuchte, ihre Mutter zu trösten, eine bisher ungekannte Seite in ihr an. So. Genauso
hätte sie ebenfalls gern ein Kind. Ob sie eine gute Mutter wäre? Beinahe musste sie lachen. Wie sehr hatte sie
sich früher über die Frauen um die Dreißig lustig gemacht, die urplötzlich ihre mütterliche Ader entdeckten.

Nie hatte sie sich in dieser Rolle gesehen. Auch wenn
sie gehofft hatte, eines Tages die Frau von Vincent Cunningham II zu werden. Vielleicht mit zwei adretten
Kindern dabei, die ihr von einer Nanny abends zum

Gutenachtkuss gereicht wurden. Aber das andere Gefühl, diesen Wunsch, selbst Leben in sich heranwachsen zu sehen, das hatte sie bislang nicht gekannt.

Sie stellte zu ihrem Erstaunen fest, dass die Ankündigung ihrer Schwester, obwohl sie mit viel Leid gepaart war, sie neidisch machte. Auch wenn sie sich nie einen Ehemann wie Henning hätte vorstellen können, geschweige denn diese beschauliche Existenz im ländlichen Einfamilienhaus – in gewisser Weise erschien ihr plötzlich nichts erstrebenswerter als das. Ein kleines menschliches Wesen, das sich an einen schmiegte und das für einen die Welt bedeutete.

Susanna strich Ava zärtlich eine Strähne aus dem Gesicht. „Ich glaube, dass gleich deine Lieblingssendung im Fernsehen kommt. Wenn du möchtest, darfst du sie dir bei uns im Schlafzimmer anschauen."

Ava verstand den Wink mit dem Zaunpfahl und verschwand nach oben. Als ihre Schritte auf der Treppe verhallt waren, sah Susanna Laura ernst an. „Du ahnst nicht, was für eine Angst ich habe. Blanke Panik. Davor, dass wieder etwas schiefgeht. Aber auch, dass der Zeitpunkt nicht schlechter hätte gewählt sein können."

Wenn man genau hinsah, wirkte Susannas Körpermitte nicht nur füllig, sondern eben schwanger. Und Laura hatte sie bloß für dick gehalten!

„Ist es nicht wunderbar, dass es jetzt doch geklappt hat? Wie weit bist du denn?", erkundigte sie sich zaghaft.

„In der sechszehnten Woche. Eigentlich könnte ich es schon erzählen. Statistisch gesehen geht nicht mehr viel schief. Doch irgendwie – ich weiß nicht. Ich habe die ganze Zeit Angst, dass wieder etwas passiert." Susanna seufzte.

Laura legte die Hand auf ihren Arm. „Diesmal geht bestimmt alles gut. Aber was meinst du mit schlechtem Zeitpunkt?"

Susanna lachte bitter.

„Ist dir nicht aufgefallen, dass Henning und ich uns ständig streiten? Ganz ehrlich, wenn ich nicht gerade schwanger wäre, würde ich ernsthaft über Trennung nachdenken. Er ist nur noch mies gelaunt, wenig aufmerksam, scheint sich überhaupt nicht auf das Kind zu freuen. Aber das ist längst nicht alles. Abgesehen davon, dass ich mich frage, ob Henning vielleicht eine Affäre hat – so viel auf Dienstreise wie momentan war er jedenfalls noch nie – steht uns das Wasser bis zum Hals. Im nächsten Jahr müssen wir die neue Straße bezahlen. Und wenn ich dann Elterngeld bekomme, wird es sicher vorn und hinten nicht mehr reichen."

Bestürzt sah Laura, wie ihre starke Schwester, die sonst wie ein Fels in der Brandung war, in Tränen ausbrach. Unbeholfen setzte sie sich neben sie, streichelte ihr sanft über das Haar und hielt ihre Hand, bis sie sich langsam beruhigte.

In diesem Moment wurde die Haustür aufgeschlossen. Auf dem Flur erklangen schwere Schritte. Sie lauschten, wie der Schlüssel klirrend am Schlüsselbrett aufgehängt wurde, wie die metallenen Kleiderbügel schepperten, als jemand seine Jacke aufhängte. Dann betrat Henning das Wohnzimmer. Laura erschrak bei seinem Anblick. Dieser sonst so kraftstrotzende Mann ließ die Schultern hängen und wirkte um zehn Jahre gealtert.

„Was ist passiert?“, fragte Susanna mit bangem Unterton.

Hennings Blick wanderte zu Laura. Er schüttelte stumm den Kopf.

„Oh nein!“, rief ihre Schwester „Ist es das, was ich befürchte?“

„Verdammt, ja! Mit sofortiger Wirkung freigestellt“, brach es aus ihm hervor. „War wohl schon die ganze Zeit nichts mehr zu retten. Jede dritte Stelle wird abgebaut.“

Laura verstand. Henning hatte soeben zu allem Überfluss seine Arbeit verloren. Sie überlegte fieberhaft, was sie sagen sollte, aber in ihrem Kopf herrschte gähnende Leere.

„Du brauchst gar nicht zu gucken wie ein verschrecktes Reh!“, blaffte Henning sie an. „Fällt dir jetzt auf, dass du einem Arbeitslosen und einer werdenden Mutter auf der Tasche liegst?“

14

Laura schnappte sich ihre Handtasche, trat hinaus und atmete dreimal tief durch.

Was konnte noch alles schiefgehen, fragte sie sich. Wenn sie doch irgendwie helfen könnte!

Die Wolken vom Nachmittag hatten sich gelichtet. Der Sonnenuntergang tauchte die sanften Hügel, auf denen Schwarnberg ruhte, in ein magisches Licht.

Kurzentschlossen machte Laura sich auf den Weg in die Dorfkneipe. Sie brauchte jetzt dringend etwas zu trinken und die beiden Privatsphäre.

‚Die Schelle' war eine Mischung aus Vereinsheim und Veranstaltungsort. Am Rand des Fußballplatzes angesiedelt, war sie zu Lauras Schulzeiten ein Ort gewesen, wo sich das gesellschaftliche Leben abspielte. Mehr als einen achtzehnten Geburtstag hatten sie hier gefeiert. Hinter der Kneipe, an eine müde schimmernde Laterne gelehnt, hatte sie ihren ersten Kuss bekommen. Sie lächelte leicht, als sie das alte Fachwerkgebäude sah, das immer noch genauso aussah wie früher.

Früher allerdings hatte Zigarettenrauch in der Luft gestanden. Heute wirkte der Gastraum merkwürdig steril. Aus der Stereoanlage klang Schlagermusik. Drei alte Männer saßen an der Theke und spielten ein Würfelspiel. Linkerhand steckte eine größere Gruppe junger Kerle die Köpfe zusammen. Die Fußballmannschaft, die eben noch trainiert hatte? An einem Tisch saß eine Clique aus Paaren, die gerade über einen Witz lachten, als Laura den Raum betrat.

Sie versuchte, die neugierigen Blicke zu ignorieren, ging hocherhobenen Hauptes zur Theke und setzte sich auf einen der Barhocker.

„Was darf's sein?", erkundigte sich die knurrige Wirtin.

Kurz erwog Laura, einen Cocktail zu trinken, aber als sie die spärliche Spirituosenauswahl in der Vitrine sah, nahm sie davon Abstand.

„Ein Bier bitte."

Die Frau schnappte sich eines der halb gefüllten Gläser, die unter der Zapfanlage parat standen, und ließ die goldgelbe Flüssigkeit hineinsprudeln, bis sich eine ansehnliche Schaumkrone gebildet hatte. Dann warf sie einen Bierdeckel vor Laura auf den Tresen und stellte das Glas darauf.

Diese nippte an ihrem Getränk und sah sich verstohlen um. Die anderen Gäste waren zu ihren Gesprächen zurückgekehrt. Auffällig war, wie wenig Frauen sich hierher verirrt hatten. Was machte die weibliche Bevölkerung in Schwarnberg an einem Donnerstagabend?

„Hey", sagte plötzlich eine Stimme hinter ihr. „Kennen wir uns?"

Selbstsicher grinste ein junger Mann mit halb offenem Hemd, das einen Teil seiner rasierten Brust enthüllte, sie an. Er sah definitiv gut aus, auch wenn er für ihren Geschmack ein bisschen größer hätte sein können. Vor allem aber älter.

Amüsiert beobachtete sie, wie er sich in die Brust warf und mit einem deutlichen Blick zu seinen Freunden in der Ecke damit angab, dass er sich traute, sie anzusprechen.

„Was hat eine Frau wie dich denn hierher verschlagen?" Vielsagend sah er ihr in die Augen. Er sprach ein wenig nasal. Sie wettete, dass er in New York gerade erst hätte Alkohol trinken dürfen. Höchstens zweiundzwanzig war er.

Mühsam unterdrückte Laura ein Kichern. „Was meinst du damit?"

Der verkappte Schönling lehnte sich vor und Laura beugte sich instinktiv zurück. Ansonsten hätte er vermutlich versucht, seinen Kopf in ihrem Dekolletee zu versenken. Als er den Kopf hob, roch sie seine Alkoholfahne.

„So eine Schnitte wie dich sieht man hier nicht alle Tage!"

Während sie noch um eine passende Antwort rang, sah sie aus dem Augenwinkel, wie die Tür zur ‚Schelle' aufging und ein ihr wohlbekannter Mann hereintrat. Diesmal allerdings in Anzughose und weißem Hemd, wie sie überrascht feststellte.

Das enganliegende Hemd betonte seinen muskulösen Oberkörper und sie konnte nicht anders, als Lukas erwartungsvoll anzulächeln. Seine Augen strahlten und er kam direkt auf sie zu.

„Hey!", sagte er. „Was machst du denn hier?" Als er näher kam, zog ein seltsames Prickeln ihre Wirbelsäule hoch.

„Vermutlich habe ich bloß auf dich gewartet!", entgegnete sie und biss sich verlegen auf die Lippen, als ihr klar wurde, was sie da gesagt hatte.

„Moment mal!", protestierte ihre neue Bekanntschaft und schaute irritiert zwischen Lukas und Laura hin und her. „Woher kennt ihr euch denn?"

„Für Laura habe ich schon geschwärmt, als du noch nicht mal schreiben konntest, Paul!" Er lachte.

Lauras Herz machte einen Hüpfer. „Wirklich?"

„Klar. Du warst in Mathe noch schlechter als ich, so dass Frau Meier immer voll auf dich fixiert war und mich in Ruhe gelassen hat."

Seine Worte trafen Laura wie ein Eimer eiskaltes Wasser. Lukas schob Paul zur Seite. „Geh mal zurück an den Kindertisch, hier ist nur für Erwachsene."

Paul gab ein schnaubendes Geräusch von sich, während Lukas sich neben Laura auf einen Barhocker setzte. Augenblicklich stieg ihr sein männlich-herber Duft in die Nase, gepaart mit einem Hauch von einem Eau de Toilette. Wie in einem seltsamen Bann schaute Laura ihn an. Erneut musste sie an den Moment im Wald denken, wo er sie an den Helden aus einer alten Sage erinnert hatte.

Auf einmal erschien ein mutwilliges Glitzern in seinen Augen und er beugte sich näher an sie heran.

„Stimmt es, dass du hier auf mich gewartet hast?"

Sie legte den Kopf leicht schief.

„Und wenn es so wäre?"

Er befeuchtete seine Lippen mit der Zunge und betrachtete sie stumm. Ein merkwürdiges Kribbeln erfasste ihren Körper. Es war, als würde die Welt um sie herum in den Hintergrund treten. Plötzlich gab es nur ihn und sie, als hätte sich ein Zauber über sie gelegt. Sie stellte sich vor, wie es wäre, wenn er sie küssen würde. Einfach hier, inmitten all der Leute und ihre Knie wurden weich. Wie von einer fremden Macht gesteuert, rutschte sie näher an ihn heran, bis ihre Körper sich beinahe berührten.

Da ging in der Nähe ein Glas zu Bruch. Das klirrende Geräusch löste den Bann. Auf einmal bekam Laura Angst vor ihrer eigenen Courage. Wie konnte sie bloß hier stehen und mit ihrem ehemaligen Mitschüler flirten. Verlegen wandte sie den Kopf ab.

„Das ist mir bloß so rausgerutscht."

„Wirklich?" Nun sah er ein wenig enttäuscht aus. „Wie schade."

Laura stürzte den Rest ihres Bieres in einem Zug herunter. Vielleicht, weil sie glaubte, auf diese Weise ihre ungezügelt im Kreis rasenden Gedanken zu beruhigen. Was zum Teufel war das eben gewesen?

„Du scheinst durstig zu sein!", kommentierte Lukas und verzog amüsiert die Mundwinkel.

Sie warf ihm einen verstohlenen Blick zu und dachte, dass er auf eine kernige Art gut aussah, zumindest, wenn man auf Muskelprotze stand. Doch die Business-Kleidung konnte nicht verbergen, dass er von der körperlichen Arbeit Schwielen an den Händen hatte. Bei genauerer Betrachtung war er nicht ihr Typ, auch wenn ihre Hormone gegenwärtig anderer Meinung waren. Sie mochte Männer mit Stil. Männer, die wussten, welche Gabel man bei einem Zehn-Gänge-Menü zuerst nehmen musste, und nicht die, die wussten, wie man einer Kuh beim Kalben half.

„Offenbar." Für einen Moment verlor sie sich dennoch in seinen Augen.

Schließlich räusperte Lukas sich.

„Rita, machst du uns noch zwei?", rief er der Frau hinter dem Tresen zu.

Als diese sich umwandte, veränderte sich ihr mürrisches Gesicht komplett. Ein zartes Strahlen trat auf ihre

Wangen. „Lukas, dich haben wir ewig nicht hier gesehen!"

„Viel zu tun." Er hob entschuldigend die Hände. „Aber ich habe dein charmantes Wesen auch schon vermisst."

Die alte Frau kicherte wie ein Backfisch und stellte zwei Humpen Bier auf die Theke. „Du bist und bleibst ein verlogener Charmeur!" Mit diesen Worten wandte sie sich wieder den anderen Gästen zu.

Laura starrte ihr perplex nach. „So nett war sie zu mir nicht!"

„Dann warst du nicht nett genug zu ihr. Sie ist eine Seele von Frau", erwiderte er.

„Ist mir nicht aufgefallen."

Er prostete ihr zu. Gehorsam griff sie nach ihrem Glas und nippte. Wenn sie ehrlich war, schmeckte ihr Bier nicht besonders.

„Dafür, dass du eben dein halbes Glas hinuntergestürzt hast, bist du nun aber verhalten dabei!"

Erwischt! Seine Gegenwart verwirrte sie. Sie kannte ihn seit Jahren und nie hatte er sie auch nur die Bohne interessiert. Doch jetzt? Er schien ein anderer Mensch zu sein als damals. War er früher schon so muskulös gewesen?

Sein Blick folgte dem ihren. „Soll ich mein Hemd etwas weiter aufknöpfen, damit du meinen Oberkörper in voller Pracht bewundern kannst? Du musst es nur sagen!" Er griff an seinen Kragen und spielte neckisch mit den Knöpfen, als wäre er ein Mitglied der Chippendales.

Laura hustete. „Du bist echt unmöglich. Was hast du denn genommen?"

Plötzlich strotzte der Kerl nur so vor Selbstbewusstsein. Vermutlich lag das daran, dass sie ihn vorhin wie eine verliebte Kuh betrachtet hatte. Es war höchste Zeit, das Blatt zu drehen.

Sie setzte das Bier an, trank es in einem Zug leer und wischte sich herausfordernd den Schaum von den Lippen. „Eigentlich habe ich mich gefragt, ob dein Hinterteil ebenso durchtrainiert ist."

Er lachte. „Wenn du möchtest, können wir die Untersuchung gern bei mir zu Hause weiterführen."

„Klar, und dann fragen wir die Truppe da drüben und am besten noch deine Rita, ob sie bei der Orgie mitmachen wollen!" Neckisch stupste sie ihn mit dem Zeigefinger ans Brustbein.

„Okay, okay, lassen wir das Thema. Ich gebe mich geschlagen. Ich wollte dich bloß ein bisschen aus der Reserve locken." Unschuldig hob er die Hände.

„So machst du das also!"

„Komm schon, gib wenigstens zu, dass es dir gefallen hat!"

„Zwei Bacardi-Cola!", rief Laura der Bedienung zu.

„Bacardi-Cola?" Lukas zwinkerte irritiert.

„Das ist dein Lieblingsgetränk, oder? Ich habe dich davon gleich fünf auf einmal trinken sehen. Die landeten danach im Garten von Frau Blum."

Er stöhnte auf. „Musst du mich an den peinlichsten Moment meines gesamten Lebens erinnern?"

„Also, wenn das dein peinlichster Moment war, dann bist du glimpflich davonkommen!"

Ihre Gedanken glitten zu dem Augenblick in ihrem Leben, der der peinlichste für sie gewesen war, und sie seufzte schwer.

Seine Miene wurde neugierig. „Mir scheint, du könntest eine bessere Geschichte erzählen."

Das würde sie sicher nicht. Diese Begebenheit und alle dazugehörigen Ereignisse plante sie, auf ewig aus ihrem Gedächtnis zu streichen. „Tut mir leid, aber dafür bräuchte ich erheblich mehr Alkohol!"

„Das lässt sich bewerkstelligen!" Sein Gesichtsausdruck sagte deutlich, was er sich sonst noch vorstellte.

Laura sprang hastig auf. „Tut mir leid", stammelte sie, „ich ... ich muss jetzt wirklich dringend nach Hause."

Verletzt sah er sie an. „Habe ich etwas falsch gemacht?"

„Nein, natürlich nicht." Sie winkte nach der Rechnung.

„Du kannst jetzt unmöglich gehen", protestierte er.

„Wieso nicht?"

„Was sollen denn die Jungs dahinten denken, wenn du mich hier einfach so stehen lässt? Da ist mein Ruf für die nächsten Jahre ruiniert."

„Dein Ruf als Womanizer?"

„Wir leben hier auf dem Land. Man muss sehr auf den eigenen Leumund achtgeben."

Laura stemmte die Hände in die Hüften. „Was ist denn mit meinem Leumund?"

„Das ist etwas anderes. Du bist hier ja nur zu Besuch."

Laura blinzelte überrascht. „Wie meinst du das denn?"

„Henning meinte, dass du hier bist, um Susanna ein wenig aufzumuntern. Ihr geht es schon seit einer Weile nicht so gut."

„Das habe ich gemerkt", entgegnete Laura nachdenklich. Dann entschloss sie sich zu ihrer eigenen

Überraschung dazu, ehrlich zu sein. „Also eigentlich wohne ich momentan bei ihnen, weil ich nicht weiß, wo ich sonst hin soll. Meine langjährige Beziehung in den USA ist kürzlich zu Ende gegangen und das hier ist für mich so etwas wie eine Neuorientierung. Es ist kompliziert.“

„Klingt es zu neugierig, wenn ich dich frage, was passiert ist?“

Laura schluckte. „Nun ja, sagen wir es mal so: Ich habe ihn beim Fremdgehen erwischt und dann kam eines zum anderen. Wir haben uns definitiv nicht im Guten getrennt.“

„Das tut mir leid. Wie lange wart ihr denn zusammen?“

„Drei Jahre.“

Eine Gesprächspause entstand, in der jeder seinen eigenen Gedanken nachhing. Laura fragte sich, woran Lukas wohl grad dachte.

„Und du?“, erkundigte sie sich schließlich.

„Und ich?“ Lukas tat begriffsstutzig.

„Wie ist es dir in den letzten Jahren ergangen, wenn du nicht gerade entlaufenen Stieren nachjagst?“

Er knetete seine Finger. „Als meine Eltern gestorben sind, habe ich den Hof übernommen und bin wieder hierher zurückgekommen. Mehr gibt es dazu nicht zu sagen.“ Sein Blick verschloss sich und Laura fragte sich, welche Geschichte wohl dahintersteckte, entschied dann aber, nicht weiter nachzufragen. Immerhin hatte er ihre eigene Zurückhaltung respektiert.

Sie wechselten zu unverfänglichen Themen, tranken ihre Drinks aus und bestellten aus Nostalgie zwei Runden Tequila. Dann noch mehr Bacardi-Cola, bis Laura sich dabei erwischte, wie sie immer peinlichere Geschichten aus ihrem Leben zum Besten gab.

Als hätte jemand die Uhr vorgestellt, war es plötzlich weit nach Mitternacht.

„Ich sollte gehen." Laura erhob sich hastig. Das war eine denkbar schlechte Idee. Sofort geriet ihre Welt ins Schwanken. Dieses Gefühl hatte sie schon sehr lange nicht mehr gehabt. Sie streckte den Arm nach Lukas aus, um sich festzuhalten.

„Alles in Ordnung?", fragte er lächelnd, als sie gegen ihn fiel. Wie selbstverständlich legte er die Hand um ihre Hüfte und zog sie an sich. Seine Nähe machte sie nur schwindeliger. Sie lehnte sie an ihn. Nebenbei bemerkte sie, wie er zahlte, dann gingen sie Arm in Arm nach draußen.

Die frische Luft benebelte ihren Kopf noch mehr. Sie hob den Kopf, um ihn zu küssen. Seine Lippen waren auf genau die richtige Art weich und schmeckten nach Cola mit einem scharfen Beigeschmack.

Ohne seine Lippen von den ihren zu lösen, zog er sie um die Kneipe herum, bis sie hinter einem Schuppen stehen blieben. Kühl fühlte sich die Betonwand in ihrem Rücken an, als er sie mit der Hüfte dagegen presste.

Er löste sich von ihr, nahm ihr Gesicht in seine Hände und sah sie an. „Du bist einfach unglaublich, weiß du das?", murmelte er.

Dann küsste er sie erneut. Erst sanft und zärtlich, schließlich fordernder. Ihr Atem beschleunigte sich. Seine Lippen glitten zu der empfindlichen Stelle unterhalb ihres Ohrläppchens. Sie stieß einen wohligen Seufzer aus. Seine Nähe war berauschend. Darüber, ob jemand sie überraschen könnte, dachte sie längst nicht mehr nach.

Seine Hände waren überall. Sie gruben sich in ihre Pobacken und wanderten vorwitzig ihren Rücken hinauf. Als er es bis zu ihrer Brust geschafft hatte, stöhnte sie auf und legte genießerisch den Kopf in den Nacken.

Das war ein Fehler.

Urplötzlich wurde ihr speiübel. Unsanft schob sie ihn davon und erbrach sich in die Blumenrabatten. Sie nahm wahr, wie er ihre Haare zurückhielt, als sie wieder und wieder würgte, dann sank sie zitternd auf den Boden.

15

Wie bin ich hierhergekommen, fragte sie sich am nächsten Morgen, als sie erwachte und direkt auf die pittoresken Springpferde an der Tapete ihrer Nichte schaute.

Ihr Kopf dröhnte, als wollte er zerspringen. Stöhnend drehte sie sich zur Seite und sah zu ihrem Erstaunen, dass jemand ihr freundlicherweise Alka-Seltzer und Aspirin hingestellt hatte. War das ihre Schwester gewesen? Hatte sie etwa mitbekommen, in welchem Zustand sie sich befunden hatte? Wie peinlich, am liebsten wollte sie im Boden versinken.

Auf einmal stieg der Gedanke an Lukas in ihr auf und ihr wurde heiß und kalt zugleich. Sie hatte sich übergeben. Er hatte ihr die Haare nach hinten gehalten. Aber was war dann geschehen? Ab diesem Moment setzte ihre Erinnerung komplett aus.

Wie war sie nach Hause gekommen?

Als sie sich zu der Kopfschmerztablette hinüberbeugte, glaubte sie, dass ihr Ende nahte, und fühlte sich an das letzte Mal erinnert, als sie einen richtig schlimmen Kater gehabt hatte. Schuld daran war eine billige Gin-Flasche aus dem Liquor-Store gewesen. Die hatte sie sich einverleibt, nachdem sie herausgefunden hatte, was für ein Scheißkerl ihre große Liebe Vince war, und während sie ihren Racheplan ausgearbeitet hatte.

Sie sollte an ihrem Charakter arbeiten. Oder von nun an keinen Tropfen Alkohol mehr anrühren. Das brachte sie offenbar auf furchtbare Ideen.

Mit pochendem Schädel schlurfte sie die Stufen ins Erdgeschoss hinunter. Sie brauchte jetzt dringend etwas sehr Fettiges und Salziges in ihrem Magen. Während sie den Inhalt des Kühlschranks durchforstete, vernahm sie ein Räuspern hinter sich.

Verdutzt blickte Laura sich um und sah Susanna in einem verwaschenen Morgenmantel dastehen. Die Haare strähnig und die Augen von tiefen Ringen umhüllt. Sie sah so aus, wie Laura sich fühlte.

Eigentlich hätte ihre Schwester längst bei der Arbeit sein sollen.

Dann fiel ihr der Streit gestern ein und die Enthüllung, dass Susanna wieder schwanger war. Es machte sie sehr traurig, wenn sie darüber nachdachte, was für schlimme Zeiten ihre Schwester mit den Fehlgeburten durchgemacht hatte. Ihr Gewissen nagte an ihr. Wieso war sie bloß nicht für sie da gewesen, als diese sie so dringend gebraucht hätte?

„Soll ich dir einen Tee machen?", erkundigte Laura sich in einem Anflug von Fürsorglichkeit.

„Das wäre toll! Mir ist schon den ganzen Tag schlecht." Ächzend ließ Susanna sich auf einen Küchenstuhl sinken.

„Mir auch." Laura seufzte. „Allerdings aus einem anderen Grund."

„Das war heute Nacht nicht zu übersehen." Susanna sah sie vielsagend an.

Laura senkte den Kopf. „Ich habe einen Filmriss und kann mich nicht erinnern, wie ich nach Hause gekommen bin."

Susanna schmunzelte. „Willst du die Wahrheit wissen, oder lieber in seligem Unwissen leben?"

„Oh Gott, ich habe schon befürchtet, dass es peinlich wird", stöhnte Laura, in banger Erwartung dessen, was Susanna zu erzählen hatte.

„Heute Nacht warf jemand Steinchen an unser Schlafzimmerfenster, um uns zu wecken."

„Ich hatte doch einen Schlüssel mit. Wieso habe ich Steinchen geworfen?", fragte Laura verwundert.

„Nicht du." Susanna kicherte. „Dein Begleiter."

„Begleiter?"

„Der liebe Lukas hat dich nach Hause gebracht. War wirklich ein Bild für die Götter. Er hat dich hineingetragen. Du hast gekichert und gesagt: ‚Das ist ja wie eine Braut über die Schwelle tragen.' Also hat er dich sogar die Treppe hochgehievt."

„Oh, Gott!" Laura ließ ihren Kopf in die Hände sinken.

„Moment, das ist nicht alles! Als ihr in deinem Zimmer wart, hast du vergeblich versucht, ihm einen Gutenachtkuss zu geben, und er ist gegangen. So voll habe ich dich noch nie gesehen!", schloss sie den schonungslosen Bericht.

Laura sackte in sich zusammen. „Toll. Da bin ich seit ein paar Tagen wieder im Land und schaffe es, direkt den zweitpeinlichsten Auftritt meines Lebens hinzubekommen."

Susanna lachte erneut. „Sieh es sportlich. Immerhin hast du ihm nicht auch noch vor die Füße gekotzt. So wie ich gestern in den Eintopf!"

Laura verkniff sich das Kichern, damit der Kopf nicht noch mehr schmerzte, und blickte dann zu Boden. „Ich fürchte, da täuschst du dich."

„Oh!"

Eine Pause entstand, in der Susanna sich bemühte, das Lachen zu unterdrücken. Schließlich wurde sie wieder ernst.

„Wenn du wüsstest, was bei mir alles los ist, würdest du dich mit deinen Problemen nicht in schlechter Gesellschaft fühlen."

Alarmiert sah Laura auf. Was war das für ein Ausdruck in ihren Augen? „Ich habe durchaus mitbekommen, dass es hier für dich momentan alles andere als einfach ist. Wo ist denn Henning?"

„Der hat sich seit Stunden im Schuppen eingeschlossen. Mit ein bisschen Glück durchforstet er Stellenanzeigen. Keine Ahnung, was er so macht." Ihre Schwester versuchte, ein heiteres Lächeln aufzusetzen. „Manchmal läuft es eben im Leben und manchmal kann man nur durch den Dreck kriechen."

„Es tut mir so leid, Susanna. Alles." Laura ließ die Schultern nach vorne sinken und blickte in ihre Handflächen, weil es ihr schwerfiel, sie anzusehen. „Ich wünschte, dass alles anders gelaufen wäre. Dass wir nie den Kontakt verloren hätten und dass ich dir in deiner schlimmen Zeit zur Seite gestanden hätte."

Sie bemerkte, wie Susanna zaghaft lächelte, und wurde mutiger. „Es tut mir leid, dass ich damals so unbedingt weg aus Deutschland wollte, aber ich hatte das Gefühl, dass die Trauer mich sonst erdrückt."

Susanna streckte die Hand aus und strich über Lauras Handrücken. „Mir tut es leid. Ich hätte diese bösen Worte nie sagen sollen. Aber ich war so verzweifelt, habe nicht gewusst, wie ich es ohne dich schaffen soll. Ich wollte dich auf keinen Fall verlieren und habe dich damit fortgetrieben." Eine Träne erschien in ihrem

Augenwinkel und rann langsam über ihre Wange, ohne dass sie es bemerkte. Sie ließ den Kopf hängen. „Doch das Schlimmste war, dass ich Mama in ihrer letzten Stunde geschworen hatte, dass wir Schwestern zusammenhalten und nichts uns trennen könnte." Ein Schluchzen erklang aus ihrer Kehle. Dann verbarg sie den Kopf in ihren Händen.

Laura sprang bestürzt auf und tat das, was sie vor Jahren schon hätte tun sollen. Sie nahm ihre große Schwester in den Arm, tröstete sie und weinte endlich mit ihr gemeinsam um den Verlust, den sie beide erlitten hatten.

Wie ein reinigender Fluss strömten die Tränen aus ihnen heraus und trugen Wut und Ärger mit sich fort, bis sie einander wieder näherkamen. Auf einmal fühlte sich Laura im Reinen mit sich und der Welt. Einfach nur, weil es Susanna gab und Laura für sie immer noch wichtig war. Manchmal musste so etwas reichen. Sie schwor sich, dass sich nie wieder etwas zwischen ihre Schwester und sie stellen würde.

Wenn der Streit mit Susanna gelöst werden konnte, waren eventuell auch versöhnliche Worte zwischen Vince und ihr möglich, überlegte Laura später, als eine lange, heiße Dusche und eine große Portion Rührei die Nachwirkungen des gestrigen Abends abgemildert hatten.

Vince hatte es nicht nötig, finanzielle Forderungen an sie zu stellen, dafür scheffelte er täglich viel zu viel Geld. Außerdem hatte doch er mit seinem Betrug an ihr die Ereignisse ausgelöst. Vielleicht könnte sie ihn mit einem vernünftigen Gespräch zu so etwas wie einer neutralen Einigung bringen.

Laura beschloss, ihn anzurufen. Sie würde ihren Stolz schlucken, an sein Gewissen und die schönen Zeiten appellieren und ihn bitten, ihr keine Felsbrocken für die Zukunft in den Weg zu werfen.

Sie sah auf die Uhr. In New York war es jetzt nachmittags. Vince war im Büro oder bei einem Geschäftstermin. Die Chancen standen gar nicht so schlecht, dass sie ihn persönlich erreichte.

Ihr Herz pochte nervös, als sie das Tuten in der Leitung vernahm. Sie widerstand dem Impuls, aufzulegen. Achtmal klingelte es, dann landete sie auf der Mailbox. Sie fluchte und probierte es erneut. Wieder und immer wieder. Währenddessen tigerte sie auf der schmalen Fläche zwischen Bett und Einbauschrank hin und her. Die Dielen des Holzbodens quietschten bedrohlich. Doch nichts passierte.

„Vince, ich habe etwas mit dir zu besprechen", sprach sie schließlich auf seine Mailbox, „dringend. Geh bitte ans Telefon."

Sie pfefferte das Handy aufs Bett, sank mit der Stirn gegen die Vertäfelung der Wand und ergab sich ihrem Selbstmitleid. Plötzlich spielte ihr Telefon ‚Havanna'. Wie ertappt zuckte sie zusammen und richtete sich wieder auf. Wie elektrisiert starrte sie auf das blinkende Display, das eindeutig den Namen ‚Vince' zeigte. Mit zitternden Fingern nahm sie ab.

„Hallo?"

„Laura", stellte eine gelangweilte Stimme am anderen Ende der Leitung fest.

Schon wieder Dave.

„Ich habe etwas mit Vince zu besprechen. Geh aus der Leitung, Dave!", fauchte sie.

„Ich hatte dir doch gesagt, dass er für dich nicht mehr zu sprechen ist", erwiderte er mit nervtötender Ruhe.

„Ich bin mir sicher, dass er das, was ich ihm zu sagen habe, hören will", entgegnete Laura mit unterdrückter Wut in der Stimme. „Wenn dir dein Job lieb ist, hol ihn ans Telefon."

Dave schnaubte abfällig.

„Laura, Laura. Kannst du es nicht verstehen oder willst du es nicht? Für Vince bist du gestorben."

Um nicht laut aufzuschreien, bohrte Laura sich die Fingernägel in die Hand, bis es schmerzte.

„Hör zu, ich muss dringend mit ihm persönlich über die Sache mit der Kreditkarte sprechen. Nun hol ihn ans Telefon!"

„Jetzt hör mir mal zu: Hier ist die Kacke am Dampfen. Vince hat Wichtigeres zu tun, als sich mit einer eifersüchtigen Ex-Freundin herumzuschlagen."

Laura knirschte mit den Zähnen. „Wie wäre es dann, wenn er die eifersüchtige Ex-Freundin ihrer Wege ziehen ließe, anstatt ihr Inkassounternehmen auf den Hals zu hetzen?"

Dave seufzte. „Du liest aber auch keine Zeitung, oder? Sonst wüsstest du, dass ihm das Wasser bis zum Hals steht. Ich fürchte, diesmal musst du deine Probleme selbst lösen."

Er legte auf. Fassungslos starrte Laura ihr Handy an und widerstand nur mit Mühe dem Impuls, mit der Faust gegen die Wand zu schlagen. Was hatte Dave wohl gemeint, als er sagte, bei ihnen sei ‚die Kacke am Dampfen'?

Als sie den Namen von Vince und seiner Firma googelte, riss sie vor Staunen den Mund auf. Ihr Ex-Freund hatte mit einer Affäre um Schmiergeldzahlungen und illegalen Absprachen zu tun. Die Zeitungen überschlugen sich mit Spekulationen, wie tief und wie kriminell die Vorgänge wirklich gewesen waren. Eines der Ergebnisse war jetzt schon sichtbar: Der Rückzug mehrerer renommierter Geldgeber stellte die gesamte Finanzierung infrage. Es wurde bereits von möglicher Insolvenz gesprochen.

Vermutlich hatte Dave Recht. Wenn Begriffe wie Insolvenz im Raum standen, dann würde es sich kaum lohnen, an die alten Zeiten zu appellieren. Nachdenklich ging sie zum Kleiderschrank und holte die Aktentasche hervor, in der sie ihre Papiere und ihr letztes Bargeld verwahrte. Auch wenn sie einen wirklich guten Job an Land zog, sie würde es nie schaffen, knapp zweihunderttausend Euro abzuzahlen. Sie nahm die Banktasche heraus, die sie aus Vincents Tresor geholt hatte.

Da sie es nicht gewagt hatte, ihm die Uhr zurückzubringen, als sie sich noch in Brooklyn versteckt hatte, hatte sie diese mit pochendem Herzen über die Grenze genommen. Hätte sie jemand dabei erwischt, hätte sie vermutlich nicht zu knapp Einfuhrzoll für das Schmuckstück zahlen müssen. Es war nämlich ein ordentliches Vermögen wert, wie ihre Recherchen ergeben hatten.

Wenn Vince nicht mit ihr sprechen wollte und ihr keine Chance gab, die Dinge mit ihm zu klären, war die Uhr ihre letzte Hoffnung, den Schuldenberg loszuwerden. Sie würde bei nächster Gelegenheit versuchen, sie zu verkaufen.

16

„Lukas hat gestern Abend angerufen und nach deiner Nummer gefragt", eröffnete Susanna ihr beim Frühstück.

Verdattert ließ Laura den Löffel voller Jogurt wieder senken, der sich gerade auf dem Weg zu ihren Mund befand. Beinahe fünf Tage war der peinliche Vorfall jetzt her, der ihr immer noch Hitze in die Wangen trieb. „Hast du sie ihm gegeben?"

Ihre Schwester schüttelte den Kopf. „Nein, ich weiß doch gar nicht, ob du das möchtest." Sie musterte sie prüfend. „Möchtest du?"

Lauras Herz fing aufgeregt an zu flattern, wenn sie daran dachte, wie Lukas sie geküsst hatte, und freute sie, dass er versuchte, sie anzurufen. Aber das, was danach gekommen war, war derart peinlich, dass sie ihm am liebsten auf ewig aus dem Weg gehen wollte.

„Ich weiß nicht", gestand sie.

Susanne nickte wissend. „Hier, ich habe dir seine Nummer aufgeschrieben. Du kannst dich ja bei ihm melden, wenn du deine Meinung änderst."

Laura stützte ihr Kinn in die Hände. „Er ist wirklich nett. Aber das Ganze ist mir einfach so peinlich."

Das trug ihr einen mitleidigen Blick ihrer Schwester ein. „Ich fahre heute nach Leimfeld zu meinem Gynäkologen. Möchtest du mich begleiten?", wechselte sie das Thema.

„Gern!" Laura dachte sofort an den Pfandleiher am Bahnhof. Möglicherweise konnte sie ihm die Uhr verkaufen.

„Erwarte nicht zu viel. In der Innenstadt ist leider immer weniger los. Aber vielleicht entdeckst du etwas Interessantes in einer der Boutiquen. Manchmal kann man da ein richtiges Schätzchen finden."

Laura verabschiedete ihre Schwester an der Tür der Arztpraxis. Kaum hatte sie sich auf den Weg gemacht, als die paar Sonnenstrahlen, die eben noch die Gassen des pittoresken Städtchens erhellt hatten, verschwanden und dunkelgrauen Wolken wichen. Der Himmel verfinsterte sich bedrohlich. Erste Regentropfen klatschten ihr ins Gesicht. In Windeseile waren ihre Turnschuhe durchweicht. Bei jedem Schritt gaben sie ein schmatzendes Geräusch von sich.

Laura hatte weder Kapuze noch Schirm dabei und musste dem Drang widerstehen, in ein Café zu flüchten. Sie hatte immerhin eine Mission zu erfüllen. Kurz überlegte sie, sich einen Schirm zu besorgen, beschloss dann aber, sparsam zu sein und den Regen zu ignorieren. Den knappen Kilometer bis zum Pfandleiher brachte sie im Laufschritt hinter sich. Dennoch war sie bald bis auf die Haut durchnässt.

Vielleicht hätte sie Susanna doch bitten sollen, sie das kurze Stück hierher zu fahren. Laura wollte aber eine Diskussion um die moralischen Aspekte, die die Uhr betrafen, vermeiden, und hatte ihr nicht verraten, was sie vorhatte. Sie war froh, dass sie beide inzwischen besser miteinander auskamen. Eine Meinungsverschiedenheit mit ihrer Schwester darüber, dass Laura sich streng genommen des Diebstahls schuldig machte, wollte sie nicht riskieren.

Für Susanna war eine Sache entweder richtig oder falsch. Schwarz oder weiß. Für sie existierte kein

‚dazwischen'. Moralische Diskussionen waren mit ihr schon immer ein Graus gewesen. Deshalb verstand Laura, dass ihre Nichte davor zurückschreckte, mit ihrer Mutter über die Ereignisse im Supermarkt zu sprechen.

Verblüfft betrachtete Laura den Laden des Pfandleihers, der sich schräg gegenüber dem Bahnhof eingenistet hatte, wo, wenn es hochkam, einmal stündlich ein Zug fuhr. Überraschenderweise hatte er sich seit ihrer Schulzeit kein bisschen verändert.

Auf einem breiten Schild stand das Wort ‚Pfandleihhaus'. Die Fensterfront war mit informativen Werbeversprechen gepflastert, die allerdings zum großen Teil bereits wieder abgeblättert waren. Links neben der Tür prangte das Konterfei eines lachenden alten Mannes, der mit einer Sprechblase verkündete: „Ihr Gold ist viel wert!" Darunter lockten übergroße Geldscheine den unentschlossenen Kunden.

Laura öffnete die Ladentür und ein ohrenbetäubender Gong erklang. Erschrocken fuhr sie zusammen. Außerhalb ihres Sichtfeldes lief ein Fernseher. Vermutlich irgendeine deutsche Reality-Doku. Zwei Menschen stritten sich bis aufs Blut. Darüber die gehässigen Kommentare eines Moderators.

Der Ton wurde leiser gedreht. Ein glatzköpfiger Mann mit wässrigen Augen und einem Bauch, in den locker ein Basketball gepasst hätte, kam herein. Wenn es nicht eine absurde Vorstellung gewesen wäre, hätte sie das Kleidungsstück, das er über seinem zu eng sitzenden weißen T-Shirt trug, für einen Bademantel gehalten.

Der Verkäufer legte den Kopf schief, als wäre sie ein seltenes Insekt, das er begutachten musste. Prüfend kniff er die Augen zusammen. Vermutlich versuchte er, zu ergründen, ob sie etwas kaufen oder versetzen wollte, kam aber zu keinem Ergebnis.

„Ja?", erkundigte er sich schließlich. Seine Stimme war ein gutes Stück zu hoch für einen derart bulligen Mann, sodass Laura ihn ihrerseits einen Moment verwundert musterte.

„Ich brauche kurzfristig Geld und würde gern ein Familienerbstück beleihen."

Auf dem Weg hierher hatte sie den Satz wieder und wieder vor sich hingesagt, damit er natürlich klang. Der Mann durfte keinen Verdacht schöpfen, dass irgendetwas nicht mit rechten Dingen zuging.

Gelangweilt spielte der Verkäufer mit einem Kugelschreiber. „An welche Summe dachten Sie denn?"

Behutsam zog Laura die Uhr aus der Tasche. Da blitzten die Augen des Mannes begehrlich auf. Er erkannte sofort, um was für ein wertvolles Stück es sich handelte.

„Dies ist eine Rolex Daytona Paul Newman. Von der gibt es nur noch wenige auf der ganzen Welt. Wie viel könnte ich dafür bekommen?"

Auffordernd streckte der Mann die wurstigen Finger aus. Laura legte die Uhr vorsichtig auf die Ladentheke. Der Mann nahm eine Lupe und begutachtete sie von allen Seiten. Dabei stieß er gelegentliche Seufzer aus wie „Hm" und „Ah".

„Das ist eine Fälschung", beschied er ihr plötzlich.

„Bitte, was?" Vince hatte ihr etwas von einem Familienerbstück erzählt. Wie konnte das eine Fälschung sein?

„Ein Nachbau. Sieht man deutlich an der Metalllegierung hier." Er deutete auf einen Strich an der Unterseite der Uhr.

„Das kann nicht sein!" Laura hatte das Gefühl, der Boden unter ihren Füßen würde schwanken. Die Uhr hätte ihren Recherchen nach mehr als das wert sein sollen, was sie der Bank schuldig war.

Der Mann verschränkte die Arme vor der Brust. „Dann zeigen Sie mir bitte das Zertifikat."

„Zertifikat?" Laura tat ahnungslos, als wüsste sie nicht, wovon der Mann sprach. Innerlich machte sie allerdings: „Scheiße!"

„Das Papier, das besagt, dass Sie die Uhr rechtmäßig erworben haben und befugt sind, sie auch zu verkaufen."

Laura versuchte, ihre Unsicherheit zu überspielen, und setzte ein breites Lächeln auf. „Tut mir leid. Die hat meine Großmutter nicht mehr gehabt, als sie mir die Uhr meines Großvaters geschenkt hat."

Er musterte sie abschätzig. „Ich weiß nicht, welchem Liebhaber du die Uhr geklaut hast, aber wenn er dir erzählt hat, sie sei wertvoll, hat er dir einen Bären aufgebunden. Solche Fälschungen sind nicht nur wertlos, sondern auch illegal. Wenn ich eine sehe, muss ich die Bullen verständigen. Deshalb schlage ich vor, dass du jetzt den Laden verlässt und wir so tun, als hätte unser Gespräch nie stattgefunden!"

Schamesröte stieg ihr ins Gesicht. „Wie Sie meinen." Hastig verstaute sie die Uhr wieder in ihrer Handtasche und ging mit seinen Blicken im Rücken hinaus auf die Straße.

Ihr Herz pochte fast zum Zerspringen vor Scham. Wie konnte es sein, dass die Uhr, die Vince extra in seinem versteckten Safe aufbewahrt hatte, eine Fälschung war? Warum hatte er ihr gegenüber behauptet, sie wäre ein Erbstück?

Sie war derart in ihren Gedanken gefangen, dass sie die Gruppe Männer, die sich von links näherte, nicht bemerkte. Mit Wucht stieß sie gegen die Aktentasche eines Anzugträgers.

„Passen Sie doch auf!" Der Mann ereiferte sich, als würde er die englischen Kronjuwelen herumtragen.

„Pass doch selber auf, Idiot!", gab Laura in genau dem Tonfall zurück, den man von der Diebin einer wertvollen Herrenuhr erwarten würde. Für heute war sie durch mit Höflichkeit, nass, verärgert und gedemütigt, wie sie sich durch den Pfandleiher fühlte. Vorbei die Zeiten, in denen die Besitzer von Geschäften ihr quasi den roten Teppich ausgerollt hatten, weil sie die Freundin von Vincent Cunningham II war. Sie bückte sich nach ihrer Tasche, die auf den Boden gefallen war.

„Darf ich mal durch?", raunzte sie die vier Anzugträger an, die sich noch keinen Millimeter wegbewegt hatten. Unsanft stieß sie den Mann zu ihrer Linken mit ihrem Ellbogen beiseite. Dabei traf ihr Blick auf ein Paar stahlblaue Augen. Und sie lernte mal wieder, dass man nie davon ausgehen sollte, dass es nicht noch schlimmer kommen konnte.

„Laura?", fragte Lukas überrascht und sein Anblick zog ihr durch Mark und Bein.

Die ganze Zeit hatte sie ein Wiedersehen mit ihm gefürchtet und herbeigesehnt, doch ihre heftige Reaktion überraschte sie. Plötzlich wurde ihr Körper heiß und in ihrer Kehle breitete sich eine Trockenheit aus, als würde sie seit Stunden durch die Wüste wandern. Sie unterdrückte den völlig unpassenden Impuls, sich ihm an den Hals zu werfen. Bilder von ihrem letzten Treffen schossen ihr durch den Kopf.

„Was machst du denn hier?", fragte sie kaum hörbar.

Ihre Stimme gehorchte ihr fast nicht. Es kam nur ein müdes Krächzen hinaus. Ungläubig starrte sie ihn an. Diese Selbstverständlichkeit, wie er mit den Anderen dastand, als wäre er Investmentbanker und nicht Bauer. Was war das für eine merkwürdige Maskerade?

„Das könnte ich dich auch fragen." Stirnrunzelnd fiel sein Blick auf den Laden des Pfandleihers.

„Kennt ihr euch?", fragte der Mann, den Laura eben einen Idiot genannt hatte, und die Temperatur ihrer Gesichtshaut stieg erneut auf kurz vor dem Siedepunkt. Die anderen drei blickten zwischen Lukas und ihr hin und her.

„Äh, ich hab's eilig, einen schönen Tag noch!", stotterte sie, ohne irgendwem in die Augen zu sehen, und schob sich durch die Männergruppe hindurch. Sie spürte vier Augenpaare in ihrem Rücken, während sie zielstrebigen Schrittes die Straße entlanghastete. Erst nach ein paar Metern fiel ihr auf, dass sie in die völlig falsche Richtung lief. Sie stockte kurz und schlug dann notgedrungen einen großen Bogen um den Weg, auf dem sie hergekommen war.

Eigentlich hatte sie gedacht, dass sie sich in dieser Stadt gut auskannte. Doch seit ihrem letzten Besuch hatte sich einiges geändert. Sie brauchte zwanzig Minuten länger als erwartet, weil sie zwei der Straßenzüge mit dreistöckigen Renaissancehäusern miteinander verwechselte, und hetzte gerade in die Straße, wo der Gynäkologe war, als ihr Telefon klingelte.

„Wo steckst du denn?", fragte ihre Schwester.

„Schon da!" In diesem Moment sah sie sie bereits vor der Klinkertür des Gebäudes stehen.

Susanna schüttelte den Kopf und erinnerte Laura mit den vor der Brust verschränkten Armen stark an ihre Mutter. „Manchmal habe ich das Gefühl, du bist immer noch ein Kind, das nicht auf sich selbst aufpassen kann. Wieso besorgst du dir keinen Schirm, oder wartest den Regen in einem Geschäft ab?"

„Keine Sorge, ich werde nicht so schnell krank."

„Na, wie du meinst!"

Eine Weile herrschte Schweigen, während sie im Auto in Richtung Schwarnberg fuhren.

„Alles in Ordnung mit dem Baby?", erkundigte Laura sich, als sie das Schweigen nicht mehr aushielt. Mit leichtem Schrecken registrierte sie, wie ihre Schwester zögerte. Nicht auszudenken, was mit der kleinen Familie geschehen könnte, wenn bei dieser Schwangerschaft etwas schiefginge.

„Eigentlich ja." Susanna strich sich über ihren Bauch, als wollte sie sich vergewissern, dass ihr Baby noch da war. „Die Ärztin meinte allerdings, dass ich mich mehr schonen sollte. Sie sorgt sich, dass die Wehen zu früh losgehen könnten."

Laura ahnte, was Susanna bewegte. Momentan war sie die Einzige in der Familie, die noch einen Job hatte. Und schwanger nach mehreren Fehlgeburten. Wenn die Situation eine andere wäre, würde sie sich sicher gerne auf dem Sofa ausstrecken und gemütlich ihr Baby ausbrüten. Erneut packte Laura das schlechte Gewissen, weil sie ihre Schwester mit ihrer Anwesenheit belastete.

„Tut mir echt leid, dass du im Regen warten musstest", sagte Susanna plötzlich. Anstatt sie anzusehen, schaute sie starr auf die Straße, als würde es ihr schwerfallen, diesen Satz herauszubringen. Das war typisch. Susanna hatte noch nie gern einen Fehler eingestanden.

„Kein Problem", entgegnete Laura rasch, da sie kein Interesse hatte, die Frage zu vertiefen, was sie in den letzten zwei Stunden gemacht hatte. „Ich wollte ja gerne mit."

Eine Weile schwiegen beide erneut. Als Susanna an einer roten Ampel warten musste, wandte sie sich zu Laura um.

„Ich hätte wissen können, dass du kein Geld zum Shoppen hast. Es war nicht zynisch von mir gemeint. Ich komme mir ziemlich unsensibel vor."

„Das ist es nicht", entgegnete Laura und biss sich auf die Lippen. Fragend kniff Susanna die Augen zusammen, als wüsste sie nicht, auf was Laura anspielte. Laura seufzte. „Ich bin Lukas in der Stadt begegnet."

Susanna pfiff leise durch die Zähne und trat ein wenig zu heftig auf die Bremse, als ein Auto vor ihr aus einer Einfahrt schoss. Es gab einen leichten Ruck nach vorne. Der Fahrer hinter ihnen hupte erbost.

„Alles in Ordnung mit dir?", erkundigte Susanna sich besorgt und streckte ihm im gleichen Augenblick den Mittelfinger hin.

Laura biss sich auf die Lippen. Weil sie nicht wusste, ob ihre Stimme ihr gehorchen würde, schüttelte sie stumm den Kopf. Susanna sah sie prüfend an.

„Was genau läuft zwischen euch?"

Laura schluckte. Dann entschied sie sich überraschenderweise für die Wahrheit.

„Was auch immer da war, ich fürchte, ich habe es verkackt", gestand sie und musste mit aufsteigenden Tränen kämpfen. „Ich habe ihn erst gar nicht wiedererkannt. Er trug nämlich Schlips und Kragen und war mit einer Gruppe Anzugträger unterwegs", fügte sie hinzu.

Doch Susanna reagierte nicht so überrascht, wie Laura erwartet hatte.

„Wundert mich nicht. Immerhin arbeitet er hier. Hat er das etwa nicht erzählt?" Amüsiert kräuselten sich ihre Mundwinkel.

„Nein, wieso?", fragte Laura irritiert.

„Er hat eine Softwarefirma und war vermutlich mit seinen Mitarbeitern unterwegs. Die sind ziemlich erfolgreich mit so einer Art digitalem Notizbuch, dass Handschrift in gedruckte verwandelt."

Entgeistert schaute Laura sie an. „Ernsthaft?"

„Ja, es heißt sogar, dass Facebook sie kaufen will. Bin echt gespannt, was er dazu sagt. Immerhin hängt er an der Firma, die er aus dem Nichts aufgebaut hat. Ich kann mir nicht vorstellen, dass er sie einfach einem Giganten in den Rachen schmeißt. Aber wer weiß."

„Ich dachte, er betreibt den Hof seiner Eltern weiter", entgegnete Laura, die das soeben Erfahrene noch nicht wirklich verstehen konnte.

„Das tut er auch. Ist mehr so ein Hobby. Er meint, es entspannt ihn, am Wochenende mit dem Traktor über die Felder zu fahren.“

17

Am nächsten Tag bekam sie Schüttelfrost und Fieber und musste sich eingestehen, dass es mit ihrem Immunsystem doch nicht so weit her war. Sie schlief beinahe zwei Tage durch. Erst am dritten fühlte sie sich wieder wie ein Mensch. Allerdings besaß sie immer noch eine Stimme, die einen Job in einer Erotik-Hotline nahegelegt hätte.

„Herr Turan hat angerufen und dich um einen Rückruf gebeten", erzählte Susanna, als sie gemeinsam beim Abendessen saßen.

„Wirklich? Über Ava kann er doch viel besser mit dir reden." Verwirrt sah Laura ihre Schwester an.

„Er wollte dich wegen etwas anderem sprechen."

Sowohl Henning als auch Ava taten so, als würden sie sich ganz auf die Kartoffelsuppe vor ihnen konzentrieren.

„Ich kann mir nicht vorstellen, was er mit mir noch zu besprechen hat."

Ein wissendes Lächeln überzog Susannas Lippen. „Er hat seine Handynummer hinterlegt und gemeint, du könntest ihn ruhig auch abends anrufen." Sie hob vielsagend die Augenbrauen.

Laura wandte sich hastig ab, damit ihre Schwester nicht die verräterische Farbe sehen konnte, die ihre Wangen heraufkroch. Sie erhob sich, kaum dass das Essen beendet war. „Na, dann werde ich ihn gleich mal zurückrufen. Wer weiß, was er wollte."

Drei fragende Gesichter beobachteten sie, als sie sich entschuldigte und die Treppe in ihr Reich hinaufstieg.

Im Schneidersitz hockte sie sich auf das schmale Bett. Nachdenklich schaute sie den Zettel mit der Handynummer an. Wie sollte sie reagieren, wenn er tatsächlich versuchen sollte, sich mit ihr zu verabreden? Schließlich beschloss sie, ihm höflich klarzumachen, dass ein Date mit ihr gegenwärtig keine gute Idee wäre. Dann wählte sie die Nummer.

„Turan?", meldete er sich bereits beim dritten Klingeln, als hätte er auf ihren Anruf gewartet.

„Hallo, hier ist Laura ... Laura Wildgruber. Sie hatten um meinen Rückruf gebeten."

„Ja, genau, großartig, dass Sie so schnell zurückrufen. Kurze Frage vorweg: Geht es Ihrer Nichte mittlerweile besser?"

„Ich denke schon", entgegnete Laura abwartend. Noch immer wusste sie nicht, was er mit seinem Anruf bezweckte.

„Gut. Wir haben die Angelegenheit jetzt jedenfalls im gesamten Kollegium im Blick. Es gab noch zwei weitere Kinder, die Probleme mit Leonie hatten, und wir sind nun in engem Kontakt mit ihren Eltern. So etwas sollte nicht noch einmal vorkommen." Er räusperte sich. „Unser Gespräch neulich hat mich auf eine Idee gebracht. Ich hoffe, Sie finden es nicht übergriffig, wenn ich mich erkundige, was Sie gegenwärtig tagsüber so machen?"

Laura stutzte. Das war eine seltsame Frage. „Nun ja ...", begann sie zögernd.

„Entschuldigen Sie, ich wolle Sie nicht in Verlegenheit bringen", unterbrach er sie. „Ehrlich gesagt habe ich gehört, dass Sie sich beruflich neu orientieren, richtig?"

„So könne man das sagen." Sie fragte sich verwundert, wer ihm das wohl gesteckt hatte.

„Ich komme am besten ganz frech zur Sache: Wir sind im Kollegium gegenwärtig extrem knapp besetzt und nun fällt eine Lehrerin auch noch kurzfristig aus, weil sie schwanger ist. Kurzum: Hätten Sie vielleicht Interesse an einer Aushilfsstelle als Lehrerin?"

Verdattert rieb Laura sich den Nacken. „Das kommt unerwartet. Außerdem habe ich leider noch kein Referendariat gemacht, bin also gar nicht vollständig qualifiziert."

Er lachte. „Das war mir klar, Frau Wildgruber. Aber momentan ist es so schwierig, Aushilfslehrer zu bekommen, dass die Schulen immer mal wieder auf fortgeschrittene Pädagogikstudenten zurückgreifen." Er räusperte sich erneut. „Hören Sie, es geht vorrangig um eine vierte Klasse. Für die soll das Schuljahr noch zu einem guten Abschluss gebracht werden. Das sind nette Kinder, vermutlich ist das ein Selbstläufer, wenn Sie ein wenig gute Laune mitbringen."

Laura zögerte. „Ich fürchte, dass ich aus der Materie schon ziemlich raus bin", warf sie ein.

„Wir haben hier eine wirklich nette Lehrerschaft. Hier werden Sie sicher jede Unterstützung finden, die Sie brauchen. Und wer weiß: Vielleicht haben Sie so viel Spaß an der Sache, dass Sie bleiben und im nächsten Schuljahr das Referendariat bei uns machen."

„Das klingt fast zu gut, um wahr zu sein."

„Nicht wahr? Am besten, Sie sagen ‚ja'!"

Laura lachte und fällte überraschend einen Entschluss. „In Ordnung, ich freue mich."

„Großartig! Montag geht es los. Kommen Sie am besten morgen vorbei. Dann können wir alles besprechen."

Als er aufgelegt hatte, starrte sie sprachlos an die Wand. Hatte sie gerade tatsächlich ein Jobangebot erhalten und angenommen? Sie spürte einen leichten Schwindel in sich aufkommen, ob der Herausforderungen, die ihr jetzt bevorstanden. Dann sauste sie nach unten, um ihrer Schwester alles zu erzählen.

„Ihr glaubt es nicht!", rief sie, kaum dass sie das Wohnzimmer betreten hatte, wo Ava und Susanna mit einem Buch auf dem Sofa saßen.

Ihre Schwester ließ ihren Roman sinken. „Hast du vielleicht ein Date?"

„Was? Nein, Quatsch! Ich habe einen Job!", verkündete Laura triumphierend mit dem Gefühl, dass das die bessere Wahl war.

Drei Tage später stand sie vor der Tür des Lehrerzimmers und versuchte, sich zu überwinden, den Raum zu betreten. Sie fühlte sich wie eine Hochstaplerin, die eine Rolle zu spielte, die ihr Nummern zu groß war.

„Kann ich Ihnen helfen?"

Laura zuckte zusammen. Eine hagere, hochgewachsene Frau mit strengen Gesichtszügen stand vor ihr und blickte sie fragend an. Augenblicklich fühlte Laura sich wie ein Kind, das etwas ausgefressen hatte, und musste sich zusammenreißen, um nicht plötzlich eine Entschuldigung zu stammeln.

„Laura Wildgruber, guten Tag!" Zaghaft streckte sie die Hand aus. „Ich bin die Vertretung für Frau Klimt.

Ich muss gestehen, dass ich mir selbst erst ein wenig Mut machen muss, um hineinzugehen."

Ein verstehendes Lächeln erhellte das mürrische Gesicht der Anderen und ließ es nahbarer und sympathischer erscheinen. Sie schüttelte die dargebotene Hand.

„So haben wir uns alle bei unserem ersten Mal gefühlt. Wie schön, dass Herr Turan endlich jemanden gefunden hat. Ich bin übrigens Gerlinde Mayer. Keine Angst, meine Liebe, alle werden Sie mit offenen Armen empfangen, weil sie erleichtert sind, nicht noch mehr Stunden geben zu müssen!"

Sie öffnete die Tür und machte eine auffordernde Geste. „Kommen Sie nur herein, von denen hier beißt niemand."

Schüchtern trat Laura ein und sah sich um. Nichts erinnerte mehr an den dunklen, verräucherten Raum, in den man sich zu ihrer Schulzeit nur im allergrößten Notfall hatte wagen können. Zwei luftige Sitzecken luden zum Entspannen ein. Ein großer Konferenztisch in der Mitte bot Platz zum Arbeiten oder für Gespräche. Drei Kollegen waren bereits eingetroffen.

Zwei Lehrerinnen hoben die Köpfe und musterten Laura neugierig. Der Mann dagegen starrte konzentriert auf sein Handy, ohne Notiz von seiner Umgebung zu nehmen.

Laura grüßte in die Runde. „Hallo, ich bin die Neue. Laura Wildgruber. Schwangerschaftsvertretung."

Die beiden Frauen lächelten erfreut. „Herzlich willkommen! Wir hatten schon große Sorge, dass sich bis zum Sommer niemand mehr findet. Da ist es ein Glücksfall, dass Sie Zeit haben", erwiderte eine schlanke Brünette.

Laura setzte sich zu ihnen an den großen Tisch. Zu ihrer Überraschung fühlte sie sich in der Runde der neuen Kolleginnen wohl und hoffte, dass ihr Start bei den Kindern ähnlich sein würde.

Doch leider erfüllte sich diese Hoffnung nicht.

„Die 4c ist eine nette Klasse und wird es Ihnen bestimmt leicht machen. Sie haben die vorherige Lehrerin sehr gemocht. Es gibt keinen Grund, warum das jetzt anders sein sollte", erzählte Herr Turan ihr, als sie dem grau gefliesten Gang zum Unterrichtsraum folgten. Laura betete, dass er recht hatte.

„Kinder, hier ist Frau Wildgruber, eure neue Lehrerin. Seid nett zu ihr. Wenn ich es richtig verstanden habe, hat sie sogar schon einmal einen Stier besiegt. Die ist gefährlich, wenn ihr einer frech kommt!" Er zwinkerte und wünschte ihnen viel Spaß.

Als er gegangen war, fühlte Laura sich merkwürdig verlassen.

Ihr erster Fehler war, diesem Gefühl für eine Millisekunde nachzugeben. Eine kaum merkliche Millisekunde. Aber ihre neuen Schüler witterten augenblicklich ihre Chance und begannen zu quatschen, sobald die Tür geschlossen war. Nur mit größter Mühe konnte sie sich Gehör verschaffen. Am Ende schaffte sie es bloß, dass alle ihr ihre Aufmerksamkeit schenkten, weil sie dreimal herzhaft auf den Tisch schlug.

Deutlich vernahm sie die amüsierten Blicke, die die Kinder sich gegenseitig zuwarfen. Diese Klasse würde es ihr nicht leicht machen. Zumindest in dem Punkt hatte sich Herr Turan getäuscht. Besonders ein Junge in der vorletzten Reihe, mit frechem Bürstenschnitt und durchtrieben funkelnden Augen, erschien ihr wie eine Bombe, die kurz davor war zu explodieren.

Mit aller Kraft versuchte sie, die aufkeimende Angst zurückzudrängen. Hatte es eine Vorlesung gegeben oder ein Seminar, in dem man lernte, wie man eine Klasse für sich gewann?

„Wer kann mir sagen, was ihr als Letztes in Deutsch durchgenommen habt?", probierte sie es auf die kooperative Tour.

Selbstverständlich hatte sie sich gründlich vorbereitet. Die vergangenen zwei Tage hatte sie sich quasi durchgängig oben in ihrem Zimmer eingeschlossen und war stapelweise Unterlagen durchgegangen, die sie von Herrn Turan erhalten hatte. Allerdings war es darin hauptsächlich um den Stoff gegangen, der vermittelt werden sollte, nicht um Klassenpsychologie.

Erleichtert nahm sie wahr, dass sich eine dunkelhaarige Schülerin mit vermutlich asiatischer Herkunft meldete.

„Wir haben für das große Diktat geübt", verkündete das Mädchen und ignorierte das Gestöhne der anderen. „Das sollte eigentlich letzten Mittwoch geschrieben werden, aber dann ist Frau Klimt ausgefallen."

Laura schenkte ihr ein strahlendes Lächeln. „Danke, äh, Salma", sagte sie mit einem raschen Blick auf das Namensschild, das jedes Kind am Tisch stehen hatte.

„Gern, Frau Wildgruber", antwortete Salma erstaunlich selbstbewusst. „Aber wieso haben die anderen Lehrer Ihnen denn nicht gesagt, was wir gerade machen?"

Perplex starrte Laura sie an. Diesen Spruch hätte sie sich als Kind nie, wirklich niemals zu sagen gewagt. Doch bevor sie zu einer Erwiderung ansetzen konnte, hatten die Kinder schon begonnen, sich zu unterhalten. Hilflos sah sie zu, wie zwei Mädchen an einem Stück Papier zerrten, um das sie sich offensichtlich stritten. Ein Junge klaute einem anderen die Federmappe. Dann hielt er sie hoch in die Luft und flitzte im Zickzack durch das Klassenzimmer. Der Bestohlene quittierte das mit wütendem Geheul und setzte zur Verfolgung an.

„Hört damit sofort auf!", verlangte Laura, doch niemand schenkte ihr Gehör.

Die Kinder feuerten die beiden Streithähne sogar noch an. Der Dieb stieß mit einem blonden Mädchen zusammen, das gerade mit ihrer einhornbedruckten Flasche zum Trinken ansetzte. Unglücklicherweise verpasste er ihr einen Schlag, der dazu führte, dass sie sich die Flasche an die Lippen schlug. Sie heulte auf und verfolgte ihrerseits den Delinquenten.

Der wurde auf diese Art in einer Ecke festgesetzt, sodass der Besitzer der Federmappe mit ihm um diese rangelte. Dabei sprang der Reißverschluss auf und die Stifte verteilten sich auf dem Boden. Ein knirschendes Geräusch zeigte an, dass mindestens einer zu Bruch ging, als das Mädchen aus Versehen darauf trat. Dessen Besitzer setzte zu einem wütenden Faustschlag an.

Laura realisierte, dass sie mit freundlichen Ermahnungen nicht mehr weiterkam. Mit einem Hechtsprung ging sie dazwischen und zerrte die beiden Jungen auseinander. Dann erinnerte sie sich an die Warnung einer Freundin, dass man sich niemals in den Streit zweier Hunde einmischen sollte. Bei Schulkindern war es vermutlich dasselbe. Denn wie es auch immer passierte, sie hatte aus heiterem Himmel einen

Ellenbogen in ihrem rechten Auge. Augenblicklich schmerzte es höllisch.

Doch sie hatte kaum Zeit, sich zu fragen, ob sie ernsthaft verletzt war. Das Papier, um das sich die beiden Mädchen gestritten hatten, zerriss und sie fielen auf den Hosenboden. Nicht ohne ebenfalls ein Geheul anzustimmen.

Mit einem Ruck ging die Tür zum Klassenzimmer auf. Die Augen ihrer neuen Kollegin Gerlinde glitten durch den Raum. Pfeilschnell verstand sie, was los war. Sie schlug hart mit der Faust auf dem Tisch und schrie gleichzeitig mit ihrer tiefen Stimme: „Ruhe!"

Verdutzt und ertappt hielten die Kinder in ihrer gegenwärtigen Bewegung inne und blickten auf.

„Setzen und Leisezeichen", kommandierte Gerlinde wie ein Feldwebel.

Staunend beobachtete Laura, wie die Schüler zu ihren Plätzen hasteten, sich ordentlich hinsetzten, einen Finger auf die Lippen legten und eine Hand in die Höhe streckten.

Auch Laura fühlte sich ertappt. Ertappt und unfähig, als hätte sie niemals irgendeine pädagogische Ausbildung genossen. Was tat sie hier bloß? Offenbar war sie als Lehrerin ein Totalausfall. Hätte sie sich doch niemals auf das Angebot eingelassen.

Sie unterdrückte den Impuls, die Prellung an ihrem Auge mit der Hand zu untersuchen. Viel zu peinlich war die Tatsache, nach noch nicht einmal einer Schulstunde ein blaues Auge kassiert zu haben. So souverän, wie sie konnte, ging sie auf die ältere Kollegin zu.

„Vielen Dank", sagte sie mit zittrigem Lächeln. „Ich hätte vermutlich früher schon beherzt auf den Tisch hauen sollen."

„Ist alles eine Frage der Erfahrung." Aufmunternd klopfte sie Laura auf die Schulter.

„So, Kinder", wandte sie sich an die Schüler, die immer noch brav auf die beiden Lehrerinnen blickten, als könnten sie kein Wässerchen trüben. „Ihr seid die Großen hier an der Schule! Ihr wisst, wie man sich zu benehmen hat. Wenn ich das nächste Mal kommen muss, weil ihr meinen Unterricht nebenan stört, gibt es ernsthaft Ärger."

Dann löste sie ihren strengen Gesichtsausdruck auf.

„Frau Wildgruber ist eine sehr nette Lehrerin, mit der man sicher viel Spaß haben kann. Verderbt es euch nicht mit ihr."

Sie verabschiedete sich und verließ das Klassenzimmer. Laura bemerkte, dass sie das rechte Bein ein wenig nachzog. Dann wandte Laura sich den Schülern zu. Verdutzt sah sie, dass diese sie immer noch ruhig und mit Fingern auf den Lippen anschauten.

„Holt eure Hefte raus, wir schreiben ein Diktat", improvisierte sie und ignorierte das Murren.

Erschöpft kletterte sie nach vier Schulstunden auf ihr Fahrrad und genoss den Fahrtwind auf ihrem geschwollenen Auge. Unweigerlich fuhr sie an der ‚Schelle' vorbei. Nun würde sie vermutlich jeden Tag daran denken, wie Lukas sie hier geküsst hatte. Schon beim Gedanken an ihn stieg ein warmes Gefühl in ihrem Inneren auf. Zu dumm, dass der Abend so grandios danebengegangen war. Eine tiefe Sehnsucht breitete sich in ihrem Bauch aus. Nach dem Mann mit dem umwerfenden Lächeln und diesem verheißungsvollen Blick. Nach der Art, wie seine Augen sich verdunkelt hatten, als seine Hände ihre nackte Haut berührten. Vielleicht sollte sie es drauf ankommen lassen und ihn einfach zurückrufen.

Plötzlich erklang eine Hupe. Ertappt fuhr sie zusammen und war dankbar dafür, dass niemand ihre Gedanken lesen konnte.

„Huhu!", rief es aus dem Auto. Zu ihrer Überraschung erkannte sie Max.

„Was machst du denn hier?"

Sein Blick wich dem ihren aus. „Ich hatte hier zu tun. Und du?"

Mit ungutem Gefühl fragte Laura sich, ob er ihr aufgelauert hatte. Immerhin war es bereits das zweite Mal, dass sie sich quasi ‚zufällig' trafen.

„Ich habe grad meinen ersten Arbeitstag als Lehrerin hinter mir", erwiderte sie und bemühte sich um eine optimistische Miene.

Max blickte überrascht. „Habe ich bei unserem letzten Gespräch etwas verpasst?"

„Mag sein." Laura hob eine Hand zum Abschied. „Ich muss dann auch mal weiter."

„Moment", hielt er sie zurück. „Wollen wir nicht vielleicht das ausgefallene Abendessen nachholen? Wie sieht es bei dir heute aus?"

„Tut mir leid, ich muss mich erst mal gründlich einarbeiten." Sie machte ein gequältes Gesicht.

„Ich wusste gar nicht, dass du Lehrerin bist."

„Ich auch nicht! Mal im Ernst: Ich bin nicht wirklich eine Lehrerin. Ich habe meine Ausbildung nach dem ersten Staatsexamen geschmissen. Lange Geschichte!"

„Vielleicht dann am Wochenende? Ich bin schon auf die ganze Story gespannt!"

Laura seufzte. Aus dieser Nummer kam sie nicht mehr heraus, ohne ihm einen sehr unhöflichen Korb zu geben. „Wie wäre es mit Freitag?"

„Perfekt. Ich hole dich um acht zu Hause ab", rief Max ihr zu, wendete sein Auto und fuhr los.

„Wie war dein erster Tag?", erkundigte Susanna sich, als sie, mit Einkaufstüten bepackt, nach Hause kam.

Hastig kam Laura ihr zu Hilfe. „Du sollst in deinem Zustand sicher nicht so schwer tragen!"

„Ist nicht so schwer", protestierte Susanne, ließ sich aber bereitwillig ihre Last abnehmen.

Laura fragte sich, wieso Henning diese Aufgaben nicht übernahm, jetzt, wo er nicht arbeitete. Doch er verzog sich lieber in seine Hütte, aus der er nur für die gemeinsamen Mahlzeiten hinauskam.

„Was macht dein Mann eigentlich den ganzen Tag?", entfuhr es Laura. Sogleich wünschte sie, sie hätte sich auf die Zunge gebissen. Sie wusste doch, wie empfindlich Susanna auf alles reagierte, was nur im Entferntesten mit Kritik an ihrer Familie zu tun hatte.

Dieses Mal seufzte Susanna bloß.

„Er sagt, dass er Stellenanzeigen durchforstet und eine bahnbrechende App programmiert." Hilflos hob sie die Hände. „Ich habe aber auch die Befürchtung, dass er den ganzen Tag Onlinespiele spielt. Ich mache mir Sorgen um ihn", gestand sie, nachdem sie sich vergewissert hatte, dass Ava nicht schon wieder große Ohren machte.

„Das kann ich mir vorstellen." Laura legte ihr die Hand auf den Arm.

„Er kommt einfach nicht mit seinem Jobverlust klar und kapselt sich ab." Susanna lehnte sich leicht an Laura. „Wir haben noch kein einziges Mal in Ruhe über das Baby gesprochen, so als würde ihn das gar nicht interessieren. Damals bei Ava war er ganz wild darauf, meinen Bauch zu streicheln und die Bewegungen des Babys zu spüren." Tränen sammelten sich in ihren Augen, die sie mit einer unwirschen Geste wegwischte.

„Vielleicht macht er sich Sorgen, ob alles gut geht? Männer sprechen nicht so gern über Gefühle."

Susanna lächelte matt. Die Erschöpfung stand ihr ins Gesicht geschrieben. Laura fragte sich, ob der anstrengende Job in ihrem Zustand nicht langsam etwas viel für sie war.

„Ich hoffe, dass es nur das ist. Ehrlich gesagt, frage ich mich, ob er vielleicht eine andere hat. Noch nie habe ich mich so distanziert von ihm gefühlt. Auch nicht, als ich im Taunus war und wir uns nur jedes zweite Wochenende sehen konnten."

Laura wusste, auf welche Phase sie anspielte. Damals, Laura war noch ein Teenager, hatte Susanna in Süddeutschland gearbeitet. Das musste ungefähr zu der Zeit gewesen sein, als sie Max kennengelernt hatte.

„Ist es nicht witzig, dass Max nur wenige Kilometer entfernt wohnt und ihr euch dennoch, wie lange, nicht gesehen habt?", fragte sie.

„Zehn Jahre", entgegnete Susanna. „Zehn Jahre ist es her", wiederholte sie, die Augen weit in die Ferne gerichtet. Dann hob sie bedauernd die Schultern. „Es war für Max eine schwere Zeit."

Prüfend blickte Laura ihre Schwester an. Bei der Erwähnung von Max hatten sich auffällige, rote Flecken in ihrem Gesicht gebildet. Auf einmal kam Laura ein Verdacht.

„Hattet ihr, du und Henning, in der Zeit nicht so eine starke Beziehungskrise, dass ihr euch für ein paar Monate getrennt hattet?"

Geradezu alarmiert sah Susanna sie jetzt an. Laura wusste augenblicklich, dass sie ins Schwarze getroffen hatte.

„Ach Gott, das ist alles Ewigkeiten her." Susanna winkte ab. „Erzähl du mir lieber, wie dein erster Tag in der Schule heute war. Kann es sein, dass du dir ein Veilchen geholt hast?"

Die halbe Nacht lang durchforstete Laura das Internet nach Strategien, wie man eine widerspenstige Klasse für sich gewann, und legte sich schließlich einen Plan zurecht. Sie betete, dass sie damit Erfolg hatte. Noch so einen Tag wie den vergangenen wollte sie auf keinen Fall erleben.

Als sie am nächsten Tag mit schweißnassen Händen den Klassenraum betrat, gaben sich ihre Schüler größte Mühe, sie zu ignorieren. Lauras Mut sank. Sie brauchte drei Anläufe und ihr gesamtes Stimmvolumen, bis die über Tisch und Bänke tobenden Kinder wahrnahmen, dass ihre Lehrerin eingetroffen war.

„Heute hat es aber gedauert, bis Ruhe eingekehrt ist!", sagte sie mit gerunzelter Stirn und registrierte nur wenige zerknirschte Mienen. Die meisten grinsten frech und warteten gespannt auf Lauras nächste Schritte.

Früher als gedacht war der Moment für den einzigen Trick gekommen, den sie auf Lager hatte. Sie hob das Kinn und startete ihre Charmeoffensive. „Jetzt ist Spielzeit. Wir gehen auf den Pausenhof."

Zweiundzwanzig überraschte Gesichter sahen sie an. Diesmal aber protestierte niemand. Vergnügt und friedlich marschierten alle nach draußen.

So weit, so gut, dachte Laura bei sich. Mal sehen, ob die Profis auf Youtube wirklich recht hatten. Die meinten nämlich, dass man den Schülern zunächst beibringen musste, dass sich Kooperation lohnte, und rieten zu unerwarteten Spielzügen.

Laura verbrachte eine entspannte Stunde auf dem Schulhof, genoss die Sonnenstrahlen und bemühte sich, mehr über die Strukturen in ihrer Klasse herauszufinden. Wer mit wem eng befreundet war, welche Kinder sich hassten, wer den Ton angab.

Schnell kristallisierten sich unterschiedliche Gruppen heraus. Bei den Jungen waren es drei. Mehr als die Hälfte bevorzugte Fang- und Laufspiele und wollte sich austoben. Für einige war es der größte Spaß, die Mädchen bei jedem erdenklichen Spiel zu stören. Zwei blieben am liebsten unter sich und suchten die Wiese nach Insekten ab. Bei den Mädchen war es ähnlich. Die meisten allerdings versuchten, die Aufmerksamkeit der Jungs zu erringen, und spekulierten, wer in wen verliebt sein könnte.

Deutlich ruhiger kehrten die Kinder in den Klassenraum zurück.

„Hat euch die Spielzeit Spaß gemacht?", erkundigte Laura sich und erntete ein enthusiastisches „Ja!".

„Wollt ihr das gern noch einmal machen?", legte sie nach.

„Ja!", erscholl es aus zweiundzwanzig Mündern.

„Gut. Ich zeige euch etwas: Immer, wenn eine Stunde ruhig und gesittet gelaufen ist, und immer, wenn ihr gemeinsam eine Sonderaufgabe gelöst habt, werde ich eine von diesen Murmeln in das Marmeladenglas tun."

Sie demonstrierte es und ließ eine mit einem *Klonk* in das Glas fallen, das sie im Vorratsschrank ihrer Schwester gefunden hatte. Die Murmeln waren eine freundliche Leihgabe von Ava, bis Laura Gelegenheit hatte, sich selbst welche zu besorgen.

„Wenn das Glas voll ist, gibt es eine ganze Stunde Spielzeit. Was sagt ihr?"

Zufrieden vernahm Laura das zustimmende Jubeln. Die folgende Deutschstunde begann wunderbar gesittet und kooperativ. Sie glaubte schon, das Geheimnis erfolgreicher Lehrer entschlüsselt zu haben. Da ging die Tür auf und Finn stolzierte herein. Er grüßte lässig, als wäre er ein Teeniestar und wanderte ohne ein Wort der Entschuldigung zu seinem Platz. Dabei klatschte er sogar ein paar Kinder ab, an denen er vorbeikam, und fragte seinen besten Freund Johannes: „Was geht ab?"

„Schön, dass du es mittlerweile auch in die Schule geschafft hast", versetzte Laura. „Ich nehme an, du hast eine Erklärung deiner Eltern zu einem unvermeidbaren Arztbesuch dabei, oder? Dann solltest du mir diese geben."

Finn riss die Augen auf und blickte sie herausfordernd an. „Tut mir leid, ich habe verschlafen." Mit diesen Worten drehte er sich Beifall heischend zu seinen Freunden um.

„Das ist nicht lustig." Laura unterdrückte nur mit Mühe ihre Wut. „Sieh zu, dass das nicht mehr vorkommt!"

Damit wollte sie das Thema großzügig beenden. Doch mit der Ankunft des Jungen war die Ruhe in der Klasse vorbei. Als der Unterricht für heute erledigt war, fühlte sie sich wie nach einem Marathonlauf.

18

In der Nacht träumte sie von dem Moment, an dem sie das Haus von Frau Blum betreten hatte. Doch im Traum fand sie die alte Frau nicht wohlbehalten in ihrem Sessel vor. Stattdessen lag diese mit verkrümmten Gliedern am Fuß der Treppe. Als sie in das mumifizierte Gesicht blickte, schrie sie auf, weil sie plötzlich ihre eigene Mutter erkannte.

Mit klopfendem Herzen saß sie im Bett und starrte an die Decke. Sie brauchte eine Weile, um zu begreifen, wo sie war. Noch länger dauerte es, wieder in den Schlaf zu finden, so dass sie am nächsten Morgen aufwachte, als hätte sie die Nacht durchgezecht.

Sie schluckte zwei Kopfschmerztabletten und sagte sich, dass sie auf diese Art immerhin nicht von Vince und dem Moment geträumt hatte, als ihr Leben den Bach runterging. Dennoch fühlte sie sich wie gerädert und wenig in der Lage, ihrer ablehnenden Klasse etwas entgegenzusetzen. Gleichzeitig ärgerte sie sich über sich selbst. Denn sie hatte immer zu den coolen Lehrern gehören wollen, die einen guten Draht zu ihren Schülern hatten.

Dass sie davon meilenweit entfernt war, erkannte sie, als sie zwei Minuten vor Beginn der ersten Stunde den Klassenraum betrat. Das aufgeregte Schnattern, das sie noch aus dem Flur vernommen hatte, wich einem Wispern.

Obwohl der Tag gerade erst begonnen hatte, herrschte bereits unübersichtliches Chaos. Offenbar hatten schon einige Papierkugelschlachten stattgefunden. Vielleicht auch Bleistiftkämpfe, denn die flogen ebenfalls kreuz und quer durch den Raum. Ganz zu schweigen von mindestens der Hälfte der Arbeitsblätter, die sie gestern erst ausgehändigt hatte.

Sie widerstand dem Impuls, auf dem Absatz kehrtzumachen, und ging zu ihrem Pult. Mit spitzen Fingern griff sie nach einem dreckigen Taschentuch, das sich unerlaubterweise darauf eingefunden hatte, und beförderte es in den Papierkorb. Dann registrierte sie, wie zweiundzwanzig Schüler sie gespannt anblickten, und wappnete sich gegen einen Streich. Doch erst bei Beginn des Unterrichts begriff sie, was Sache war.

Sie wandte sich zum Smartboard um und erstarrte. Zweimal kniff sie die Augen zusammen. Aber letztlich bestand kein Zweifel. Auf die Tafel hatte jemand ein nacktes Paar gemalt und ein Herz um beide gezogen. Damit klar war, wer mit der überraschend detaillierten Zeichnung gemeint war, prangte über dem Bild des Mannes das Wort ‚Turan‘ und über dem der Frau ‚Wildi‘. Entsetzt sog sie die Luft ein. Wer hatte das gemacht? Und vor allem, wie sollte sie reagieren?

In ihrem Rücken kicherten die Kinder. Plötzlich war sie wieder zwölf, stand an der Tafel mit einer Matheaufgabe, die sie nicht bewältigen konnte, und einer Lehrerin, die sie der gesamten Klasse vorführte. Schweiß breitete sich unter ihrer Bluse aus, ihre Hände wurden feucht und ihr Fluchtinstinkt überwältigte sie beinahe. In Gedanken verfluchte sie den Moment, an dem sie sich auf diesen Job eingelassen hatte.

Dann erwachte ihr Kampfgeist. Ihre einzige Chance auf einen Neuanfang würde sie sich nicht von einer frechen Klasse zerstören lassen, die sie bloß ein wenig auf die Probe stellte. Das hätten sie vermutlich mit jedem neuen Lehrer versucht. Sie atmete tief durch, nahm ihr Smartphone und machte ein Beweisfoto. Dann drehte sie sich zu ihren Schülern um.

„Wer von euch ist dafür verantwortlich?"

Die Kinder glucksten leise. Niemand antwortete. Aber einige Blicke wanderten hinüber zu Finn, der sich auf seinem Stuhl zurückgelehnt hatte und grinste.

„So etwas ist nicht in Ordnung, das muss euch doch klar sein, oder?" Erneut sah sie ihre Schüler stirnrunzelnd an. „Ein bisschen mehr Mut würde ich von demjenigen, der das gezeichnet hat, schon erwarten!" Sie schaute auffordernd in die Runde. „Finn, darf ich deine Miene so deuten, dass du mir sagen könntest, wer das war?"

Nun blickten einundzwanzig kleine Nasen zu ihm herüber. Doch es kam weiterhin keine Antwort.

„Also gut. Schlagt das Adlerheft auf und bearbeitet die Seiten 26 bis 28."

Ohne abzuwarten, ob ihrer Anweisung Folge geleistet wurde, drehte sie sich um und wischte die Schmiererei weg.

„Der Rest ist Hausaufgabe. Ich würde an eurer Stelle anfangen", sagte sie und betete darum, Ruhe bewahren zu können. Diesen kleinen Störenfried musste sie sich ein anderes Mal vornehmen.

Leider wusste sie noch nicht wie.

Endlich ertönte das Klingeln und die Kinder eilten in die Pause. Normalerweise wäre das für Laura der dringend benötigte Moment gewesen, durchzuatmen. Doch heute hatte sie ihre erste Pausenaufsicht.

Auf dem weitläufigen Schulhof war außer ihr nur eine weitere Lehrkraft im Dienst und bewachte das Areal mit dem eingezäunten Fußballplatz jenseits der Turnhalle. Wie ein Adler ließ Laura ihre Augen über die Schülergruppen schweifen, um nichts zu übersehen.

Plötzlich sah sie einen Rotschopf an sich vorbeirasen und musste lächeln. Ein wenig ziellos hüpfte Ava umher. Vielleicht suchte sie ihre Freundinnen? Vor der Sporthalle blieb sie stehen. Offenbar hatte jemand sie gerufen. Aus einem Spielhaus trat ein Junge. Erfreut wandte Ava sich ihm zu. Als Laura erkannte, wer der Junge war, drehte sich ihr der Magen um. Ausgerechnet Finn.

Ava kicherte und fuhr sich mit der Hand durch das Haar. Woher kannten sich die beiden? Ihre Nichte war eine Stufe unter ihm. Laura wurde schlecht. Es schien fast so, als würde Ava ihn anhimmeln. Verdammt, das hatte noch gefehlt.

Hieß derjenige, in den Ava heimlich verliebt war, nicht auch Finn? Dass ihr das nicht früher aufgefallen war!

Mit verbissenen Mienen folgten einige Mädchen dem Gespräch. Augenscheinlich lechzten sie danach, an Avas Stelle zu sein. Finn musste tatsächlich der ‚süßeste Junge der ganzen Schule‘ sein. Auch wenn Laura nicht einsah, was ihn derart attraktiv machte. Bürstenschnitt, frecher Blick, schlaksige Glieder.

Da rief ein anderer Viertklässler ihm etwas zu. Augenblicklich nahm Finn eine ablehnende Haltung ein, sagte etwas und wandte sich ab.

Als hätte ein Eisstrahl sie getroffen, starrte Ava ihn an. Dann machte sie auf dem Absatz kehrt und rannte weg. Unter dem dröhnenden Gelächter der anderen Kinder. Dieser Mistkerl.

Laura wollte hinter Ava herlaufen, um sie zu trösten, doch in dem Moment zerrte jemand an ihrem Arm. Sie drehte sich um und hatte ein Mädchen mit krausen schwarzen Haaren und einer breiten Zahnlücke vor sich.

„Mia ist hingefallen. Sie blutet", lispelte die Kleine.

Widerwillig folgte Laura ihr. Sie versicherte einem Kind mit einer kaum sichtbaren Schürfwunde, dass die Verletzung nicht tragisch sei und nicht einmal eines Pflasters bedürfe. Dann kam sie zurück an ihren Aussichtsplatz und blickte sich suchend nach Ava um. Doch von ihr war keine Spur mehr zu sehen.

Laura blutete das Herz bei dem Gedanken daran, dass ihre Nichte sich vielleicht weinend auf einer der Schultoiletten eingeschlossen hatte. Sie wollte gerade nachsehen, da stand plötzlich Herr Turan vor ihr. Augenblicklich sah sie die pornografische Zeichnung vor sich, die auch ihn gezeigt hatte, und errötete.

„Na, wie läuft es?", fragte er mit einem Lächeln, das die feinen Grübchen in seinen Wangen sichtbar machte.

„Ganz gut", antwortete sie.

Doch er schien einen siebten Sinn zu haben und legte den Kopf ein wenig schief. „Sicher? Das klang jetzt nicht so überzeugend."

Laura seufzte. „Wenn ich ehrlich bin, läuft es nur dann gut, wenn ein bestimmtes Kind zu spät kommt oder krankgemeldet ist. Sonst ist es schwierig." Hilflos zuckte sie mit den Schultern.

„Was macht das Kind denn?"

„Nun ja, Unterricht stören, sich mit anderen prügeln, komische Zeichnungen an das Smartboard, solche Dinge. Und immer ist die ganze Klasse auf seiner Seite."

„Wie kommen Sie denn darauf?"

Laura seufzte. „Heute Morgen hat jemand ein fieses Bild auf die Tafel gezeichnet. Das sollte ich sein. Als ich gefragt habe, wer das war, schauten die Kinder verstohlen zu Finn, aber niemand hat ihn verraten. Der verhält sich, als wäre er der ungekrönte König der Klasse."

Erschrocken hielt Laura inne. Das hatte sie gar nicht erzählen wollen. Nun musste er denken, dass sie allein nicht klarkam.

„Tut mir leid, eigentlich wollte ich nicht so viel dazu sagen. Ich weiß, dass ich selbst an meiner Beziehung mit meinen Schülern arbeiten muss."

„Was war denn auf dem Bild? Kleine Witzeleien sind bei neuen Lehrern durchaus üblich. Manchmal ist es gut, sich das Ganze nicht allzu sehr zu Herzen zu nehmen."

„Kleine Witzeleien?" Laura schnaubte. „Nennen Sie das eine ‚kleine Witzelei'?"

Sie holte ihr Smartphone aus der Tasche und hielt ihm das Foto hin. Er hob die Augenbrauen. Dann nahm er ihr den Bildschirm aus der Hand und vergrößerte das Bild. Vermutlich wollte er sehen, ob da wirklich stand, was er zu lesen glaubte. Schließlich hustete er. Laura konnte sich des Eindrucks nicht erwehren, dass er heimlich lachte.

Er räusperte sich ein paarmal. Aus seinen Augen flogen die Funken. „Hm, zeichnen kann er aber, das muss ich zugeben."

Nun musste auch Laura schmunzeln. Dann wurde sie wieder ernst. „Aber was soll ich jetzt tun?"

Nachdenklich legte Herr Turan die Stirn in Falten. Seine Haltung drückte Unbehagen aus. Offenbar rang er mit sich und der Frage, wie viel er Laura erzählen sollte.

„Finn ist ein schwieriger Fall. Wir haben regelmäßig Probleme mit ihm. Bis vor Kurzen war alles in Ordnung. Aber nun", er zuckte bedauernd die Schultern, „wenn ich ehrlich bin, habe ich das Gefühl, dass er grundsätzlich ein Problem mit weiblicher Autorität hat."

Laura sah ihn stirnrunzelnd an und verkniff sich die Frage, warum er ihr die Klasse als ‚pflegeleicht' vorgestellt hatte.

„Was würden Sie denn tun? Haben Sie einen guten Tipp für mich?", fragte sie stattdessen.

„Hm", er strich sie über das Kinn. „Ihre Vorgängerin hatte einen Termin, um mit den Eltern des Jungen zu sprechen. Vielleicht wäre das eine gute Idee? Möglicherweise wissen sie gar nicht, wie sehr sich ihr Sohn danebenbenimmt."

Laura riss erschrocken die Augen auf. Herr Turan lachte.

„Keine Angst. So schlimm ist ein Elterngespräch auch wieder nicht. Seien Sie froh, dass der nächste Elternabend erst nach den Sommerferien ansteht! Wenn das nicht hilft, schicken Sie sie zu mir."

Er gab ihr einen aufmunternden Stups gegen den Arm. Der Gong ertönte. Alle begannen, sich auf den Rückweg in die Klassenräume zu machen.

„Im Ernst. Sie schaffen das. Jeder von uns hat ein paar anstrengende Tage erlebt, als er angefangen hat. Bei niemandem war es ein Selbstgänger. Aber irgendwann hat man dem Dreh raus. Learning by Doing. Sie werden schon sehen. Wenn es Schwierigkeiten gibt, wenden Sie sich vertrauensvoll an mich oder die Kollegen."

Ratlos sah sie ihm nach. Ein weiteres Problem, das es zu lösen gab. Sie fühlte sich, als wäre ihr Leben ein durchlöcherter Eimer, den sie zu stopfen versuchte. Doch egal, welches Loch sie gerade schloss, es entstanden immer wieder neue, aus denen das Wasser ungebremst herausströmte.

Am Nachmittag wartete die nächste Herausforderung auf sie. In Form eines gelben Briefumschlags eines Inkassounternehmens. Der thronte im Briefkasten, als sie nach Hause kam. Laura hielt den Brief in der Hand, als wäre er heiß wie Feuer. Am liebsten hätte sie ihn sofort in den Mülleimer geworfen.

Mit zitternden Händen riss sie ihn auf und überflog den Inhalt. Die MARBOON GmbH forderte sie auf, spätestens in dreißig Tagen die geforderte Summe von 193.956,97 Euro inklusive der Gebühren für die Geldeintreibung zu bezahlen. Sollte sie ihre Schuld nicht begleichen, drohten sie mit Schufa-Eintrag, Lohn-Pfändung und einigen anderen Konsequenzen. Alternativ boten sie ein Gespräch über Ratenzahlung an – vermutlich würden sie auch da noch ordentlich weiterkassieren.

Sie ließ den Brief achtlos zu Boden fallen und starrte an die Risse in der Wand. Was sollte sie tun? Obwohl sie demnächst ihr erstes Gehalt als Lehrerin erhalten würde, würde sie davon nicht die Raten stemmen können. Fieberhaft durchforstete sie alle möglichen Seiten im Internet zum Thema Inkasso und Schulden, informierte sich ergebnislos über Privatinsolvenz und Umschuldung.

In der vergeblichen Hoffnung auf ein Wunder tigerte sie unruhig durch die Wohnung. Schließlich blickte sie auf den Kalender. Dreißig Tage hatte sie noch Zeit. Bis dahin wären bereits die Schulferien angebrochen. In Ermangelung einer echten Idee beschloss sie, erst mal ihren Job gut zu machen und sich danach um ihre Schulden zu kümmern.

Ihre Gedanken waren so sehr um den Brief gekreist, dass ihr erst weit nach sechzehn Uhr auffiel, dass jemand fehlte. Wo zum Teufel war Ava? Laura checkte ihren Stundenplan. Sie hatte noch ihre Bodenturnen-AG. Die ging bis Viertel nach Zwei. Danach wollte sie allein mit dem Fahrrad nach Hause kommen. Spätestens um fünfzehn Uhr hätte sie zu Hause sein müssen.

Ein übles Gefühl machte sich in Lauras Magengegend breit. Was, wenn ihr etwas passiert war? Vielleicht war sie gestürzt, hatte einen Unfall gehabt? Verdammt, sie hätte eher merken müssen, dass etwas nicht stimmte.

Laura versuchte, Ruhe zu bewahren. Möglicherweise gab es eine simple Erklärung. War sie mit zu einer Freundin gegangen und ihre Schwester hatte vergessen, es ihr zu sagen? Nachdem sie eine weitere halbe Stunde gewartete hatte, entschied sie sich, Susanna anzurufen.

„Hm, weißt du zufällig, ob Ava heute verabredet ist?", erkundigte sie sich vorsichtig bei ihr, in dem Versuch, sie nicht allzu sehr aufzuregen.

„Nein, wieso fragst du? Ist etwas geschehen?“ Sofort schlich sich Panik in Susannas Stimme.

„Nein, nein“, versuchte Laura, sie zu beruhigen. „Allerdings ist sie spät dran und ich beginne, mir ein wenig Sorgen zu machen.“

„Ist sie etwa noch nicht zu Hause? Sie hätte schon um drei Uhr da sein sollen, mittlerweile ist es fast fünf. Warum meldest du dich jetzt erst?“

Laura unterdrückte den aufkeimenden Ärger.

„Ich wollte dich nicht beunruhigen und habe ihr Zeit gelassen. So früh wird es ja momentan auch nicht dunkel.“

Susanna stieß zischend Luft aus. „Ich rufe ihre Freundinnen an. Vielleicht weiß eine von denen etwas.“

Ohne ein weiteres Wort legte sie auf und überließ Laura ihren Sorgen. Hätte sie sich bloß früher gemeldet.

Einige Minuten später stürmte Henning herein. „Ist sie mittlerweile da?“ Seine Augen waren angstvoll geöffnet.

Laura schüttelte den Kopf. „Immer noch nicht.“

„Ich würde am liebsten die Polizei rufen“, sagte er. „Aber Susanna will erst ihre Freundinnen abtelefonieren.“ Nervös fuhr er sich durchs Haar, das dadurch nach allen Seiten abstand.

„Wie wäre es, wenn ich die Strecke mit dem Fahrrad abfahre? Falls sie heimkommt, bist du jetzt ja hier.“

Henning stimmte erleichtert zu. Laura verkniff sich die Frage, wo er gewesen war. Er hätte ebenfalls bemerken können, dass seine Tochter zu spät war. Was war bloß mit ihm los?

Seit er seine Arbeit verloren hatte, schien er ständig fahrig, müde, kurz angebunden. Laura nahm sich vor, bei nächster Gelegenheit mit Susanna darüber zu sprechen.

Sie schwang sich auf ihr Fahrrad und fuhr den Weg zur Schule ab. Aber es war keine Spur von Ava zu entdecken.

Sogar das mittlerweile verwaiste Schulgelände durchsuchte sie, doch auch dort war das Mädchen nicht zu finden. Als sie sich auf den Rückweg machte, nahm sie jeden Umweg, den Ava hätte fahren können. Doch vergeblich.

Einem seltsamen Impuls folgend hielt sie am Haus von Frau Blum an. Die alte Dame befand sich noch im Krankenhaus. Das Haus war naturgemäß leer. Die Sanierungsmaßnahmen schienen schon begonnen zu haben. Neben dem Haupteingang stapelte sich allerhand Baumaterial und ein Absperrband warnte vor dem Betreten des Hauses. Dennoch ging Laura probehalber um das Haus herum.

Da sah sie Ava auf der Terrasse sitzen. Erleichterung durchflutet sie.

„Ava!" Laura stürzte auf sie zu. „Was machst du denn für Sachen? Wir sind alle krank vor Sorge um dich gewesen."

Überrascht und mit rot geweinten Augen sah ihre Nichte sie an. „Wirklich?" Sie wirkte, als wäre sie mit den Gedanken ganz woanders.

„Ja, wirklich. Hast du eine Ahnung, wie spät es ist? Es ist sechs Uhr. Du hättest längst zu Hause sein müssen."

Ava senkte den Kopf. „Hab nicht auf die Zeit geachtet, entschuldige."

Vorsichtig nahm Laura das Mädchen in den Arm. Sie legte den Kopf auf Lauras Schulter.

„Hat es etwas mit Finn zu tun?", fragte sie leise.

Ava nickte stumm.

„Willst du es mir erzählen?"

Noch ein Nicken.

„Ich habe gedacht, dass er mich auch mag. Aber dann hat er sich vor allen anderen über mich lustig gemacht." Eine dicke Träne kullerte ihre Wange herunter. „Es tut so weh, hier drinnen." Sie deutete auf ihre Brust. „Ich weiß nicht, wie ich jemals wieder froh sein soll."

Laura strich ihr vorsichtig über den Rücken. „Ich war auch mal in jemanden verliebt, der sich dann mir gegenüber fies verhalten hat", entgegnete sie. „Ich glaube, ich kann mir vorstellen, wie du dich fühlst."

„Wirklich?" Mit tränenverhangenen Augen sah das Mädchen zu ihr hoch.

Laura wünschte, sie hätte die Kraft, das Leid der Welt von ihr fernzuhalten.

„Ja. Wenn du möchtest, erzähle ich dir die Geschichte. Zu Hause. Okay?"

Ava nickte. Dann machten sie sich gemeinsam auf den Rückweg. Von unterwegs rief Laura ihre Schwester an, um Entwarnung zu geben. Sie nahm sich vor, in den kommenden Tagen ein wachsames Auge auf Ava zu haben.

„Ava! Was machst du denn für Sachen?" Henning stürzte auf seine Tochter zu und presste sie an sich. „Wir haben uns solche Sorgen gemacht!"

Das Mädchen lächelte zaghaft. „Tut mir leid!"

„Ava!", rief Susanna, die gerade die Tür aufschloss. Sie schluchzte auf. Tränen der Erleichterung standen ihr in den Augen, als sie ihre Arme um Henning und Ava schlang.

An diesem Abend wollten Susanna und Henning ihre Tochter nicht mehr aus den Augen lassen und suchten die ganze Zeit ihre Nähe. Weil alle von der Aufregung erschöpft waren, gab es Tiefkühlpizza vor dem Fernseher.

Laura hatte gerade in ihr erstes Stück gebissen, da fiel ihr siedend heiß etwas ein. Sie sprang auf.

„Oh nein! Ich habe ganz vergessen, dass ich verabredet bin!"

Die drei sahen sie verdutzt an.

„Wirklich? Wie toll!", erwiderte ihre Schwester und zwang ihre Lippen zu einem breiten Lächeln. „Wann kommt Lukas denn? Vielleicht möchte er noch einen Drink mit uns nehmen?"

„Äh", machte Laura, weil sie nicht wusste, was sie dazu sagen sollte.

„Lukas?" Henning hob interessiert die Augenbrauen. „Seit wann habt ihr wieder Kontakt?"

„Laura und Lukas, Laura und Lukas!", flötete Ava und hüpfte auf ihrem Stuhl hin und her.

Mit offenem Mund starrte Laura die Drei an.

„Max", gestand sie schließlich leise.

Eine irritierte Pause entstand.

„Max?", fragte Ava.

„Max?" Henning runzelte die Stirn und sah zu seiner Frau hinüber.

„Max", wiederholte diese und ein unergründlicher Ausdruck erschien in ihren Augen.

Lauras Pizza schmeckte auf einmal pappig.

„Ja, wir wollten doch letztens schon zu Abend essen. Erinnerst du dich? Das war der Tag, an dem dir plötzlich schlecht wurde."

Trotz allem schlich sich Belustigung in ihre Miene, als sie an das fassungslose Gesicht von Hennings Mutter dachte.

„Toll", sagte Susanna mit mäßiger Begeisterung. „Holt er dich hier ab?"

Laura nickte. „Um acht."

Henning antwortete nicht und vertiefte sich wieder in sein Smartphone. Laura war sich aber sicher, dass er weiterhin ihrem Gespräch lauschte. In Susannas Gesicht kämpften widerstrebende Emotionen miteinander.

„Bist du in ihn verliebt?", fragte Ava interessiert.

„Nein." In dem Moment erkannte Laura, warum sie beim Gedanken an ihre Verabredung mit Max ein merkwürdiges Unbehagen befiel. Sich mit ihm zu treffen war grundfalsch, denn es war ein schlechter Ersatz für das, was sie sich eigentlich wünschte. Tief im Inneren sehnte sie sich danach, dass nicht Max sie gleich abholen würde, sondern Lukas.

19

Hastig versuchte sie, die einzige Bluse, die ihr für ein Date angemessen schien, zu glätten. Mit mäßigem Erfolg. Bügeln gehörte definitiv nicht zu ihren Talenten.

„Hier steckst du!" Susanna erschien in der Tür des Kellerraums, der schon immer die ,Waschküche' gewesen war.

„Ich wusste nicht, wie kompliziert das Bügeln ist." Hasserfüllt betrachtete Laura das zerknitterte Kleidungsstück.

Verwundert schüttelte Susanna den Kopf. „Man könnte meinen, dass du das noch nie gemacht hast."

„Habe ich auch nicht!"

Einen Moment lang starrte Susanna sie mit offenem Mund an. „Das ist nicht wahr!"

„Doch."

„Was hast du denn bislang mit Kleidung gemacht, die gebügelt werden musste?"

Laura überlegte. „Na ja, zu Hause hat Mama das übernommen. Im Studium brauchte ich keine gebügelten Sachen. In New York gab es für alles Personal." Sie hob gespielt unschuldig die Hände. „Klarer Fall von Bügel-Legasthenie. Da hast du es." Mit einem entwaffnenden Lächeln versuchte sie, von ihrer Verlegenheit abzulenken.

Susanna trat neben sie. „Was deine große Schwester dir alles beibringen muss!" Sie schmunzelte und nahm Laura das Bügeleisen ab. „Zuerst einmal: Wasser hilft!"

Sie demonstrierte, wie man Wasser in den Tank nachfüllte und auf Dampfen stellte.

„Das ist die halbe Miete. Und nun: Gerade ziehen. Sonst wird das sowieso nichts." Mit routinierten Handgriffen bügelte sie einen Ärmel und reichte das Gerät dann wieder Laura. „Jetzt du!"

„Danke!", sagte Laura und erinnerte sich gleichzeitig daran, wie viele Dinge ihr ihre große Schwester beigebracht hatte.

Sie dachte an ihren ersten Versuch auf Schlittschuhen, wo sie ängstlich am Rand gestanden hatte und auf keinen Fall das rutschige Eis hatte betreten wollen. Bis Susanna sie mit Engelsgeduld dazu überredet hatte. Ein warmes Gefühl durchströmte ihre Brust.

Sie war fast fertig mit der Bluse, als es an der Tür klingelte.

„Das muss Max sein. Verdammt." Hektisch blickte sie auf ihr Handy. „Er ist fünf Minuten zu früh, wer macht denn sowas? Autsch!"

In der plötzlichen Hast hatte sie sich am Bügeleisen verbrannt. Missmutig pustete sie auf die brennende Stelle an ihrem linken Handgelenk.

Sie wandte sich an ihre Schwester. „Kannst du die Tür aufmachen und ich mache mich noch schnell fertig?"

Zu Lauras Überraschung schüttelte Susanna den Kopf, als hätte sie die Frage längst erwartet. „Tut mir leid. Max ist dein Gast, nicht meiner."

Verwundert blickte Laura sie an. Das klang fast so, als wollte ihre Schwester unter allen Umständen vermeiden, ihm zu begegnen.

„Ich dachte, ihr habt euch immer gut verstanden?"

Susanna verschränkte die Arme vor der Brust. „Meinst du nicht, dass ich einen Weg gefunden hätte, den Kontakt aufrechtzuerhalten, wenn wir uns tatsächlich so gut verstanden hätten? Dafür hätte ich dich doch nicht gebraucht!"

Überrascht starrte Laura Susanna an. Diesen schnippischen Tonfall hatte sie nicht erwartet.

„Entschuldige! Ich wollte dir nicht zu nahetreten. Aus dem Mund von Max klang das alles ganz anders."

„Wirklich?"

„Ja", entgegnete Laura gedehnt und ließ Susanna nicht aus den Augen. Deren Augäpfel flackerten kurz, dann schüttelte sie leicht den Kopf, wie um sich selbst von etwas zu überzeugen.

„Eigentlich tut das jetzt nichts zur Sache. Ist schließlich schon eine Ewigkeit her. Ich bin oben, muss noch ein dringendes Telefonat führen."

Mit diesen Worten eilte sie zur Tür hinaus.

„Ich bin fast fertig, wartest du einen Moment?" Laura begrüßte Max an der Tür und erwartete, dass er sich wieder in sein Auto setzten würde. Nach dem unangenehmen Gespräch mit Susanna musste sie nicht unbedingt eine Begegnung zwischen den beiden riskieren.

Doch zu ihrer Überraschung machte er dazu keine Anstalten. Stattdessen hüstelte er. „Könnte ich vielleicht ein Glas Wasser bekommen, ich habe einen wahnsinnigen Durst."

Laura sah ihn überrascht an.

„Dann komm kurz rein." Widerstrebend führte sie ihn in die Küche. Von den anderen Bewohnern des Hauses war niemand zu sehen.

Sie schenkte ihm ein Glas ein und hielt es ihm hin. Dabei fiel ihr auf, wie blass er aussah. Er hatte Schweißperlen auf der Stirn, die er mit einer hastigen Bewegung wegwischte.

„Alles in Ordnung mit dir?“, erkundigte sie sich.

„Was? Ja, natürlich.“ Zerstreut trank er einen großen Schluck Wasser.

„Gut, dann gehe ich nach oben. Bin gleich wieder da.“

Keine fünf Minuten später hastete sie die Treppe hinunter und fand ihn vor dem Sideboard im Wohnzimmer, auf dem Susanna ihre Familienfotos aufgestellt hatte. Er studierte eingehend die Bilder.

„Was Interessantes entdeckt?“, erkundigte Laura sich mit gerunzelter Stirn.

Wie ertappt zuckte Max zusammen. „Äh, nein, kein Foto von dir war zu finden“, stammelte er.

Laura wunderte sich über sein Verhalten. Sie selbst wäre nicht ungefragt in ein anderes Zimmer gegangen. Fast wirkte es, als hätte er etwas gesucht. „Wollen wir dann?“

„Wo ist eigentlich der Rest der Familie?“ Max schien ihre Frage nicht gehört zu haben. „Ich hätte gedacht, dass sich hier am Freitagabend alle um den Fernseher versammeln.“

Das wäre normalerweise auch der Fall gewesen. Warum sich niemand von den dreien blicken ließ, wusste wohl nur Susanna.

„Keine Ahnung. Vermutlich kommen gleich alle hereingehetzt, um noch den Beginn von ‚Topmodel gesucht‘ zu sehen. Bist du bereit?“

Mit einer einladenden Geste ließ er ihr den Vortritt und half ihr in den Mantel. Allerdings zitterten seine Hände dabei so sehr, dass sie drei Versuche brauchte, bis sie auch ihren linken Arm in den Ärmel bugsiert hatte. Verwundert drehte sie sich um. Seine Stirn war schweißbedeckt. Sein Blick wanderte unstet hin und her. Er wirkte wie auf Drogen. War es überhaupt eine gute Idee, mit in sein Auto zu steigen?

Als sie gemeinsam aus der Haustür traten, ohne einem Hausbewohner begegnet zu sein, verursachte ihr nicht nur die Kühle des Abends Gänsehaut. In ihrem Inneren blinkten Alarmleuchten. Er öffnete die Beifahrertür und bedeutete ihr, Platz zu nehmen.

Sie zögerte. Sah sich zu ihm um. Jetzt schien er wieder völlig normal. Vermutlich sah sie schon Gespenster. Sie war schließlich nicht in New York, wo man an jeder Straßenecke mit Verrückten rechnen musste.

Entschlossen stieg sie ein. Der Abend würde eine willkommene Abwechslung sein. Den würde sie jetzt einfach versuchen zu genießen, auch wenn es jemanden gab, mit dem sie sich viel lieber zu einem Date getroffen hätte. Schweigend, jeder in seine eigenen Gedanken versunken, fuhren sie aus Schwarnberg hinaus und auf die Landstraße. Draußen war ein starker Wind aufgekommen. Schwere Wolken verfinsterten den Himmel und kündigten ein Gewitter an. Fast war es ein bisschen unheimlich.

Urplötzlich setzte Max den Blinker und bog in einen Waldweg ein. Ein mulmiges Gefühl überkam sie. Ohne die Scheinwerfer des Autos konnte man kaum noch etwas sehen.

„Wo fahren wir denn hin?", erkundigte sie sich und bemühte sich, ihre Stimme neutral und unbeteiligt klingen zu lassen.

Er musterte sie. „Hattest du nicht gesagt, dass ich dich überraschen soll?"

Damit hatte er recht. Sie nickte und versuchte, ihre wild sprießende Fantasie in ihre Schranken zu weisen. Auch wenn es merkwürdig war, dass sie in einen finsteren Wald fuhren, so gab es sicher eine logische Erklärung dafür. Hoffentlich.

Trotzdem überlegte sie, wie weit sie wohl kommen würde, wenn sie in voller Fahrt die Tür aufriss und ins Gebüsch sprang. Da hatten sie endlich die Spitze des Hügels erreicht und sahen direkt vor sich eine Waldhütte. Hell erleuchtet.

‚Zum einsamen Wildschwein‘ besagte das Schild über dem Eingang.

Mit weichen Knien stieg Laura aus dem Auto.

„Wow!“, stieß sie aus, als sie den Gastraum betraten. Die kleine Waldgaststätte war entzückend und eine echte Überraschung. Vier Tische waren in privaten Nischen aufgestellt. Kerzen und Antiquitäten boten den perfekten Rahmen für ein Date.

Das verlief alles in allem angenehm. Das Essen war exzellent. Diese Location musste ein Geheimtipp sein. Allerdings schien ihr Gegenüber immer wieder abgelenkt. Wieso lud er sie in ein romantisches Restaurant ein, wenn er sich gar nicht für sie interessierte? Irgendetwas passte nicht zusammen.

„Okay. Wenn du mir jetzt also bitte verraten würdest, was genau wir hier machen.“

Sie legte das Besteck auf den Tisch und sah ihn entschlossen an. Amüsiert beobachtete sie, wie Max’ Gabel auf dem Weg zum Mund stockte. Dann starrte er mit großen, fragenden Augen zurück.

„Ich weiß nicht, was du meinst!“

Wenn ihr sein schuldbewusstes Gesicht nicht längst gezeigt hätte, dass etwas faul war, wäre es der Löffel gewesen. Der schwebte unbeachtet in der Luft, auf halber Strecke zwischen Teller und Mund. Im Bemühen um eine unbeteiligte Miene hatte er die Hand, die ihn hielt, offenbar völlig vergessen. Das köstliche Schokosoufflé begann, dem Sog der Schwerkraft zu folgen, und war kurz davor, auf die blütenweiße Tischdecke zu tropfen.

Doch er bemerkte davon nichts, auch nicht, als die ersten Spuren schwarz auf weiß sichtbar wurden. Konzentriert und mit hochgezogenen Augenbrauen starrte er sie an. Lauras Mundwinkel zuckten. Bedeutungsschwer ließ sie ihre Augen zu seiner Gabel wandern und hob ebenfalls fragend die Augenbrauen. Er folgte ihren Blick, räusperte sich und stopfte sich den Bissen in den Mund.

„Den ganzen Abend schon verhältst du dich merkwürdig. Du bist angespannt und zerstreut. Was ist los?", fragte sie.

Er nickte. „In Ordnung. Du hast recht." Seine Pupillen streiften durch den Raum, als suchte er einen Anker. Einen Moment verharrte er auf etwas, dass nur er sah, dann fokussierte er sich wieder auf Laura.

„Eigentlich wollte ich dich damit nicht belasten", fügte er hinzu und sah sie an, als wäre in einem imaginären Theaterstück nun ihre Textstelle dran.

Sie hob fragend die Hände. „Womit denn belasten?"

Erneut erschienen Schweißperlen auf seiner Stirn und sein Adamsapfel hüpfte auf und ab.

„Es hat mich aus heiterem Himmel erwischt, als sie wieder nach Schwarnberg ging", begann er schließlich. „Eine Erklärung habe ich nicht bekommen, außer der

Aussage, dass das alles ein ‚schwerer Fehler‘ gewesen sei.“

Er ließ die Schultern sinken und malte mit dem Finger in den Schokoladenflecken auf der Tischdecke herum. „Seitdem habe ich sie quasi nicht mehr gesehen.“

Verwirrt blickte Laura ihn an. Sie verstand nicht, was er ihr damit sagen wollte.

„Redest du von Susanna? Heißt das …“

„Ja“, unterbrach er sie. „Wir waren ein Paar. Sehr kurz nur, leider. Ich war wahnsinnig verliebt in sie. Sie war mein Halt, mein Fels in der Brandung. Doch dann machte sie Schluss. Einfach so. Sie kündigte die Stelle im Krankenhaus und ging hierher zurück.“

Plötzliche Hitze stieg Lauras Rückenmark hinauf. Was wollte er von ihr? Wenn er die Geschichte ausplaudern würde, könnte das fatal für die angeschlagene Beziehung ihrer Schwester sein. Ausgerechnet jetzt, wo endlich das zweite Kind unterwegs war.

„Max“, sagte sie mit ihrer verständnisvollsten Stimme, „ich kann mir vorstellen, dass das alles schwierige Erinnerungen für dich sind. Ich meine, ich bin, was eine enttäuschte Liebe anbelangt, quasi Expertin. Frag mal, was dazu geführt hat, dass ich wieder bei meiner Schwester wohne. Die Idee ist sicher nicht freiwillig entstanden.“

Regungslos, beinahe unbeteiligt sah er sie bei ihrer Erzählung an.

„Mir wurde vor nicht allzu langer Zeit das Herz gebrochen“, fügte sie hinzu. „Das hat mein Leben komplett auf den Kopf gestellt.“

Max schüttelte leicht den Kopf. „Du musst mich für reichlich merkwürdig halten, dass ich es nach all der Zeit nicht überwunden habe, oder? Aber ich muss dir etwas gestehen: Für mich war Susanna die große Liebe und ich hätte schwören können, dass es ihr auch so ging."

Er fuhr sich durch die dichten roten Haare und seufzte bitter auf.

„Das Schlimmste war, dass ich nicht verstanden habe, was falsch gelaufen ist. Plötzlich war sie weg. Das hat mich so fertig gemacht, dass ich ihr sogar hierher hinterhergefahren bin. Wie ein Dieb habe ich durch das Küchenfenster hereingesehen, in der Hoffnung einen Blick auf sie zu erhaschen. Und dann habe ich den anderen Mann gesehen. Von dem sie mir nie etwas erzählt hatte."

Dumpf stierte er nach vorn und registrierte kaum den Kellner, der kam, um das Dessert abzuräumen. „Möchten Sie noch einen Kaffee?"

„Nein danke, alles wunderbar bei uns", erwiderte Laura, als Max keine Anstalten machte, zu antworten.

Sie biss sich auf die Lippen, überlegte, was sie sagen konnte. „Das tut mir wirklich leid. Ich habe nie etwas von dieser Geschichte erfahren. Aber ..."

Mit erhobener Hand unterbrach er sie. „Du weißt immer noch nicht, worauf ich hinauswill, oder? Das Ganze ist zehn Jahre her. Was meinst du, wie ich mich gefühlt habe, als ich bei euch war und plötzlich Ava auftauchte?"

Laura merkte, wie ihre Kehle trocken vor Anspannung wurde. Sie trank ihr Wasserglas in einem Zug leer.

„Was willst du damit sagen?“, krächzte sie.

In einer hilflosen Geste hob er seine Arme.

„Ava ist meine Tochter.“

Mit brennenden Augen sah er Laura an. Die verfluchte einmal mehr den Tag, an dem sie in das verschlafene Nest Schwarnberg zurückgekehrt war.

„Wie kommst du denn auf so etwas?“ Entgeistert sah sie ihn an. Plötzlich wusste sie, warum sie seit der Begegnung zwischen Max und Ava so eine merkwürdige Vorahnung hatte. War er ein Spinner oder hatte er am Ende recht mit seiner Behauptung?

„Ich weiß es und du glaubst gar nicht, wie sehr es mich schmerzt, meine Tochter niemals in die Arme schließen zu dürfen. Was denkst du, was das für ein Gefühl ist, so nah und gleichzeitig so weit weg von der eigenen Familie zu sein.“ In seinen Augen sammelten sich Tränen.

Plötzlich hatte sie Mitleid mit ihm. Was wenn er recht hat? Wie musste das sein, das eigene Kind nicht bei sich haben zu können?

„Max, wenn das stimmt, dann tut mir das sehr leid. Hast du mit Susanna drüber gesprochen?“

„Keine Chance. Ich denke, dass sie deshalb den Kontakt abgebrochen hat.“ Er fuhr sich mit beiden Händen durch das Haar. „Ich weiß nicht mehr, was ich noch tun soll. Habe das Gefühl, mein ganzes Leben rauscht ungelebt an mir vorbei.“

Unbehaglich rutschte Laura auf ihrem Stuhl hin und her.

„Es ... es tut mir wirklich leid für dich“, wiederholte sie in dem hilflosen Versuch, etwas Sinnvolles zu sagen.

„Ich wollte dich um deine Hilfe bitten." Beinahe greifbar legte das Unheil ihr eine eisige Hand in den Nacken.

„Ich glaube nicht, dass ich dir da helfen kann", erwiderte sie hastig. „Mein Einfluss auf Susanna ist gering. Das musst du mit ihr direkt klären."

„Meinst du wirklich, ich soll zu ihr gehen und sie in Anwesenheit ihres Mannes und ihrer Tochter fragen, ob Ava vielleicht mein Kind ist?"

Laura riss die Augen auf. „Nein, das habe ich sicher nicht gemeint!"

„Was denn sonst? Susanna blockt alles ab. Dabei möchte ich nur Gewissheit haben, um mit der Angelegenheit abzuschließen." Mit Tränen in den Augen sah er sie an.

„Ich weiß nicht, wie ich dir helfen kann!", erwiderte Laura, während sich in ihrem Magen ein unruhiges Brummen einstellte.

„Ganz einfach. Wenn du mir DNA-Material besorgst, damit ich einen Vaterschaftstest machen kann, würdest du mir helfen."

Er legte flehend seine Hand auf ihre. Sie wollte sie wegziehen, konnte jedoch nur entsetzt darauf gucken. Wollte am liebsten schreien. So etwas konnte sie nicht tun. Auf gar keinen Fall. Das wäre ein unglaublicher Vertrauensmissbrauch ihrer Schwester gegenüber.

„Max, ich denke nicht ..." Sie brach ab. Er wirkte so verloren, wie er da am Tisch saß. Wie konnte sie ihm diese Idee schonend ausreden?

„Bitte", insistierte er. „Ich habe doch sonst nichts weiter im Leben."

Laura versuchte, ihren immer hektischer werdenden Atem zu beruhigen. Sie wusste, hier war der Moment gekommen, wo sie ‚Nein‘ sagen musste, obwohl ihr das seit jeher schwerfiel. Sie atmete tief aus und zog ihre Hand unter seiner weg.

„Das kann ich nicht tun. Beim besten Willen nicht. Tut mir leid." Sie sah ihn mit festem Blick an. „Vielleicht sollten wir jetzt bezahlen."

Seine Augen verengten sich und in seinem Gesichtsausdruck fand eine beängstigende Wandlung statt. Sein Mund bekam etwas Verkniffenes, sein Blick etwas Stierendes. Plötzlich fühlte sich Laura wie die Maus in der Falle.

Er blickte sie kalt an. „Reden wir mal Klartext. Du besorgst mir Material für den Test, oder ich werde Henning und Ava über alles informieren. Eure Beziehung interessiert mich einen Dreck. Es interessiert sich auch niemand für meine Gefühle. Du hast genau eine Woche, dann erwarte ich die Proben von dir."

20

Auch am nächsten Tag brannte immer noch ohnmächtige Wut in ihr. Wie konnte er so etwas von ihr verlangen? Susanna würde ihr niemals verzeihen, wenn herauskäme, dass sie heimlich eine DNA-Probe von Ava und ihr genommen hatte.

„Ein paar Haare aus ihrer Bürste reichen aus. Du musst bloß darauf achten, dass die Wurzeln dabei sind", hatte er gesagt und ihr den Umschlag mit dem Testkit in die Hand gedrückt.

Als könnte das alles plötzlich in Flammen aufgehen, hatte sie die unscheinbare braune Versandtasche angestarrt und später hinten im Kleiderschrank versteckt. Nach einer Nacht voller Albträume lauerte sie dort nun wie ein Raubtier auf seine Beute.

Was sollte sie machen? Sie traute Max durchaus zu, dass er seine Drohung wahrmachte und Henning von seinem Verdacht erzählte, wenn sie seine Forderung ignorierte. Doch der durfte auf keinen Fall etwas von der Angelegenheit erfahren. Wie würde er sich mit dem Wissen fühlen, dass Susanna ihm womöglich einen Kuckuck ins Nest gelegt hatte? Die Folgen für die ganze Familie wären unkalkulierbar.

Aber was war die Alternative? Eine heimliche Probe entnehmen und zulassen, dass Max einen Vaterschaftstest machte? Wenn sie sicher sein könnte, dass sie dadurch nie wieder etwas von Max hören würde, würde sie das sogar in Erwägung ziehen. Doch ihr Gefühl sagte, dass sie darauf nicht vertrauen konnte.

Ergebnislos drehten sich ihre Gedanken im Kreis. Wie man es auch betrachtete, es war eine Entscheidung zwischen Pest und Cholera. Sie verfluchte den Tag, an dem sie Max getroffen hatte.

Immer noch in Gedanken ging sie in die Küche, um sich einen Kaffee zu machen. Sie zuckte zusammen, als sie plötzlich ihrer Schwester gegenüberstand.

„Na, hattest du einen schönen Abend?", erkundigte Susanna sich beiläufig. Ächzend beugte sie sich herunter, um die Spülmaschine auszuräumen. Mittlerweile hatte ihr Bauch beachtliche Ausmaße angenommen.

„Es war okay", murmelte Laura und sprang herbei, um ihr die Arbeit abzunehmen. Dabei hoffte sie, dass ihr das schlechte Gewissen nicht auf der Stirn geschrieben stand.

Doch Susanna hatte immer schon einen siebten Sinn für die Befindlichkeiten ihrer kleineren Schwester gehabt. Prüfend sah sie sie an. „Du wirkst angespannt. Ist wirklich alles in Ordnung?"

„Natürlich. Alles gut", erwiderte Laura hastig.

Susanna legte ihr eindringlich eine Hand auf den Arm.

„Ich weiß, dass wir manchmal Schwierigkeiten haben und nicht immer einer Meinung sind. Aber wir sind eine Familie. Ich freue mich, wenn du mit deinen Problemen zu mir kommst."

Ein Kloß bildete sich in Lauras Hals. Überdeutlich vernahm sie das mahnende Ticken der Wanduhr, die noch aus den Zeiten ihrer Eltern den Platz an der Küchenwand besaß.

„Ehrlich gesagt, macht mich ein Kind in meiner Klasse total fertig und ich weiß nicht, was ich tun soll", entgegnete sie ausweichend. „Ich wollte grade das Internet nach Tipps durchforsten.“

„Kenne ich es?“, fragte Susanna, die aufgrund ihres Engagements im Kirchenverein vermutlich Gott und die Welt kannte.

„Weiß ich nicht.“ Laura zuckte hilflos die Schultern. „Aber du kennst hier so viele Familien, dass ich den Namen lieber für mich behalte. Eigentlich sollte ich nicht darüber reden, fürchte ich.“

„Das verstehe ich. Ich hatte schon gedacht, dass dein Abend mit Max nicht so toll gelaufen ist.“

Überrascht sah Laura sie an. So viel zu ihrem Versuch, das Thema zu wechseln.

Susanna druckste rum. „Ich weiß von früher, dass es anstrengend sein kann, wenn er sich in eine Idee verrennt.“

Laura ließ den Teller sinken, den sie gerade in den Schrank räumen wollte. „Interessant, dass du das sagst. Wie gut kennt ihr euch eigentlich?“

Sofort verschränkte Susanna die Arme vor der Brust. „Wie meinst du das?“

„Was denkst du?“ Nun sah Laura ihr prüfend in die Augen. „Ich frage mich, ob ich gestern mit einem Mann ausgegangen bin, der etwas mit meiner großen Schwester hatte.“

Susanna schnappte nach Luft. „Was hat er dir erzählt?“

„Gegenfrage: Was glaubst du?“

Einen Moment lang starrten die beiden sich an wie zwei Kampfhähne in der Arena. Dann wandte Susanna den Blick ab.

„Meine Güte, der hat damals für mich geschwärmt“, sagte sie leichthin. „Vermutlich hatte er ein Mutterproblem. Immerhin bin ich zwei Jahre älter.“

„Nur geschwärmt?“

„Was auch sonst“, erwiderte Susanna, ohne ihr in die Augen zu schauen.

Laura schwieg.

„In Ordnung.“ Susanna legte die Fingerspitzen beider Hände aufeinander und hob den Kopf. „Es gab da einen Ausrutscher. Einen winzigen. Max war völlig fertig darüber, dass sein Vater im Koma lag, und ich bin mit ihm etwas Trinken gegangen. Gleich am nächsten Morgen habe ich erkannt, dass sich das völlig falsch anfühlte, weil ich doch eigentlich mit Henning zusammen sein wollte. Zwei Tage später habe ich meinen Job gekündigt und bin zu Henning zurück. Dann haben wir geheiratet.“ Sie seufzte. „So, das war es mit der Beichte. Jetzt kannst du verstehen, wieso es für mich ein Schock war, ihn hier in meinem Haus vorzufinden. Die Geschichte ist eine Ewigkeit her.“

Lauras Gedanken fuhren Achterbahn. Nun war es tatsächlich denkbar, dass Ava die Tochter von Max war. Sie überlegte, ob sie ihre Schwester mit diesem Verdacht konfrontieren sollte.

„Du sagst ja gar nichts“, bemerkte Susanna zaghaft.

Laura schnaubte. „Vielleicht hätte ich die Hintergründe gern gekannt, bevor ich mit ihm ausgegangen bin.“

„Da hast du recht.“ Susanna ließ sich auf den Küchenstuhl sinken und starrte auf die Tischplatte. „Ich wusste bloß nicht, wie ich es hätte sagen sollen.“

Laura räusperte sich. „Es fällt mir schwer, es zu fragen, aber ..." Sie brach ab, suchte nach den richtigen Worten.

„Was denn?"

„Ach, vergiss es", erwiderte Laura, die plötzlich der Mut verlassen hatte.

„Jetzt hast du mich unruhig gemacht. Was ist los?" Alarmiert sah ihre Schwester sie an.

„Ava", sagte Laura nur.

„Was meinst du damit?" Susannas Stimme überschlug sich fast.

„Max und Ava haben eine gewisse Ähnlichkeit, ist mir aufgefallen."

Panisch weiteten sich die Augen ihrer Schwester. „Ist dir klar, was du andeutest? Was das für eine Auswirkung auf meine Familie haben könnte, wenn jemand anderes es hört?"

Laura nickte stumm.

Susanna sprang auf. „Darüber spreche ich gar nicht erst. Und ich wäre dir verbunden, wenn ich Max nicht noch einmal in meinem Haus sehen würde. In der Tat würde ich dir raten, ihm aus dem Weg zu gehen. Der hat nämlich die Tendenz, eine zu große Anhänglichkeit zu entwickeln."

Mit wogendem Brustkorb stob Susanna nach draußen und ließ Laura genauso ratlos zurück wie zuvor. Ein sicheres Dementi klang anders. Schlagartig hatte sie panische Angst davor, dass sie die Familie ihrer Schwester zerstören könnte. Die Familie, die – und das erkannte sie in diesem Moment mit aller Deutlichkeit – mittlerweile wieder zu der ihren geworden war und die sie auf keinen Fall verlieren wollte.

21

Am Montag saß Laura an ihrem Pult im Klassenraum und beobachtete, wie die Schüler sich ruhig und gesittet ihren Aufgaben widmeten. Vielleicht hatte sie Glück und die Klasse akzeptierte sie endlich. Vielleicht lag es aber auch daran, dass Finn noch nicht aufgetaucht war.

Es fiel ihr schwer, sich auf den Unterricht zu konzentrieren. Ihre Gedanken wanderten zwischen der Forderung von Max und den Drohungen des Inkassounternehmens hin und her. Nach wie vor war sie bei keinem zu einer Lösung gekommen. Unglücklicherweise hatte Max verlangt, dass Laura ihm auch DNA-Material ihrer Schwester besorgte, damit das Labor die Proben zweifelsfrei zuordnen konnte. Somit war es unmöglich, ihm falsches Material unterzujubeln.

Ein mürrisches „Tschuldigung" riss sie aus ihren Gedanken. Wie selbstverständlich stolzierte Finn zwanzig Minuten zu spät in den Klassenraum und tat, als wäre das keine große Sache. Noch dazu mit ungekämmten Haaren und Zahnpastaflecken auf dem T-Shirt.

Wieso kümmerte sich niemand darum, dass er pünktlich loskam? Was war das für eine Familie? Er wirkte nicht wie ein armes Kind. Die Kleidung, wenn auch manchmal dreckig, bestand aus den gängigen Marken. Der Ranzen war einer von den teuren Modellen. Vermutlich ein typischer Fall von Wohlstandsverwahrlosung.

„Der Unterricht beginnt um acht. Sieh bitte zu, dass du in Zukunft rechtzeitig bist. Sonst muss ich ein ernstes Wort mit deinen Eltern sprechen.“

Laura sagte das Ganze ruhig, nüchtern, fast emotionslos, wie es in den Tutorials vorgemacht worden war.

„Okay“, machte Finn nur und bleckte derart frech seine Zähne, dass die Mädchen in der Klasse kicherten und die Jungen sich vielsagende Blicke zuwarfen.

„Schlag bitte das Deutschheft auf Seite 38 auf. Wir arbeiten an der Bildergeschichte“, entgegnete Laura, fest entschlossen, sich nicht provozieren zu lassen.

Finn machte eine triumphierende Geste mit dem Arm, so als hätte er einen wichtigen Stich in einem Kartenspiel gemacht, und kramte das Heft aus seinem Ranzen. Dabei quoll allerhand Müll auf den Boden, den er einfach liegen ließ. Laura nahm das als Versuch, weiterhin ihre Aufmerksamkeit zu fesseln, und wandte sich bewusst an andere Kinder, um deren Arbeitsergebnisse zu begutachten.

„Ganz gut. Achte bloß darauf, häufiger einen Punkt zu setzen“, sagte sie zu Gregor, einem dicklichen Jungen, der sich am liebsten unsichtbar machte und es überhaupt nicht schätzte, bemerkt zu werden.

Da gab es einen wilden Aufschrei. Laura drehte sich um und sah, wie Finn mit wutverzehrtem Gesicht über seinen Tisch sprang und Johannes, den sie bisher für seinen besten Kumpel gehalten hatte, die Federmappe über den Kopf zog. Der Junge ging zu Boden, bevor sie dazwischengehen konnte. Laura packte Finn am Arm und zog ihn von seinem Opfer weg.

„Bist du noch ganz bei Trost?“ Sie blickte ihm eindringlich in die Augen und hielt ihn, bis sie merkte, dass sein Wutanfall verebbt war. Erst als er sich widerstandslos auf den Stuhl drücken ließ, konnte sie sich um das Opfer kümmern. Johannes presste die Hand an die Schläfe, an der eine leichte Schramme zu sehen war.

Sie reichte ihm ein Taschentuch. „Alles in Ordnung?"

Der Junge nickte stumm und warf einen verletzten Blick auf den Freund, der ihn so zugerichtet hatte. Finn hatte derweil den Mund zu einer Linie zusammengepresst und starrte regungslos nach vorn, als wäre er in einer anderen Welt.

„Finn, nimm deine Deutschsachen und setz dich bitte für die kommende Stunde in das Nebenzimmer. Für heute gab es genug Störungen. Die Zeit, die du verloren hast, wirst du nachsitzen und nacharbeiten."

Entsetzt sah er sie an. „Wieso das denn? Das geht nicht!"

„Doch natürlich. Du hast sehr viel vom Unterricht verpasst und musst die Zeit nachholen", wiederholte sie, äußerlich mit Engelsgeduld, innerlich kochend.

„Aber mein Vater holt mich ab", protestierte Finn, nun deutlich kleinlauter als zuvor.

„Wunderbar. In dem Fall wird er sich eine Weile gedulden, bis du mit deinen Aufgaben fertig bist, und ich habe die Gelegenheit, mit ihm darüber zu sprechen, warum die Wecker bei euch morgens nicht funktionieren."

Der Junge sah sie an, als wollte er widersprechen, fügte sich dann aber seinem Schicksal. Zumindest scheinbar. Denn als ein paar Stunden später der Gong das Ende der regulären Schulzeit verkündete, sprang er auf und versuchte, raketenartig den Klassenraum zu verlassen. Zum Glück war sie auf der Hut gewesen. Sie stellte sich ihm in den Weg und zwang ihn mit strengem Blick, sich wieder zu setzen.

„Mein Vater wartet auf mich!", protestierte Finn erneut.

„Ich habe ihm ausrichten lassen, dass dein Unterricht heute länger dauert", sagte Laura und wies den Jungen an, sich an seine Aufgaben zu machen.

Derweil nutzte sie die Zeit, um die eingesammelten Geschichten zu korrigieren. Sie war positiv überrascht, dass der Großteil der Kinder in der Lage war, eine ansprechende Erzählung zu schreiben. Das eine oder andere Mal musste sie über die interessanten Einfälle schmunzeln.

Nach ungefähr fünfundzwanzig Minuten klopfte es an der Tür.

„Tut mir leid, wenn ich störe, aber Finn und ich haben einen dringenden Termin und ich kann unmöglich länger warten", erklang eine Männerstimme.

Laura beendete ihren Kommentar und sah nicht auf, als sie schließlich antwortete: „Mir tut meine Zeit hier auch leid. Aber wenn Ihr Sohn regelmäßig morgens zu spät kommt, gibt es manchmal Lernstoff, der nachgearbeitet werden muss."

Diesen Satz hatte sie sich beim Korrigieren der Hefte zusammengereimt. Denn bei einem Sohn wie Finn rechnete sie mit einem widerspenstigen Elternteil und hatte nicht vor, sich die Butter vom Brot nehmen zu lassen.

Als darauf keine Antwort kam, blickte Laura endlich hoch in ein Gesicht, das ebenso verdutzt schien wie ihres. Blaue Augen, Grübchen, Dreitagebart am markanten Kinn. Ihr Herz stockte.

„Lukas?" Sie konnte nicht glauben, wen sie da in der Tür stehen sah.

„Laura! Lange nicht gesehen", kommentierte er trocken und hob einen Mundwinkel.

Einen Moment lang starrten sie sich an.

„Ich wusste gar nicht, dass du einen Sohn hast", bemerkte sie und fühlte sich im selben Augenblick merkwürdig dämlich. Wann hätte sie ihn das auch fragen sollen? Als sie auf seine Turnschuhe gekotzt hatte?

„Und ich hatte keine Ahnung, dass du Lehrerin bist."

Fassungslos schaute sie von Finn zu ihm und zurück. Sie stand auf und setzte sich sofort wieder, weil sie spürte, dass sonst die Beine unter ihr nachgaben. Finns Augen flackerten irritiert zwischen Lukas und ihr hin und her.

„Woher kennt ihr euch?"

„Aus der Schule", antworteten beide gleichzeitig.

„Äh", begann Laura, die aufgrund der Situation völlig den Faden verloren hatte. Was hatte sie noch einmal sagen wollen? In ihrem Kopf herrschte gähnende Leere.

„Irgendwie treffen wir uns immer in den merkwürdigsten Momenten, nicht wahr?", bemerkte Lukas.

Sein vielsagendes Mienenspiel ließ ihr die Röte ins Gesicht steigen. Und sie entdeckte, dass es einem gewissen kleinen Jungen ähnelte, der sie damit schon zur Weißglut gebracht hatte. Sie straffte die Schultern und entschied sich, die peinliche Situation möglichst professionell durchzustehen. Sie verfluchte sich selbst dafür, dass sie darauf gesetzt hatte, ihm aus dem Weg zu gehen, anstatt ihn einfach zurückzurufen.

„Also, nach dieser Überraschung sollten wir uns dem eigentlichen Thema zuwenden." Sie musste sich räuspern, weil ihre Stimme ihr nicht ganz gehorchte. Das lag nicht zuletzt daran, dass der Anblick seiner amüsiert gekräuselten Lippen sie auf Gedanken brachte, die mit einem Elterngespräch so gar nichts zu tun hatten. „Ich bin jetzt seit zwei Wochen in der Klasse. Leider hat Finn Probleme damit, meine Autorität anzuerkennen, nicht wahr?"

Auffordernd sah sie den Jungen an. Der zog das trotzige Gesicht, das sie in letzter Zeit bis in die Träume verfolgt hatte, und wandte unbeteiligt den Kopf ab.

Dann machte sie den Fehler und schaute den Vater des Übeltäters an. Der hatte genau das 1000-Watt-Lächeln aufgesetzt, das ihr Schmetterlinge im Bauch verpasst hatte und seine Wirkung auch heute nicht verfehlte.

Beinahe vergaß sie, dass sie einen unerfreulichen Grund für das Treffen hatten. Ihr Herz flatterte und eine angenehme Wärme strich ihr wie eine Berührung den Rücken hinauf bis in den Nacken.

„Das kann ich mir bei Finn überhaupt nicht vorstellen. Der ist doch butterweich und handzahm." Lukas' dunkel timbrierte Stimme hatte einen schmeichelnden Unterton angenommen.

Laura biss sich in die Wange, um sich nicht von ihm einlullen zu lassen. „Ich fürchte, da irrst du dich. Handzahm und butterweich würde ich ein Kind nicht nennen, dass eine pornografische Skizze an die Tafel zeichnet und den Namen seiner Lehrerin dazuschreibt."

„Tut mir leid, ich verstehe nicht …" Immer noch hatte er das amüsierte Lächeln eines Elternteils im Gesicht, das sich unter keinen Umständen vorstellen konnte, dass das eigene Kind Drogen auf dem Schulhof verkaufte.

Den Zahn würde sie ihm jetzt ziehen. Sie zog ihr Handy aus der Tasche und hielt Lukas die Fotografie hin. Der hob erstaunt die Augenbrauen und pfiff leise. Dann erinnerte er sich endlich daran, dass er ein Kind zu erziehen hatte.

Mit strenger Miene wandte er sich an seinen Sohn. „Warst du das?"

Der Junge schaute beiseite. „Nein, ich weiß nicht, wie sie", dabei zeigte er mit dem Finger auf Laura, „auf so eine gemeine Lüge kommt."

Unschuldige Empörung schlug ihr entgegen. Sie schnappte nicht minder empört nach Luft. Dieser kleine Frechdachs!

Lukas nahm seinen Sohn am Arm. „Finn, das kannst du deiner Großmutter erzählen. Ich weiß genau, wie gut du zeichnest, und habe deine Handschrift gleich wiedererkannt. Lügen zwecklos."

Plötzlich war der Junge nicht mehr ganz so großspurig. Er senkte den Kopf und biss sich auf die Lippen.

„Entschuldige dich bei ihr. So etwas macht man nicht."

Verstockt starrte Finn auf seine Fußsohlen.

Lukas ging in die Hocke, damit sein Gesicht auf Augenhöhe seines Sohnes war, und legte die Hände auf dessen Oberarme. „Finn, bitte! Du hast da eine sehr nette Lehrerin, der dein Wohl am Herzen liegt. Sie kann nichts dafür, dass es bei uns ist, wie es ist." Er seufzte.

Einen Moment lang sah er müde und verzweifelt aus. Laura fragte sich, was mit der Mutter des Jungen los war. War sie vielleicht gestorben? Aber davon hatte Herr Turan nichts erwähnt. Oder krank?

Sanft zog Lukas seinen Sohn in seine Arme, streichelte ihm über den Kopf und raunte etwas in sein Ohr. Dann löste er sich wieder von ihm und deutete mit dem Kinn in Lauras Richtung. Finn verstand den Wink. Ernst sah er Laura an. Verschwunden war der ewige Spaßvogel.

„Tschuldigung", wisperte er und senkte verlegen den Kopf.

Auf einmal hatte Laura einen Kloß im Hals. Sie blickte zwischen Vater und Sohn hin und her und brachte lediglich ein krächzendes „Okay" heraus.

„Es tut mir wirklich leid, dass es bei uns momentan nicht rund läuft. Ich tue mein Bestes, aber ich muss mich auch noch um mein Geschäft kümmern. Ab jetzt bin ich aufmerksamer, versprochen." Sorgenfalten zerfurchten Lukas' Stirn, als er Laura entschuldigend anblickte.

„Gut, dass ich nun ein bisschen besser Bescheid weiß. Dann kann ich passender reagieren." Laura lächelte Finn aufmunternd zu. „Ich hoffe, dass wir in Zukunft besser miteinander auskommen werden."

Der Junge nickte kleinlaut.

„Tja, dann." Lukas kratzte sich am Kopf. „Gibt es noch etwas, soll Finn irgendeine Strafarbeit machen, oder so?"

„Äh, nein, das wäre es erst mal", sagte Laura. „Aber bitte schick ihn morgens früher zur Schule. Finn ist, seit ich hier arbeite, beinahe jeden Tag fünfzehn Minuten zu spät gekommen."

Überrascht sah Lukas seinen Sohn an. „Ist das wahr?" Sein Brustkorb hob sich entrüstet.

Der Junge zog den Kopf ein und biss sich auf die Lippen. „Kann schon sein."

Lukas seufzte. „Finn." Er legte ihm den Arm um die Schultern. „Finn, darüber hatten wir doch gesprochen. Wenn du es morgens nicht allein schaffst, dann muss ich wieder eine Babysitterin engagieren. Weißt du noch, dass dir die Letzte nicht gefallen hat?"

Finn betrachtete eingehend seine Finger.

Lukas atmete geräuschvoll aus und wandte sich an Laura. „Tut mir leid, das wusste ich nicht. Wir hatten bereits das Problem und ich dachte, es wäre mittlerweile erledigt."

„Geht Finn morgens allein los?"

„Ich muss früher ins Büro. Seit seine Mutter ..." Lukas brach ab und rang nach Worten. „Wir sind jetzt nur noch zu zweit und haben bislang nicht in allem den perfekten Rhythmus gefunden, fürchte ich. Ist nicht immer einfach."

Er sah vielsagend zu seinem Sohn herüber, der scheinbar vollkommen damit beschäftigt war, mit dem Fuß eine Fluse über den Boden hin- und herzuschieben.

„Ist 'ne lange Geschichte", sagte Lukas schließlich. „Darf ich dir das Ganze mal bei einem Bier erzählen?" Plötzlich bemerkte er, auf was er da anspielte, und er fuhr sich verlegen durchs Haar. „Tschuldigung", krächzte er. „Ich meine, vielleicht mal bei einem Kaffee oder einem Abendessen?"

Laura sah ihm fest in die Augen. Das Flackern in seinem Blick ließ sie wünschen, dass die Situation eine andere wäre. „Ich fürchte, dass es nicht richtig wäre, mit dem Vater eines Schülers ein Bier zu trinken."

„Auch nicht, wenn es um das Wohl des Schülers ginge?"

„Papa, das ist echt peinlich!", mischte sich plötzlich sein Sohn ein. „Hör auf, mit meiner Lehrerin zu flirten!"

„Du siehst aus, als wäre dir ein Geist begegnet", begrüßte ihre Schwester sie, als Laura später den Kiesweg zum Haus heraufkam.

Sie hatte sich eine Schürze um den gerundeten Leib gebunden und befreite die Blumenbeete vom Unkraut.

„Ungefähr so war es ja auch." Kritisch betrachtete Laura, wie Susanna sich nach dem Wildwuchs bückte und mit ins Kreuz gestützter Hand wieder hinaufkam.

„Bist du sicher, dass du das tun solltest?"

„Was denn?"

Laura deutete auf das Unkraut. „Gärtnern. In deinem Zustand. Darfst du das überhaupt? Du bist krankgeschrieben."

Susanna winkte ab. „Ein bisschen Bewegung ist gesund. Ich bin schwanger und nicht krank. Außerdem geht es mir nach den paar Tagen Auszeit gut. Plötzlich fühle ich mich richtig energiegeladen."

„Das ist toll", entgegnete Laura, entschied sich aber sicherheitshalber dazu, ihr zu helfen. Sie ließ ihre Tasche auf die Bank fallen, ging in die Hocke und begann, Gräser zwischen den Steinplatten herauszuzupfen.

„Bist du sicher, dass du das tun solltest?", lachte ihre Schwester. „Ich weiß, dass du nicht unbedingt einen grünen Daumen hast."

Sie spielte auf die Tatsache an, dass Laura als Kind darauf bestanden hatte, ihr eigenes Gartenstück zu bewirtschaften. Doch leider hatte sie regelmäßig vergessen, ihre Pflanzen zu gießen, und sie waren kläglich eingegangen.

„Vielen Dank. Auch ich werde älter und weiser."

„War heute in der Schule alles in Ordnung?", erkundigte Susanna sich. „Ava hat gesagt, dass du nicht mit ihr nach Hause fahren konntest."

Laura verdrehte die Augen. „Ich hatte ein Kind, das Nachsitzen musste und danach ein – überraschendes – Elterngespräch."

Ihr Herz schlug immer noch schneller, wenn sie an den Moment dachte, wo Lukas plötzlich im Klassenzimmer aufgetaucht war.

„Wieso denn überraschend?"

„Wusstest du, dass Lukas einen Sohn hat?"

Mit offenem Mund starrte Susanna sie an, dann glomm Erkenntnis in ihren Augen auf. Sie lachte schallend.

„Der störende Junge in deiner Klasse ..."

„Ist zufällig Finn, der Sohn von Lukas, ganz genau", ergänzte Laura den Satz mit hochgezogenen Augenbrauen.

Susanna schlug sich die Hand vor den Mund und schüttelte ungläubig den Kopf.

„Was ist das denn für ein komischer Zufall! Du unterrichtest ausgerechnet Lukas' Sohn?"

„Ganz genau."

Susanna konnte gar nicht mehr aufhören zu kichern. „Also, das klingt schon mehr wie Schicksal als Zufall. Bist du sicher, dass aus euch beiden nicht doch am Ende ein Paar wird?"

„In deinen Träumen vielleicht."

„Da würde ich für deine nicht garantieren!", feixte Susanna.

Laura wandte sich ab, um ihrer Schwester nicht zu zeigen, wie sie errötete, und rupfte eine besonders widerstandsfähige Pflanze zwischen den Steinfugen hervor. „Wieso hast du mir nicht erzählt, dass Lukas einen Sohn hat?"

„Hätte es etwas geändert?"

„Wenn das mal nicht die Wildgruber-Mädchen sind!", erklang in diesem Moment die Stimme einer alten Frau hinter ihnen. Überrascht drehten sie sich um.

„Frau Blum!", sagte Laura, dankbar für die Ablenkung. „Geht es Ihnen gut?"

„Alles bestens. Ich wurde nach Strich und Faden aufgepäppelt. Bin quasi ein neuer Mensch geworden. Und ich habe gehört, dass ich das euch zu verdanken habe!"

Laura strich sich verlegen durchs Haar. „Nicht der Rede wert. Ich bin froh, dass wir Ihnen helfen konnten. So konnte ich mich für die jahrelange Apfelkuchenversorgung revanchieren."

Die alte Frau lächelte geschmeichelt. „Immer noch ein süßes Mädchen bist du, Laura. Wo hast du bloß all die Zeit gesteckt?"

„Lange Geschichte." Laura rollte vielsagend die Augen.

„Komm mich doch bald mal wieder besuchen. Vielleicht bringe ich noch einen Apfelkuchen zustande und du erzählst mir von all den Abenteuern, die du erlebt hast, seit wir uns das letzte Mal gesehen haben, ja?"

„Sehr gern", sagte Laura. „Vielleicht übermorgen? Aber können Sie denn schon wieder in dem Haus wohnen?"

Die alte Frau grinste breit. „Da hat es sich endlich für mich ausgezahlt, dass ich mir vor zwanzig Jahren so eine Premium-Hausversicherung habe aufschwatzen lassen. Mit VIP-Service. Die haben in Nullkomma-nichts alles neu gemacht!"

„Ob sie wieder allein in ihrem Haus wohnt?", fragte Laura, als Frau Blum sich verabschiedet hatte.

„Ich denke schon. Ansonsten muss sie vermutlich in ein Altersheim", erwiderte Susanna. Dann ließ sie den Kopf hängen und sah Laura traurig an. „Ich frage mich etwas anderes."

„Was denn?", erkundigte sich Laura, alarmiert durch ihren hoffnungslosen Gesichtsausdruck.

„Henning. Irgendetwas stimmt mit ihm nicht." Sie lächelte kläglich.

„Wo steckt er eigentlich?"

„Das ist es ja. Er ist jeden Tag mehrere Stunden unterwegs, verrät aber nicht, wo. Als ich gewagt habe, ihn zu fragen, was er tut, ist er wütend geworden und wollte wissen, ob er jetzt wegen allem und jedem Rechenschaft schuldig wäre." Tränen glitzerten in Susannas Augen. „Ich erkenne ihn überhaupt nicht wieder."

„Vielleicht hat er so etwas wie eine Krise?", überlegte Laura.

Susanna ließ sich auf einen kleinen Hocker sinken und stützte den Kopf in die Hände. „Ich denke eher, dass das Problem woanders liegt. Da war so eine komische Nachricht auf seinem Handy … mittlerweile bin ich mir sicher, dass er mich betrügt.“

22

„Aarents?", meldete Lukas sich gleich nach dem ersten Klingeln.

Laura schluckte, wusste plötzlich nicht mehr, was sie sagen wollte. Innerlich verfluchte sie die spontane Eingebung, ihn anzurufen. Sie hatte die Hoffnung, dass er eventuell etwas über Hennings geheimnisvolle Beschäftigung wusste und sie Susanna auf diese Weise beruhigen konnte.

„Hallo." Lukas Stimme klang ungeduldig. „Wer ist denn da?"

„Ich bin es, Laura", erwiderte sie hastig.

„Oh!", sagte er. „Toll, dass du anrufst! Wie geht es dir?"

„Ganz gut", beantwortete sie diesen merkwürdigen Anflug einer offiziellen Konversation. „Ich, ähm ..."

„Ja?"

Laura druckste herum.

Er lachte leise. „Ich weiß, was du sagen möchtest: Du langweilst dich tödlich und hättest große Lust, zum Abendessen vorbeizukommen."

Perplex starrte Laura das Telefon an. „Ich habe was?"

„Ach komm", schmeichelte er. „Wie wäre es mit einem Date, einem richtigen? Deshalb rufst du doch an, oder?"

„Also ..." Allein der Gedanke daran ließ ihr Herz vor Freude hüpfen. „Ist Finn auch da?", platzte sie heraus.

Lukas lachte. „Der hat Großelternabend. Wir werden unsere Ruhe haben."

„So habe ich das aber nicht gemeint", protestierte sie und fürchtete, dass er ein völlig falsches Bild von ihr hatte. Dabei merkte sie selbst, wie lahm das klang.

„Keine Sorge, das bleibt unter uns."

„In Ordnung. Gegen acht?" Laura versuchte, das aufgeregte Kribbeln in ihrer Magengegend zu ignorieren.

„Perfekt!"

Paradoxerweise fühlte es sich falsch und gleichzeitig total richtig an, sich an diesem lauen Sommerabend auf ihr Fahrrad zu schwingen und in Richtung des Hofes zu radeln, auf dem bereits Lukas' Urgroßeltern gelebt hatten.

Wohltuend kühl strich der Fahrtwind über sie hinweg. Tief sog sie die würzige Luft in ihre Lungen und spürte eine Ruhe in sich, wie schon lange nicht mehr. Überrascht stellte sie fest, dass sie sich mittlerweile richtig wohl in Schwarnberg fühlte. Dass die Rastlosigkeit, die sie bei ihrer Ankunft hier gespürt hatte, einem Gefühl der Entspannung gewichen war.

Heute war ein extrem warmer Tag gewesen, der erst jetzt, in den Abendstunden, angenehm wurde. Sie fuhr den kleinen Hügel hinauf und blickte auf das ausladende Gehöft vor ihr. Lukas' Familie besaß diesen Bauernhof seit mehreren Generationen. Vermutlich hatte es seine Eltern sehr glücklich gemacht, dass er ihn weiter bewirtschaftete.

Ohne es abzuschließen, stellte sie ihr Fahrrad neben einem Blumenkübel ab, in dem die Hortensien üppig sprossen, und sah sich um. In letzter Zeit waren einige Veränderungen vollzogen worden. Die Gehwegplatten waren neu und noch nicht durch die wuchtigen Maschinen verformt. Die Fachwerkmauern frisch getüncht und überarbeitet. Alles schien einladender und heller als vor ein paar Jahren.

Plötzlich vernahm sie schwere Schritte hinter sich. Sie drehte sich um. Da war er. Ein breites Lächeln im Gesicht, noch feuchte Haare, die ihm in die Stirn fielen, aber ein Paar schmutzstarrende Gummistiefel an den Füßen.

„Da bist du ja!" Lukas sah sie mit einem Blick an, als wäre sie die Sahnetorte auf seiner Geburtstagsfeier.

„Ja", entgegnete sie. Verlegen standen sie voreinander.

Er hob entschuldigend die dreckverschmierten Hände. „Es gab einen Notfall bei meiner Haflingerstute. Die bückst immer wieder gern aus."

Laura lachte. „Was machst du mit deinen Tieren, dass sie dir so oft weglaufen?"

„Sag du es mir!" Herausfordernd hielt sein Blick den ihren fest. Auf einmal sehnte sie sich danach, den Kuss zu wiederholen. Jetzt gleich, egal ob er frisch aus dem Pferdestall kam.

Er räusperte sich. „Sollen wir reingehen?"

Die Stiefel wanderten ordentlich auf einen Ständer. Dann wusch er sich die Hände an dem Wasserhahn im Vorraum. Endlich folgte Laura ihm in einen offenen Wohn-Essbereich, bei dem bloß die schwarzen Balken verrieten, dass es sich einmal um mehrere Räume gehandelt hatte.

„Schön ist es hier! Ich kann mich gar nicht erinnern, dass es so aussah."

Ein stolzes Lächeln erschien in seinem Gesicht.

„Als wir die Wohnungen getauscht haben, habe ich ein bisschen umgebaut. Meine Eltern wohnen jetzt im Altenteil, Finn und ich hier." Er seufzte kurz. „Und bis vor einer Weile auch seine Mutter."

Laura zögerte mit ihrer Antwort. „Ich wusste von all diesen Dingen nichts, nicht einmal, dass du einen Sohn hast. Das hat meine Schwester irgendwie vergessen zu erwähnen."

„Hast du etwa mit Susanna über mich geredet?", erkundigte er sich mit einem großspurigen Grinsen.

„Nun ja, immerhin hast du mich letztens nach Hause gebracht. Das war wohl nicht zu überhören."

Lukas lachte. „Ja, das war ein denkwürdiger Abend."

„Denkwürdig?", fragte Laura stirnrunzelnd nach.

„Definitiv. Meine Turnschuhe waren danach ruiniert." Dann verschwand das Lächeln aus seinem Gesicht. „Der Rest war aber nicht weniger denkwürdig!" Sein vielsagender Ausdruck ließ Laura das Blut in die Wangen schießen.

„Wie machst du das eigentlich: Einen Bauernhof und eine Firma gleichzeitig leiten. Schläfst du jemals?", erkundigte sie sich, um das Gespräch auf ein unverfänglicheres Thema zu lenken.

„Das schon. Aber offenbar geht das Ganze manchmal auf Kosten von Finn. Es ist schwierig, allem gerecht zu werden. Doch ich bin auf diesem Land groß geworden und hänge dran. Meistens ist es entspannend, nach einem langen Tag mit unzähligen Meetings auf den Mähdrescher zu klettern und ein Rapsfeld zu ernten. Besonders schön ist es, wenn Finn mit mir mitfährt und wir uns in Ruhe über alles unterhalten können."

Ungläubig starrte Laura ihn an. „Der Bauernhof ist das Hobby, bei dem du abends entspannst? So etwas habe ich noch nie gehört."

Er lachte. „Und doch ist es wahr. Außerdem habe ich einen Angestellten, der sich um vieles kümmert, wenn ich grad nicht kann. Sonst ginge das nicht."

Aus dem Backofen verströmte irgendetwas mit Rosmarin einen betörenden Duft, der ihren Magen lauthals zum Knurren bracht.

„Hungrig?", fragte Lukas.

„Und wie!"

Kurze Zeit später saßen sie sich an dem rustikalen Eichentisch gegenüber, der mit Kerzen, Stoffservietten und Weingläsern gedeckt war, als wären sie bei einem Edelitaliener.

„Hübsch", bemerkte Laura anerkennend. Doch plötzlich kam ihr wieder der Zweck ihres Besuchs in den Sinn.

Sie schluckte. „Eigentlich bin ich aus einem bestimmten Grund da", begann sie vorsichtig.

Überrascht sah er sie an.

„Ein anderer als der, einen netten Abend mit mir zu verbringen?" Er beugte sich vor und sah ihr gespielt schwärmerisch in die Augen.

Laura lachte verlegen.

„Nein und ja. Also, das mit dem Abend finde ich schon toll, versteh mich nicht falsch. Aber ..."

Lukas gab das Spiel auf. Mittlerweile wirkte er besorgt. „Na los, raus mit der Sprache! Ist noch etwas mit Finn?"

„Nein", entgegnete sie hastig, da sie befürchtete, dass das Gespräch in die falsche Richtung lief. „Ich mache mir Sorgen um Henning und Susanna."

„Wieso denn das?"

„Henning ist arbeitslos, aber trotzdem nie zu Hause. Meine Schwester hat Angst, dass ..." Sie brach ab und hoffte, dass er sie auch so verstehen würde.

Den Gefallen tat er ihr nicht. Stattdessen lehnte er sich abwartend zurück, die Arme vor der Brust verschränkt.

„Ihr seid doch befreundet", setzte sie erneut an. „Weißt du vielleicht, was mit ihm los ist?"

Er hob entschuldigend die Schultern. „Selbst, wenn ich etwas wüsste ..."

„Susanna macht sich wirklich Sorgen."

„Findest du nicht, dass die beiden das unter sich besprechen sollten?"

Sie legte ihm die Hand auf den Arm. „Nun ja, ich habe da so einiges wieder gut zu machen ... Bitte sag mir: Trifft er sich mit einer anderen Frau?"

Seine Miene verschloss sich. „Ist es das, was Susanna denkt?"

„Es ist eigentlich nur das, was ich denke", verteidigte sie ihre Schwester. „Verrate Henning bitte nichts von diesem Gespräch."

„Hör mal, ich bin nicht der Richtige, um mich in die Beziehungen anderer einzumischen. Auf dem Gebiet bin ich selbst kein Experte."

Mit diesen Worten stapfte er in die Küche. Gedankenverloren blickte Laura ihm nach und beschloss, das Thema vorerst auf sich beruhen zu lassen.

„Das riecht fantastisch“, bemerkte sie, als Lukas eine gusseiserne Lasagneform auf den Tisch stellte. „Ich hätte nicht gedacht, dass du kochen kannst!“

Die steile Falte zwischen seinen Augenbrauen glättete sich allmählich.

„Selbstverständlich kann ich das. Finn hat mir geholfen, weil er es toll findet, dass ich heute Besuch bekomme.“

„Wirklich?“

Laura konnte sich nicht vorstellen, dass Finn sich über ihren Besuch freute.

„Er findet, dass es an der Zeit für eine neue Frau ist und ist Feuer und Flamme für seine Lehrerin, seit er gemerkt hat, dass sie mir gefällt.“

Ein warmes Gefühl breitete sich in ihrem Magen aus, auch wenn sie noch nicht ganz glauben wollte, dass Finn so plötzlich Feuer und Flamme für sie war.

„Was ist denn mit seiner Mutter?“, erkundigte sie sich vorsichtig.

Konzentriert blickte er in sein Weinglas, als könnte er in der dunkelroten Flüssigkeit Antworten auf diese Frage finden. Beinahe schon bereute sie die Frage, die zum zweiten Mal an diesem Abend die Stimmung zu zerstören schien. Dann sah er ihr ernst in die Augen.

„Eine blöde Geschichte“, begann er. „Vor ungefähr zwei Jahren veränderte Finns Mutter sich, hatte plötzlich Geheimnisse, verschwand über Nacht. Zuerst habe ich es gar nicht mitbekommen, weil meine Firma so viele Aufträge hatte. Einige Monate später hat sie unser gemeinsames Konto leergeräumt und ist verschwunden. Erst Wochen danach kam eine Postkarte für Finn, in der stand, dass sie ihre geistige Erleuchtung suche und sich deshalb Shawn Mahailek angeschlossen hat.“ Ernst sah er sie an. „Der ist so ein Geistheiler und Sektenführer. Ihr Kind konnte sie bei ihrem neuen Leben nicht gebrauchen und hat Finn daher bei mir gelassen. Aber einer Scheidung hat sie immer noch nicht zugestimmt, vermutlich hofft sie weiterhin auf viel Kohle vom gehörnten Ehemann. Seitdem sind Finn und ich allein und es läuft mal besser, mal schlechter.“

Betroffen sah Laura ihn an. „Was für eine böse Geschichte!“, flüsterte sie.

„Nun ja.“ Er schüttelte sich, als würde er auf diese Weise alle üblen Gedanken loslassen können. „Jeder hat sein Päckchen zu tragen, nicht wahr?“

Sie schaute ihm in die Augen. Eine merkwürdige Ruhe machte sich in ihr breit. Er war so mutig und gelassen mit seinem Geheimnis, seiner schwierigen Vergangenheit, dass sie auf einmal nicht mehr verstand, warum sie selbst so verschämt mit ihrem persönlichen Drama umging.

Schließlich – und das begriff sie erst in genau diesem Moment – war es nicht ihre Schuld gewesen, dass Vince sie betrogen hatte. Er hatte seine eigenen Entscheidungen getroffen und sie ihre Konsequenz daraus gezogen. Nicht mehr und nicht weniger als das.

„Du hast recht, davon kann ich ein Lied singen.“

Dann begann sie zu erzählen. Ohne zu beschönigen teilte sie bittere Erinnerungen mit ihm, die sie selbst nicht immer im besten Licht dastehen ließen. Lediglich die Sache mit ihren Schulden ließ sie aus. Währenddessen genossen sie das erstaunlich gute Essen.

„Und nun bin ich hier, lasse mich von Herdfeuern fast grillen und von Stieren aufspießen. Alles der ganz normale Wahnsinn", schloss sie schließlich.

Sie sah hoch zu ihm und bemerkte mit einem Kribbeln in der Magengegend, dass sich seine Lippen zu einem Lächeln kräuselten.

„Weißt du, was für mich noch mehr der Wahnsinn ist?"

„Nein, keine Ahnung", entgegnete sie ein wenig atemlos.

„Laura Wildgruber, das attraktivste Mädchen der Schule, sitzt mit einem Wein in der Hand an meinem Küchentisch." Er verzog schelmisch die Mundwinkel. „Das hätte sich der pickelige Zehntklässler, der ich früher war, niemals träumen lassen!"

Laura schmunzelte. „Ich hätte nicht geglaubt, hier jemals mit dem Jungen zu sitzen, der mir früher mit Abstand die meisten Streiche gespielt hat. Nach der Nummer mit der dicken schwarzen Spinne habe ich mich fast nicht mehr in die Schule getraut!"

Er schüttelte leicht mit dem Kopf und sah sie mit großen Augen an, als hätte sie eine wesentliche Sache dabei übersehen. „Du weißt schon, dass ich seit der achten Klasse in dich verliebt bin, oder? Ich habe doch immer bloß um deine Aufmerksamkeit gebuhlt."

Nun spuckte Laura beinahe ihren Wein über den Tisch. Ausgerechnet der Junge, der ihr das Leben zur Hölle gemacht hatte, sollte in sie verliebt gewesen sein?

„Das ist nicht dein Ernst, oder?"

„Mein voller."

„Da hattest du aber eine merkwürdige Art, das zu zeigen!", entgegnete sie zweifelnd und schwankte zwischen warmer Freude und dem Gefühl, ihm die Rotweinflasche über den Kopf ziehen zu wollen, hin und her.

„Ertappt! Die Tragik eines missverstandenen Heranwachsenden."

Er legte sein Besteck ordentlich auf den Teller, wischte sich mit einem Zipfel der Serviette den Mund ab und erhob sich gemächlich.

„Apropos zeigen. Da gibt es etwas."

„Was denn?" Laura sah zu ihm hoch und schluckte. Auf einmal stand er direkt vor ihr. Sie brauchte nur eine Hand auszustrecken, um ihn zu berühren.

„Willst du es wissen?"

Aufmerksam schaute er sie an. Sie legte ihre Hand in die seine und fühlte eine warme Aufregung von den Zehen bis zu ihren Ohren heraufsteigen. Er zog sie zu sich hoch. Auf einmal stand sie ganz nah vor ihm und nahm seinen unverwechselbaren Geruch wahr. Ein erwartungsvolles Ziehen breitete sich in ihrem Körper aus. Sein Blick senkte sich auf ihre Lippen. Wie gebannt sah sie ihm in die Augen und hob das Kinn. Zärtlich strich er ihr eine Haarsträhne aus dem Gesicht. Dann näherte sich sein Mund dem ihrem.

Sie schloss die Lider.

„Papa?", ertönte da eine helle Stimme.

Als hätte man sie in flagranti erwischt, stoben sie auseinander. Wie ein kleiner Kobold stand Finn in der Tür, mit Star-Wars-Pyjama und nach allen Seiten abstehenden Haaren.

„Ich hatte wieder diesen Albtraum."

Sie sah, wie Lukas schluckte und seinen Atem zu beruhigen versuchte.

„Komm her, mein Schatz.“ Er warf Laura einen entschuldigenden Blick zu. „Und da läufst du quer durch das Haus zu mir?“ Er zog Finn zu sich aufs Sofa. Dieser schmiegte sich sofort in seine Arme.

„Oma und Opa haben schon ganz tief geschlafen.“

Gerührt, aber auch verunsichert stand Laura vor diesem unerwarteten Vater-Sohn-Moment.

„Wie war das Essen?“ Finn hatte seinen Albtraum offenbar schnell wieder vergessen und blickte gemütlich vom Schoß seines Vaters zu ihr auf.

Der Schlingel! Sie konnte wetten, dass er vor allem neugierig darauf gewesen war, seine Lehrerin und seinen Vater zusammen zu sehen. Aber nach dem, was sie über ihn erfahren hatte, konnte sie ihm nicht mehr böse sein.

„Wunderbar“, antwortete Laura mit einem Lächeln.

„Ich habe mitgeholfen“, verkündete der Junge stolz.

„Vielen Dank, es hat fantastisch geschmeckt.“ Laura sah auf die Uhr. Es war bereits nach elf. „Ich denke, ich sollte gehen. Dann kannst du deinen Sohn ins Bett bringen.“

„Oh, ich hatte gehofft …“, begann Lukas, doch in diesem Moment wanderte sein Blick zu Finn und er korrigierte sich. „Es war ein sehr schöner Abend. Ich hoffe, wir sehen uns bald.“

„Das hoffe ich auch“, entgegnete Laura mit leisem Bedauern.

„Vielleicht sollten wir mal zusammen Essen gehen? Dann werden wir von keinen kleinen Quälgeistern gestört.“ Mit diesen Worten kitzelte er Finn. Der kicherte zufrieden.

„Das wäre toll!“ Sie tauschten einen tiefen Blick.

„Ich muss für ein paar Tage nach Süddeutschland. Soll ich mich melden, wenn ich wieder da bin?"

„Sehr gern, ich freue mich drauf." Lauras Mundwinkel verzogen sich zu einem breiten Lächeln.

„Seid ihr jetzt verliebt?", fragte Finn aufgekratzt.

Sein Vater rollte mit den Augen. „Wie kommst du immer bloß auf solche Fragen?"

„Wieso? Es sah doch so aus, als wolltet ihr euch gerade eben küssen!"

„Darüber reden wir noch, Freundchen!", versetzte Lukas mit strenger Miene.

„Entschuldigung!", flüsterte er stumm zu Laura hinüber.

Sie verabschiedete sich von den beiden und machte sich mit einem Gefühl zwischen Glück und Bedauern auf den Heimweg.

23

Am folgenden Nachmittag verließ Laura mit federnden Schritten das Schultor. Heute war alles anders gewesen als bisher. Das erste Mal hatte sie das Gefühl gehabt, eine Lehrerin mit gutem Draht zu ihrer Klasse zu sein. Als sie den Raum betrat, war sie freundlich begrüßt worden. Mit einem Lächeln! Das hatte es in den vorhergehenden Stunden mit der 4c nie gegeben.

Die Kinder arbeiteten konzentriert und freuten sich fast enthusiastisch über ihre Idee, Eckenraten zu spielen. Es war ein Tag wie aus dem Bilderbuch.

Finn war bereits im Raum gewesen, als sie hineinkam, und in jeder Hinsicht wie ausgewechselt. Nun war das Problem eher, dass sie bei seinem Anblick regelmäßig an seinen Vater denken und mit dem verwirrenden Flattern in ihrem Bauch klarkommen musste. Er hatte ihr heute morgen als erstes per Textnachricht ‚Guten Morgen‘ gewünscht, gefolgt von einem küssenden Smiley. Ob er sie heute anrief? Sie würde zu gern dort weitermachen, wo sie von Finn unterbrochen worden waren.

Lächelnd beobachtete Laura, wie die Schüler auf Fahrräder stiegen oder sich beim Schulbus anstellten, und genoss das warme Gefühl der Sonne auf ihrer Haut.

„Tschüss, Frau Wildgruber“, rief die zickige Salma.

„Tschüss, Frau Wildgruber“, rief der stämmige Johannes.

„Tschüss, Frau Wildgruber!“, rief Claire, das blonde Mädchen, das noch in der letzten Woche in ihrem

Unterricht kein einziges Wort herausgebracht hatte, und flitzte zu einem klapprigen Fiat Panda, in dem ihre Mutter saß.

Dabei fiel Lauras Blick auf einen schwarzen Range Rover, der ihr bekannt vorkam, und ihre sonnige Laune verschwand hinter tiefschwarzen Gewitterwolken. Ein paar Stunden lang hatte sie nicht an die Bedrohung gedacht, die der Mann, der dort betont lässig an der Motorhaube lehnte, für sie bedeutete.

„Max, was machst du hier?" Nervös blickte Laura über die Schulter. Glücklicherweise konnte sie ihre Nichte nirgends entdecken und hoffte, dass die sich mal wieder mit ihren Freundinnen festgequatscht hatte.

„Was denkst du denn?", erkundigte er sich mit lauerndem Blick in den Augen und verschränkte seine Arme vor der Brust. Plötzlich erinnerte er sie an eine Kakerlake. Angewidert fragte sie sich, wie sie ihn jemals hatte attraktiv finden können.

„Glaubst du etwa, dass du Ava abfangen kannst?"

„Wie kommst du denn auf so etwas?" Er tat unschuldig und verzog verächtlich die Mundwinkel.

„Was willst du dann hier?"

„Ich möchte wissen, wie weit du bei unserer Abmachung gekommen bist."

„Schh!" Laura sah sich panisch um. „Hier in aller Öffentlichkeit bespreche ich so ein Thema sicher nicht!"

„Dann komm, ich fahre dich nachhause."

Widerstrebend schob sie ihn in Richtung Autotür. „Also schön. Wir reden hier. Steig ein, damit nicht jeder mithören kann."

Als sie auf dem Beifahrerplatz saß, bemerkte sie, wie ungesund er aussah. Seine Augen blitzten aus tiefdunklen Höhlen hervor, als würde er seit Tagen keinen Schlaf bekommen. Der Blick flackerte unstet hin und her. Sie dachte noch einmal daran, wie er ihr den Schreck ihres Lebens verpasst hatte, auf diesem scheinbar menschenverlassenen Feldweg. Jetzt konnte sie diese Emotion wieder verstehen. Von ihm ging eine Schwingung aus, die ihr Angst machte.

Dennoch zwang sie sich zur Ruhe und sah ihn abwartend an. Sie würde ihm nicht den Gefallen tun, als Erste das Wort an ihn zu richten.

„Und?", fragte er schließlich.

„Was und?"

„Wie weit bist du?"

Laura biss sich auf die Lippen und schüttelte leicht den Kopf.

Max schnaubte. „Dachte ich es mir doch. Ich sollte mich direkt an Henning wenden. Vielleicht bekomme ich von ihm das, was ich brauche. Sollte auch sein Interesse sein, oder?"

Laura fühlte Panik in sich aufsteigen.

„Was denkst du, wie schnell so etwas geht?", gab sie zurück. „Soll ich des Nachts bei beiden im Schlafzimmer herumschleichen und ihnen ein Wattestäbchen in den Mund stecken?"

„Meine Güte, es braucht schließlich nur ein paar Haare mit Wurzeln! Das kann doch nicht so schwer sein." Er neigte sich so weit vor, dass seine Nase fast ihre berührte, und stierte sie entschlossen an. „Du hast drei Tage, dann lasse ich die Katze aus dem Sack."

Laura wurde flau im Magen. Verflogen war das glückliche Gefühl, mit dem sie eben noch die Sonnenstrahlen begrüßt hatte. Übrig blieb ein pappiger Geschmack nach Unheil.

Ohne ein Wort des Abschieds stieg sie aus dem Wagen und kletterte auf ihr Fahrrad. Ihre Gedanken kreisten so sehr um seine Drohung, dass sie erst bemerkte, dass sie schon fast zu Hause war, als sie an Frau Blums Haus vorbeikam.

Überraschenderweise zeugte hier nichts mehr von einem Feuerwehreinsatz. Der Garten und alles, was man von der Straße aus sehen konnte, waren akribisch aufgeräumt, als wäre nie etwas geschehen.

Laura blickte auf die Uhr. Es war schon weit nach 15 Uhr. Beinahe hätte sie die Einladung zum Apfelkuchen vergessen. Nach Small Talk und menschlicher Gesellschaft stand ihr jetzt wirklich nicht der Sinn. Aber vermutlich bekam Frau Blum nicht mehr häufig Besuch. Sie seufzte und drückte auf die kleine Messingklingel.

Eine Weile geschah nichts. Nach einer gefühlten Ewigkeit klingelte sie erneut. Vielleicht hatte sie den Knopf zu zaghaft betätigt?

„Ich komme ja!", schallte da eine maulige Stimme von innen, die Laura einen Schritt zurückweichen ließ.

Die alte Frau riss die Tür auf und starrte Laura unwirsch an. „Was gibt es denn, dass Sie hier Sturm klingeln müssen? Können Sie ihren ‚Wachturm' nicht irgendwo anders an den Mann bringen?"

„Frau Blum?", fragte Laura zaghaft. „Ich bin es, Laura, wir waren verabredet, haben Sie das vergessen?"

Hinter den Brillengläsern funkelten die kleinen Augen der Frau sie wütend an.

„Und wenn Sie der Kaiser von China wären, wir waren sicher nicht verabredet. Ich vergesse niemals etwas!“

Die Tür flog zu.

Laura drückte dagegen, weil sie nicht glauben konnte, dass ihr soeben die Tür vor der Nase zugeschlagen worden war. Was sollte sie jetzt tun? Einfach wieder gehen? Sie setzte sich auf die Eingangstreppe und starrte verdattert in den Vorgarten. Schließlich gab sie auf. Sie würde ein andermal vorbeikommen und mit ihrer Schwester besprechen, wie man der alten Dame helfen konnte. Sie erhob sich und machte sich auf den Weg nach Hause.

In dem Moment ging hinter ihr die Tür auf.

„Laura! Wo willst du denn hin!? Wir waren doch verabredet. Komm herein, meine Liebe!“

Mit breitem Lächeln stand eine völlig veränderte Frau Blum in der Tür. Zögernd trat Laura näher und ließ sich ins Haus führen.

„Jetzt nochmal mal genau!“, befahl ihre Schwester einige Stunden später. „Und dann hat sie dir ihren Apfelkuchen serviert, einfach so?“

„Und sich nach unseren Eltern und dir erkundigt. Dass sie bereits gestorben sind, hatte sie nicht auf dem Schirm. Aber ansonsten war sie ganz entzückend.“ Laura hob ratlos die Achseln.

„Ich denke, wir sollten uns morgen beim sozialen Dienst melden, damit jemand bei ihr nach dem Rechten sieht“, meinte Susanna schließlich.

Laura nickte nachdenklich. Dabei hatte sie ein schlechtes Gewissen. Denn während sie Apfelkuchen aß, hatte die alte Frau ihr anvertraut, dass sie lieber sterben würde, als ihr Haus zu verlassen, wenn sie irgendwann zu alt wurde.

Doch eigentlich beschäftigte Laura ein anderes Problem. Das Zusammentreffen mit Max ging ihr nicht aus dem Kopf. Jedes Mal wenn sie daran dachte, meinte sie, Atemnot zu bekommen. Alles in ihr sträubte sich dagegen, seinem Wunsch nachzugeben. Gleichzeitig aber hatte sie panische Angst davor, zu was er in der Lage war, wenn sie ihm nicht gab, was er verlangte.

Schließlich fällte sie eine Entscheidung, von der sie hoffte, dass sie sie nicht bereuen würde, und erhob sich.

„Ava, soll ich dir einen französischen Zopf flechten?", fragte sie und fühlte sich wie Judas, der den Sack mit Silberlingen annahm.

Ihre Nichte sah mit glänzenden Augen von ihrem Buch auf. „Wirklich? Das wäre toll!" Sie warf ihre Lektüre auf den Couchtisch und sprang hoch. „Jetzt?"

„Gern, wenn es dir passt!", entgegnete Laura. „Ist es okay, wenn wir nach oben verschwinden?", wandte sie sich an ihre Schwester, die mit einem derartigen Lächeln im Gesicht der kleinen Szene gefolgt war, dass Lauras Knoten im Magen immer größer wurde.

„Na klar, dann können mein Bauchbewohner und ich uns ein bisschen meinem neuesten Roman widmen", antwortete Susanna und strich sich zärtlich über ihre Kugel.

„Super!", machte Laura fröhlicher, als ihr zumute war, und folgte dem Mädchen nach oben.

„Wie wäre es, wenn du dich hierher setzt?" Laura zog einen kleinen Stuhl aus dem Arbeitszimmer und schob ihn in das große Badezimmer. Dann blickte sie sich suchend um.

„Wir brauchen eine Bürste und Haargummis."

Ava sprang eifrig auf und öffnete Schubladen, aus denen sie zwei schwarze Bänder und eine pinkfarbene Kinderbürste nahm. Leider hatte sie jemand kürzlich sauber gemacht. Keinerlei Haarreste befanden sich an ihr. Soviel zu der Annahme von Max, wie einfach es wäre, eine Probe zu nehmen.

Laura kämmte Avas rote Strähnen. Nach kurzer Zeit seufzte sie.

„Hiermit komme ich durch deine dicken Zotteln nicht durch. Habt ihr noch eine andere?"

Ava überlegte, dann nahm sie etwas aus einer braunen Kulturtasche. „Die vielleicht? Sie gehört Mama."

Laura atmete erleichtert auf. Auf dieser befanden sich eindeutig Susannas Haare. „Ja, die hier ist besser."

Sie zog die grauen Strähnen heraus, platzierte diese auf dem Regal hinter sich, und kämmte vorsichtig weiter. Dann aber zog sie etwas heftiger an einem kleinen Knoten, so dass tatsächlich ein Paar Haare ausgerissen wurden.

„Aua!", protestierte Ava.

„Entschuldigung, Süße", entgegnete Laura mit brennend schlechtem Gewissen, aber der Sicherheit, dass sie nun hatte, was sie brauchte. Schließlich flocht sie einen französischen Zopf in Avas Haare, so wie Lauras Mutter es früher bei ihr gemacht hatte. Beinahe konnte Laura noch fühlen, wie die Finger ihrer Mutter die einzelnen Strähnen abteilten und zu einem kunstvollen Zopf verwoben.

„Das kannst du aber gut!", meinte Ava bewundernd, als Laura fast fertig war.

„Danke. Das habe ich schon lange nicht mehr gemacht, doch man scheint es nicht zu verlernen. "

Laura lächelte Ava im Spiegel zu. Diese lächelte zurück und kuschelte sich vertrauensvoll an sie.

„Es ist toll, dass du jetzt bei uns bist, Tante Laura. Alles ist viel schöner und einfacher. Kannst du für immer hierbleiben? Bitte, bitte, bitte!"

„Ich tue mein Bestes", erwiderte Laura mit Tränen in den Augen und fragte sich, ob das eine faustdicke Lüge war.

24

Als sie am nächsten Tag nach der Schule nach Hause kam, fühlte sie sich wie eines dieser überdimensionierten Schwimmtiere, aus dem jemand die Luft herausgelassen hatte. Müde, verknautscht und absolut nicht mehr in der Lage, das zu tun, was von ihr erwartet wurde.

Leise öffnete sie die Haustür und hoffte, dass sie Susanna nicht über den Weg laufen würde. In letzter Zeit hatte sich zwischen ihnen ein Ritual entwickelt. Wenn sie endlich beide zu Hause waren, tranken sie gemeinsam einen Kaffee – mittlerweile hatte sie sich irgendwie mit der Filterkaffeeplörre arrangiert – und unterhielten sich über den Tag. Doch gerade das würde Laura heute nicht ertragen. Sie konnte keinen Small Talk führen, jetzt, wo sie sich wie die hinterletzte Verräterin fühlte.

Klammheimlich hatte sie gestern die Proben in kleinen, durchsichtigen Tüten platziert, als Ava voller Freude heruntergesprungen war, um ihrer Mutter die neue Frisur zu zeigen. Heute nach dem Unterricht und einer schlaflosen Nacht hatte sie Max die beiden Umschläge überreicht und sich dabei wie eine feindliche Agentin gefühlt. Obwohl Laura sicher war, keine andere Wahl gehabt und die richtige Entscheidung für die Familie gefällt zu haben, konnte sie Susanna momentan einfach nicht unter die Augen treten. Sie wollte nur noch hoch in ihr Zimmer und an die Decke starren, bis sie sich an das Gefühl, einen dicken Kloß des Verrats in ihrem Magen herumzuschleppen, gewöhnt hatte.

Doch ausgerechnet heute hatte ihre Schwester sie bereits aus dem Küchenfenster entdeckt und riss die Tür auf, kaum, dass Laura ihren Schlüssel hineingeschoben hatte.

„Du glaubst nicht, was ich gemacht habe", begrüßte Susanna mit aufgeregt funkelnden Augen.

Sie streckte ihr eine Tasse Kaffee hin, als hätte sie seit Stunden darauf gewartet, mit Laura zu reden.

Zögernd nahm Laura das angebotene Getränk. „Was denn?", erkundigte sie sich, obwohl sie nichts lieber wollte, als sich in ihrer Höhle zu verkriechen.

Susanna dagegen war schon lange nicht mehr so gut gelaunt gewesen. Sogar die Ringe unter ihren Augen schienen weniger tief. Auf den sonst so blassen Wangen machte sich eine gesunde Farbe breit. Dennoch verkrampften sich Lauras Eingeweide bei ihrem Anblick.

„Ich war heute beim Friseur!", verkündete Susanna und deutete auf ihre Haare, die immer noch grau gesträhnt, aber ein kleines Stück kürzer als zuvor waren.

Laura seufzte innerlich. Susanna und sie würden wohl nie die gleiche Meinung über Frisuren und Schönheit haben. Doch sie wollte ihr die gute Laune nicht verderben.

„Toll", bestätigte sie halbherzig. „Der neue Schnitt sieht wirklich frischer aus."

Verwundert schaute Susanna auf ihre Haare. „Meinst du das im Ernst?", fragte sie mit hochgezogenen Augenbrauen und lachte, als hätte Laura einen guten Witz gemacht. „Deshalb war ich nicht beim Friseur. Aber Kati weiß durch ihre Kunden einfach alles über jeden."

Sie sah Laura an, als müsse nun endlich der Groschen fallen, auf was sie herauswollte. Doch in Lauras Gehirn herrschte seit der Episode mit den beiden Umschlägen eine große Leere.

„Du hast heute aber eine bemerkenswert lange Leitung! Ich habe die Enkelin von Frau Blum gefunden!"

„Wirklich? Einfach so beim Frisör?", erkundigte Laura sich ehrlich verblüfft.

Susanna verdrehte die Augen. „Genau deshalb bin ich doch da hin! Die beste Informationsquelle der Stadt!" Sie lächelte zufrieden. „Du ahnst nicht, wer es ist!"

„Jetzt spanne mich nicht so auf die Folter", entgegnete Laura mit gespielter Verzweiflung.

„Du kennst sie vielleicht sogar. Es ist eine Kollegin von dir!"

„Ernsthaft? Welche Kollegin denn?" Auf einmal glomm ein Funken Neugierde in Laura heran und sie vergaß für einen Moment, sich schlecht zu fühlen.

„Frau Mayer, kennst du sie?"

„Ich kenne nur eine Frau Mayer, nämlich Gerlinde", entgegnete Laura zweifelnd. „Bist du sicher, dass da nicht jemand etwas durcheinandergebracht hat? Gerlinde ist schon beinahe fünfzig. Das kann nicht passen. So alt ist Frau Blum doch auch nicht."

„Nein, ganz sicher. Sowohl Frau Blum als auch ihre Tochter sind damals sehr jung schwanger geworden. Glaub mir, Gerlinde Mayer ist Frau Blums verschwundene Enkelin."

„Wow." Laura ließ sich auf den Küchenstuhl sinken. „Ich kann mir gar nicht vorstellen, dass Gerlinde so einer Pflicht aus dem Weg geht. Sie ist für mich der korrekteste Mensch, den ich kenne."

Susanna setzte sich ihr gegenüber. „Vielleicht ist etwas vorgefallen? Mit ihrer Mutter scheint es nicht so einfach gewesen zu sein", überlegte sie.

„Was denkst du, sollen wir jetzt tun?"

„Möglicherweise ist es das Beste, wenn du mit ihr sprichst. Immerhin kennst du sie schon."

Laura hob abwehrend die Hände. „Ich? Ich bin bei solchen Sachen wie ein Elefant im Porzellanladen."

Beruhigend legte Susanna ihr die Hand auf die Schulter. „Du schaffst das! Sicher."

Momentan hätte Laura ihrer Schwester vermutlich noch nicht mal abgeschlagen, eine Reise zum Mars anzutreten.

Mit trockener Kehle machte sie sich am folgenden Tag daran, Gerlinde in der Schule abzupassen. Doch in der großen Pause, als sich wie üblich die meisten Lehrer im Lehrerzimmer versammelten, war die Kollegin von den anderen umringt. Denn als Abschluss des Schuljahres stand ein wichtiges Sportfest an, welches Gerlinde mit den umliegenden Vereinen organisieren sollte.

Hitzig wurden Diskussionen darüber geführt, welche Gruppe und welche Sportart zu welchem Zeitpunkt des Festes dran sein sollte. Laura hatte keine Chance, sie privat zu sprechen. In der vierten Stunde, in der sowohl Gerlinde und Laura normalerweise eine Freistunde hatten, musste Laura kurzfristig eine Vertretung übernehmen.

Laura ahnte, wie wenig begeistert ihre Schwester sein würde, wenn sie unverrichteter Dinge nach Haus kam. Daher schickte sie ihre eigene Klasse fünf Minuten früher nach Hause und hetzte quer über den Schulhof. Sie wollte Gerlinde nach der letzten Stunde abpassen, die diese im Erstklässlertrakt gab.

Es gongte dreimal. Wie auf Kommando strömte eine Woge Zwerge mit riesigen bunten Rucksäcken nach draußen und machte sich schnatternd auf den Heimweg. Doch auch Minuten später war von Gerlinde nichts zu sehen. Hatte sie sie etwa übersehen? Das war eigentlich nicht möglich. Die großgewachsene Frau hätte sich sicher nicht in einer Horde Kinder verstecken können. Laura beschloss nachzusehen.

Sie spähte erst den einen, dann den anderen Gang herunter. Die Räume waren mittlerweile ordnungsgemäß abgeschlossen, die Lichter aus. Der typische Geruch nach Kreide, Schulbroten und Turnschuhen lag in der Luft. Schließlich entdeckte sie eine noch beleuchtete, offene Tür. Laura näherte sich dem Klassenraum, doch von da kam kein Laut.

Bevor sie eintrat, rief sie einer plötzlichen Scheu folgend: „Gerlinde? Bist du da?"

Die ältere Frau saß an ihrem Pult, den Kopf in die Hände gestützt. Sie hob ihn hastig wieder, als Laura hereinkam. Wie ertappt sah sie Laura an. Gerlinde musste geweint haben. Ihre Augen waren seltsam gerötet.

„Entschuldige", begann Laura, ohne zu wissen, was sie sagen sollte. Es brachte sie aus dem Konzept, dass sie die Kollegin beim Weinen überrascht hatte.

„Was machst du hier?", fragte diese erstaunt. „Hast du mich etwa gesucht?" Sie wischte an ihrem Auge entlang, vermutlich, um verräterische Spuren zu kaschieren.

Damit war Lauras Plan hinüber, Gerlinde zufällig zu treffen und nebenbei das Thema auf Frau Blum zu lenken.

„Eigentlich schon. Störe ich?"

„Eigentlich schon." Gerlinde sah sie kläglich an. „Ich wollte hier grad einen Moment in Ruhe sitzen und mich sammeln."

„Ist etwas passiert? Du …" Laura brach ab. Sie kannte Gerlinde nicht so gut und wusste nicht, ob ihre Kollegin es vielleicht übergriffig fand, wenn Laura sie fragte, was los war. Innerlich fluchte sie, weil sie Susanna versprochen hatte, sich um Gerlinde und Frau Blum zu kümmern.

„Schlechte Nachrichten." Gerlinde hielt einen Brief hoch, der aussah, als käme er vom Amtsgericht. Doch bevor Laura mehr sehen konnte, ließ sie ihn in ihre Jutetasche fallen. „Aber was kann ich für dich tun? Gab es Ärger in der Klasse?"

Aufmerksam blickten die hellen Augen sie an.

„Äh nein. Momentan kommen wir sehr gut miteinander aus, meine Klasse und ich", stammelte Laura.

„Das ist toll." An Gerlindes Lächeln konnte Laura erkennen, dass sie es ernst meinte. „Am Anfang habe ich mich gefragt, ob du der Aufgabe hier gewachsen bist, und nun fressen dir die Kinder schon beinahe aus der Hand, was?"

Laura lächelte geschmeichelt. „Ja, endlich. Ich hatte aber auch keinen guten Start."

„Aller Anfang ist schwer!"

„Ich habe dennoch ein kleines Problem und hoffe, dass du mir dabei helfen kannst." Laura räusperte sich. „Es geht aber nicht um die Schule."

Gerlinde legte fragend den Kopf schief.

„Ich weiß nicht so recht, womit ich beginnen soll." Laura biss sich auf die Lippen. „Neulich gab es bei uns in der Nachbarschaft einen Zwischenfall."

Gerlinde blickte sie milde interessiert an. Nur eine leichte Falte zwischen den Brauen verriet ihre Anspannung. Ahnte sie, worauf Laura hinauswollte?

„Bei einer alten Nachbarin hat es gebrannt."

Abwehrend verschränkte Gerlinde die Arme vor der Brust. Laura wusste nicht genau, warum, aber diese kleine Geste war es, die ihr die Gewissheit gab, dass Susanna recht hatte mit ihrer Entdeckung.

„Ich wüsste nicht, was ich mit eurer Nachbarschaft zu tun habe."

„Das Feuer war im Haus von Frau Blum. Die kennst du doch, oder?"

Gerlindes ohnehin schmale Lippen wurden zu einem missbilligenden Strich. „Was auch immer du gehört haben magst, mit dieser Frau habe ich nichts zu tun und ich schulde ihr nichts. Ist das alles, was du wolltest? Ich muss nämlich dringend nach Haus." Sie erhob sich und schnappte sich die abgewetzte Ledertasche, in der sie ihre Arbeitsmaterialien aufbewahrte.

Laura legte ihr begütigend die Hand auf den Arm. „Ich habe keine Ahnung, was damals geschehen ist. Für mich war Frau Blum immer eine entzückende alte Dame, die sich rührend um die Kinder in der Nachbarschaft gekümmert hat. Ich hätte mich wahrscheinlich gefreut, ihre Enkelin zu sein. Immerhin machte sie den besten Kuchen weit und breit."

Ihre Kollegin lachte bitter. „Das muss das schlechte Gewissen gewesen sein. Ihre eigene Tochter hat sie mit ihren Meckereien und ihrer Kontrollsucht vorzeitig aus dem Haus getrieben. Und für mich war es auch kein Zuckerschlecken dort groß zu werden."

Ihr Blick schweifte in die Ferne.

„Als ich endlich alt genug war, habe ich gesehen, dass ich da wegkam. Keine Ahnung, warum ich letztlich doch wieder hier gelandet bin. Ich hätte den Job direkt ablehnen sollen." Dann sah sie Laura fest in die Augen. „Außerdem geht dich das Ganze gar nichts an."

Sie wollte Laura beiseiteschieben.

Doch die wurde plötzlich wütend. „So, meinst du, dass mich das nichts angeht? Wenn ich sie nicht aus ihrer völlig verqualmten Küche gerettet hätte, wäre sie gestorben. Man kann, man darf nicht einfach wegsehen, wenn es jemandem nicht gut geht!"

Gerlinde verschränkte die Arme vor der Brust und sah Laura abschätzig an. Sie war ebenso groß wie sie. Sie konnten sich direkt in die Augen blicken und im Moment spien die von Gerlinde giftige Pfeile.

„Du hast doch keine Ahnung, wie das damals war oder was ich durchgemacht habe! Wage es nicht, dir ein Urteil über mich zu bilden. Diese Frau hat niemals jemanden geliebt außer sich selbst, auch wenn sie euch etwas anderes vorgemacht hat."

Laura konnte den Schmerz in Gerlindes Stimme fast körperlich spüren.

„Jeder hat sein eigenes Päckchen zu tragen. Für Außenstehende ist es immer schwer, sich ein Urteil zu bilden."

Sie strich Gerlinde entschuldigend über den Arm. „Tut mir leid, wenn ich eine alte Wunde bei dir aufgerissen habe. Aber in gewisser Weise muss man wenigstens versuchen, ein Mensch zu sein und menschlich zu handeln, oder? Ich weiß nicht, was zwischen euch war, doch ich sehe eine alte, einsame Frau und denke, dass es niemand verdient hat, gegen Ende seines Lebens allein zu sein. Deshalb wollte ich mit dir reden. Entschuldige. Meine Schwester und ich werden sehen, wie es mit Frau Blum weitergeht. Bis morgen."

Sie wandte sich zur Tür. Als sie fast draußen war, drehte sie sich nochmal um. „Hast du eigentlich früher Tennis gespielt?"

Sie beobachtete, wie Gerlindes Gesicht aschfahl wurde.

„Wie kommst du denn darauf?", fragte diese tonlos.

„Frau Blum hat eine Menge Zeitungsartikel über ein Mädchen, das sämtliche Meisterschaften gewonnen hat. Ich dachte, dass das doch nur du gewesen sein kannst."

„Und die hat sie dir gezeigt?" Ungläubig starrte Gerlinde sie an.

„Gezeigt? In ihrem Haus ist eine ganze Wand damit gepflastert, daran kann man gar nicht vorbeigehen", entgegnete Laura. „Du musst früher wirklich gut gewesen sein."

„Das ist lange her." Ihr Blick glitt weit in die Ferne.

„Immer, wenn wir Kinder bei ihr waren, hat sie uns die Zeitungsartikel gezeigt und von einem ganz besonderen, mutigen, ehrgeizigen Mädchen erzählt. Und uns gesagt, dass wir uns nur anstrengen müssen, dann können wir alles erreichen, wie das Mädchen in den Zeitungsartikeln."

Tränen glitzerten in Gerlindes Augen. „Dieses Mädchen würde ich mir gern einmal wieder ansehen.

Früher drehte sich quasi mein ganzes Leben um Tennis. Bis zu dem Unfall, der das alles beendet hat." Sie deutete auf ihr steifes Knie.

„Also, die Artikel hängen bestimmt noch an ihrem angestammten Platz. Wir könnten ja mal vorbeigehen", schlug Laura vorsichtig vor.

Zu Lauras Überraschung standen sie tatsächlich zwanzig Minuten später vor der Tür mit dem vergilbten Erntekranz und klingelten.

Eine Weile geschah nicht. Dann hörten sie ein tapsendes Geräusch. Laura hatte Gerlinde vorgewarnt, dass Frau Blum manchmal Gesichter vertauschte und gelegentlich in ihrer eigenen Welt lebte.

Nur einen Spalt breit öffnete sich die Tür. Zuerst erschien die Spitze eines Gehstocks, dann schaute Frau Blum misstrauisch heraus.

„Ich habe doch gesagt, dass ich nichts spende!", verkündete sie und wollte die Tür direkt wieder schließen. Aber Gerlinde hatte blitzschnell den Fuß dazwischen gestellt.

„Oma, ich bin es", sagte sie ruhig.

In den Augen der alten Frau flackerte es. Dann blickte sie Laura an.

„Laura! Hast du deine Schwester mitgebracht? Wie schön!"

„Guten Abend, Frau Blum", entgegnete Laura. „Das hier ist nicht meine Schwester. Erkennen Sie sie nicht?"

Die alte Frau kramte in ihrer Schürzentasche und förderte eine Brille zu Tage. Kaum hatte sie diese auf die runzelige Nase gesetzt, wich sie zurück, als hätte sie einen Geist gesehen.

„Marianne", krächzte sie und tastete haltsuchend nach dem Türrahmen.

Gerlinde und Laura tauschten einen besorgten Blick.

„Schauen Sie genauer hin. Es ist Ihre Enkelin, Gerlinde", sagte Laura.

Da endlich glomm Erkennen in ihren Augen auf. Sofort füllten sie sich mit Tränen. Sie wollte einen Schritt vor machen und wich dann doch zurück.

„Bist du das wirklich, Mädchen?", fragte sie schwach und begann zu schwanken.

Laura nahm sie am Arm. „Wollen Sie uns vielleicht ein Wasser anbieten? Dann können wir uns in Ruhe unterhalten." Sanft schob sie die alte Frau nach vorn in Richtung Küche.

Als sie durch den Flur gingen, blieb Gerlinde vor der Wand mit den Zeitungsartikeln stehen und strich über das Gesicht des Mädchens, das sie einst gewesen war. Schließlich folgte sie Laura in die Küche.

„Ist es nicht unglaublich, wie schnell die Leute von der Versicherung alles wieder aufgebaut haben?" Frau Blum deutete stolz auf die frisch renovierte Küche. „Zwei Monate und alles ist besser als neu. Sogar Fotos in den Bilderrahmen haben sie wieder hergestellt. Irgendwie kopiert, glaube ich. Toll, oder?"

Statt Wasser stellte Frau Blum Sherry auf den Tisch. Behutsam begannen die beiden Frauen miteinander zu reden, als gingen sie über ein Minenfeld aufeinander zu. Nach einer Weile schienen sie sich in der Mitte zu treffen und fingen an, ihre gemeinsame Vergangenheit aufzuarbeiten. Ein Vibrieren in Lauras Tasche kündigte eine Nachricht an.

„Telefonieren?", hatte Lukas geschrieben.

Da Laura spürte, dass sie nicht mehr gebraucht wurde, erhob sie sich, um sich zu verabschieden. Sie hoffte, dass sie es schaffen würden, aufeinander zuzugehen und eine Brücke zu bauen über einen Graben von mehr als dreißig Jahren Schweigen.

25

Manchmal wird eben doch alles wieder gut, dachte Laura, als sie zwei Wochen später am Haus von Frau Blum vorbeikam und sah, dass Gerlindes Vespa vor der Eingangstür parkte. Großmutter und Enkelin hatten sich tatsächlich ausgesprochen und versuchten nach Kräften, die verlorene Zeit nachzuholen.

„Ich bin so froh, dass du dich nicht von meinem mürrischen Gesicht hast ins Bockshorn jagen lassen", hatte Gerlinde ihr am nächsten Tag in der Schule gestanden. „Sie ist ja irgendwie meine einzige Verwandte. Danke!"

Laura ließ sich von Gerlinde drücken, bis sie keine Luft mehr bekam, und freute sich, dass sie ihnen hatte helfen können. Gerlinde erzählte die Geschichte wirklich jedem, der sie hören wollte, und Laura wurde im Kollegium beinahe so etwas wie eine Heldin. Seitdem behandelten die anderen Laura wie einen Glücksbringer.

Es war schon erstaunlich, wie wunderbar sich ihr Leben gewandelt hatte. Auch Susanna war aus dem Häuschen gewesen, als Laura ihr von der Begegnung zwischen Enkelin und Oma erzählte und hatte sogar ein paar Tränen verdrückt.

„Schwangerschaftshormone", brachte sie heraus, während sie lauthals in ein Taschentuch schnaubte.

Das Beste aber war, dass sie von Max seit zwei Wochen nichts gehört hatte. Mit ein bisschen Glück hatte ein negatives Testergebnis ihn dazu gebracht, die Sache endlich auf sich beruhen zu lassen.

Tief atmete Laura die würzige Sommerluft ein und ihr Herz wurde ihr leicht. Heute beim Sommerfest hatte Herr Turan sie offiziell gefragt, ob sie ein reguläres Referendariat beginnen wollte. Laura freute sich schon auf das Gesicht, das Susanna machen würde, wenn sie ihr davon erzählte. Inzwischen konnte Laura sich nämlich nichts Schöneres vorstellen, als dauerhaft in Schwarnberg zu bleiben. Sie hätte nicht sagen können, wann genau es geschehen war, dass sie ihre Meinung so grundsätzlich geändert hatte. Aber eines Tages war es ihr einfach klar gewesen.

Wenn sie es gut durchrechnete, könnte sie sich von dem Geld eine eigene Wohnung leisten, zumindest wenn sie davon ausging, dass ihre Schulden sich auf märchenhafte Weise in Nichts auflösten. Dann könnte sie Susanna und Ava immer noch häufig besuchen, würde sich aber wieder deutlich mehr wie ihr eigener Herr fühlen. Vor allem, weil mit der Ankunft des neuen Babys vermutlich Chaos ins Haus einziehen würde. Da wäre es angenehm, im Zweifel in das eigene Nest zurückkehren zu können. Noch ein paar Tage gab es, bis die Frist des Inkassobüros ablief. Aber sie zwang sich, ihre gute Laune nicht dieser unangenehmen Geschichte zu opfern. Manchmal musste man einfach hoffen, dass alles gut ausging, wie eben im Märchen.

Und außerdem war da auch noch Lukas. Sie fieberte förmlich seiner Rückkehr entgegen. Obwohl sie mittlerweile beinahe jeden Abend telefonierten, hatte sie ihn schon einige Zeit nicht gesehen, weil er spontan wegen einer dringenden Familienangelegenheit nach Süddeutschland gefahren war. Laura vermutete, dass es um seine Frau ging. Sie hatte aber nicht neugierig klingen wollen und nicht weiter nachgefragt.

Schwungvoll bog sie in die kleine Straße ein, die zum Haus führte, und blieb dann wie angewurzelt stehen. Schlagartig war es mit der guten Laune vorbei. Ein wohlbekannter schwarzer Range Rover thronte unheilverkündend zwischen den Blumenrabatten.

Wie eine Faust schnürte die aufkommende Panik ihr die Luft ab. Was konnte Max hier wollen, außer Unheil zu bringen? Sie widerstand dem Impuls, umzudrehen und einfach wegzulaufen, zog den Schlüssel aus der Tasche und wollte aufschließen. Doch ihre Hände zitterten derart, dass sie vier Versuche brauchte, bis es ihr gelang. Leise schob sie die Tür auf, als könnte sie damit verhindern, dass man sie bemerkte. Kurz erwog sie, sich nach oben zu schleichen und der gefürchteten Begegnung zu entgehen.

Da hörte sie Susanna plötzlich schreien: „Lass mich in Ruhe!"

Laura ließ ihre Taschen fallen und schoss zum Wohnzimmer. Wie zwei Kontrahenten vor einem Boxkampf standen Max und Susanna voreinander. Sie waren so sehr aufeinander fixiert, dass sie Laura überhaupt nicht bemerkten.

„Wie kann ich das tun, wenn mein Herz mir sagt, dass Ava meine Tochter ist?", brüllte Max zurück und hob in einer Geste der Verzweiflung die Hände. „Sag mir, ob du das könntest!"

Tränen der Wut und der Enttäuschung stiegen Laura in die Augen. Alles hatte sie gewagt, um genau diesen Moment zu verhindern. Doch Max hatte sich nicht an sein Versprechen gehalten.

„Bist du sicher, dass es nicht sein könnte? Bist du dir da ganz sicher?"

Max trat auf Susanna zu und fasste sie an den Schultern. Die starrte ihn entsetzt an, wich zurück, bis sie mit dem Rücken zur Wand stand. Sie war unnatürlich blass, feine Schweißperlen glänzten auf ihrer Stirn, die nicht von der Sommerhitze zu kommen schienen.

„Max!", rief Laura scharf. „Was machst du hier?"

Der zuckte zusammen und fuhr dann herum. Er sah ungepflegt aus, als hätte er die Nacht in seinem Auto verbracht. Gleich aber fing er sich wieder und verzog höhnisch das Gesicht.

„Ich wüsste nicht, was dich das anginge. Wie siehst du das, Susanna?"

Ihre Schwester sah mit weit aufgerissenen Augen zwischen den beiden hin und her, antwortete jedoch nicht.

„Du hast mir dein Wort gegeben, dass du sie in Ruhe lässt!" Nun schrie Laura fast. „Ist denn dein Wort überhaupt nichts wert?"

Max lachte nur.

„Warum hat er dir sein Wort gegeben?", fragte ihre Schwester mit totenbleichem Gesicht.

„Susanna, ich ...", begann Laura, dann ließ ein dicker Kloß in ihrem Hals die Worte stocken.

Tränen sammelten sich in Susannas Augen.

„Er hat mich erpresst", brachte Laura hervor.

„Erpresst?" Max schnaubte höhnisch. „Ein hübsches Sümmchen hat es dir eingebracht, mir ein bisschen zu helfen!"

„Was? Das stimmt doch gar nicht! Er lügt!", rief Laura entsetzt.

„Laura hat mir geholfen, endlich einen Vaterschaftstest zu machen", sagte Max triumphierend zu Susanna.

Die stieß einen erstickten Laut aus und sah Laura ungläubig an. „Wie konntest du so etwas tun?"

„Das ist nicht wahr!" Verzweiflung und Wut ließen Lauras Stimme brechen.

„Natürlich", sagte Max mit diabolischer Miene. „Und hier ist das Ergebnis!" Er zog einen Briefumschlag aus seiner Tasche. „Ich habe ihn extra noch nicht geöffnet, damit du das Ganze nicht für eine Fälschung hältst! Diesmal wirst du sehen, dass ich recht habe!"

„Max, das ist doch alles Irrsinn", warf Susanna mit matter Stimme ein. „Du weißt doch ..."

„Mach ihn auf!", unterbrach er sie und wedelte mit dem Umschlag vor Susannas Gesicht herum. Die hob abwehrend die Arme und drehte den Kopf zur Seite.

Nun erwachte Laura aus ihrer Erstarrung. „Lass sie in Ruhe!"

Sie zog an seinem Arm und drängte ihn weg von Susanna. Überraschend mühelos konnte sie ihn wegschieben. Vielleicht hatte ihn die mörderische Wut in ihren Augen erschreckt. Er stieß gegen das Sofa und plumpste hin. Laura ragte nun über ihm auf.

„Verschwinde, oder ich rufe die Polizei!" Sie griff nach ihrer Tasche, bemerkte jedoch, dass sie diese im Flur fallen gelassen hatte.

„Ich gehe, wenn ich mit Susanna zusammen den Umschlag geöffnet habe!", sagte Max mit einer beschwichtigenden Geste. „Siehst du? Er ist noch zu. Ich mache ihn jetzt auf!", rief er zu Susanna hinüber, die ihn bloß kopfschüttelnd anstarrte.

Das Rascheln, als der Umschlag aufgerissen wurde, ging Laura durch Mark und Bein.

Stumm überflog Max den Brief, las ihn nochmal und ein zweites Mal. Schließlich sprang er auf.

„Du hast mich betrogen! Du hast die Probe gefälscht!" Anklagend schoss sein Zeigefinger auf Laura zu. „Das wirst du bereuen!"

Mit wildem Blick stürzte er sich auf Laura. Die aber hatte das Ganze kommen gesehen und wich im letzten Moment zur Seite. Max stolperte über den Couchtisch, stöhnte auf vor Schmerzen und landete auf dem Teppich.

Laura rannte auf den Flur und zog hastig ihr Handy aus der Tasche. Doch bevor sie die Polizei rufen konnte, war Max hinter ihr. Er entriss ihr das Telefon und pfefferte es in eine Ecke.

„Ich habe gerade die Polizei verständigt", mischte sich Susanna mit zittriger Stimme ein. „Am besten du gehst jetzt, Max, und kommst nie wieder."

Er hob drohend die Hände. „Glaubt nicht, dass sich die Sache hiermit erledigt hat!" Dann aber drehte er auf dem Absatz um, fegte durch den Flur und knallte die Eingangstür hinter sich zu.

Laura folgte ihm sicherheitshalber. Durch die Fensterscheibe beobachtete sie, wie er in sein Auto stieg und losfuhr. Doch erst, als das Motorengeräusch verklungen war, wagte sie sich wieder zurück.

Vor der Tür zum Wohnzimmer zögerte sie. Aber sie wusste, dass sie das Gespräch mit Susanna nicht vermeiden konnte.

Zusammengesunken saß diese auf der Kante ihres Lieblingssessels. Sie atmete schwer.

„Susanna?", fragte Laura vorsichtig.

„Lass mich in Ruhe", entgegnete ihre Schwester tonlos, ohne Laura anzuschauen.

„Es tut mir so leid!", flüsterte Laura. „Bitte sag mir, wie ich es wieder gutmachen kann."

Nun blickte Susanna hoch und sah sie mit den Augen einer Hundertjährigen an.

„Ich schaffe es nicht. Ich habe gehofft, dass ich es schaffe, und wirklich alles getan, aber ich schaffe es nicht", sagte sie wie zu sich selbst. Dann schaute sie Laura an. „Jahrelang habe ich die harten Worte zu dir bereut. Konnte nur daran denken, wie traurig unsere Eltern wären, wenn sie wüssten, dass ihre Töchter nicht mehr miteinander reden. Und als du wieder da warst …"

Laura spürte ein unheilvolles Kribbeln in ihrem Körper, so als würde sich gleich der Boden auftun und sie verschlucken. Da sprach Susanna ihr vernichtendes Urteil.

„Geh. Bitte geh und lass mich und meine Familie in Zukunft in Frieden. Verschwinde aus unserem Leben. Geh am besten sofort, das ist das Einzige, was du noch tun kannst."

26

Wie ferngesteuert kletterte Laura die Treppe hinauf in das Zimmer, das nun wieder Ava gehören würde, zog ihre Koffer hervor und begann zu packen. Die Sommerhitze hatte das Dachgeschoss zu einem wahren Brutkasten werden lassen. Bereits nach kurzer Zeit lief ihr der Schweiß in Strömen zwischen den Schulterblättern hinab.

Die Bücher, die der Schule gehörten, ließ sie mitten auf dem Bett liegen. Darum würde ihre Schwester sich kümmern müssen. Laura hatte nicht vor, zurückzukommen. Mit zusammengepressten Zähnen wuchtete sie den ersten Koffer die enge Stiege herunter. Da fiel ihr Blick auf den gestickten Spruch, der nun wie ein Mahnmal für sie war. ,Ohne Wurzeln kann ein Baum nicht wachsen'.

Tränen sammelten sich in Lauras Augen. Ihre Eltern wären zutiefst enttäuscht darüber, was aus ihr geworden war. Dieser Baum würde nicht mehr wachsen. Bloß weitermachen, irgendwie. Zum zweiten Mal innerhalb kurzer Zeit hatte sich Lauras Leben in einen Haufen Scherben verwandelt.

Sie zerbrach sich den Kopf darüber, wo sie nun hingehen sollte. Doch was auch immer ihr in den Sinn kam, war bei genauerem Blick zum Scheitern verurteilt. Vielleicht hätte sie bei Lukas unterkriechen können. Er hatte immerhin Platz. Aber wenn sie den letzten Wunsch ihrer Schwester erfüllen wollte, war er tabu. Dafür war er zu eng mit Henning befreundet. Wehmütig dachte sie an den Abend bei ihm, der so verheißungsvoll begonnen hatte. Damals schien der weitere Verlauf ihrer Beziehung lediglich eine Frage der Zeit zu sein.

Aber alles, an dem sie zu hängen begann, war offenbar dazu verdammt, ihr irgendwann zu entgleiten. In Zukunft würde sie nie wieder Menschen in ihr Herz lassen. Der Schmerz war einfach zu groß. Denn es würde erneut geschehen. Wohl oder übel musste sie sich eingestehen, dass es an ihr selbst lag.

Sie beschloss, es an der zentralen Bushaltestelle zu versuchen. Mit etwas Glück würde sie die letzte Verbindung in Richtung Bielefeld erwischen und dann weitersehen. Vielleicht schaffte sie es sogar bis in eine größere Stadt. Dort, wo das Schicksal sie hinspülte, würde sie von vorn anfangen. Nochmal.

Mühsam unterdrückte sie die aufkommenden Tränen, bemühte sich, nicht daran zu denken, was es bedeutete, erneut ihre Familie zu verlieren. Besonders ihre Nichte würde ihr schmerzlich fehlen. Es tat ihr unendlich leid, sie im Stich lassen zu müssen. Sie hoffte, dass sie es Ava eines Tages erklären könnte.

Als sie an der angelehnten Wohnzimmertür vorbeiging, die schweren Koffer hinter sich herziehend, wollte sie sich von Susanna verabschieden. Doch von drinnen war kein Mucks zu hören. Es gab nur zwei Möglichkeiten. Ihre Schwester schlief, oder sie hielt die Luft an, um nicht durch die leiseste Bewegung zu verraten, dass sie noch da war. Beides wäre Grund genug, sie in Ruhe zu lassen. Letzteres wohl wahrscheinlicher.

Laura seufzte. Dann beschloss sie, Susannas Wunsch zu respektieren. Vermutlich wünschte sie sich nichts weiter als ihre Ruhe. Wer wollte ihr das verübeln, nach allem, was geschehen war?

Einen Moment lang hielt sie inne, lauschte in den Raum hinein, für den Fall, dass Susanna ihr doch noch etwas sagen wollte. Oder vielleicht sogar ihre Meinung geändert hatte. Dann wuchtete sie resigniert ihr Gepäck in Richtung Ausgang. Im Flur stellte sie die Koffer kurz ab, um den Schlüssel wieder an das Brett in der Küche zu hängen. Tränen sammelten sich in ihren Augen, die sie wütend zurückzuhalten versuchte. Weinen konnte sie, wenn sie hier weg war und in irgendeinem Pensionszimmer die Tür hinter sich zugezogen hatte. Bis dahin musste sie sich zusammenreißen. Bloß nicht zu viel denken.

„Hi!" Ava strahlte sie in genau dem Moment an, als sie die Tür öffnete.

Laura schrak zurück, widerstand dem Impuls, die Tür einfach wieder zuzuschlagen. „Ava!"

„Rate, was heute in der Schule passiert ist!" Aufgekratzt schob das Mädchen sich an Laura vorbei in den Hausflur. Da fiel ihr Blick auf die Koffer.

„Fährst du in den Urlaub?", erkundigte sie sich verwundert. Dann trat ein Ausdruck derartiger Verletzlichkeit in ihre Augen, dass es Laura schier das Herz brach.

„Süße, ich ...", brachte Laura hervor.

Ava sah sie an und aus Unglauben wurde Erkenntnis. Ihr Kinn zitterte.

„Du gemeine Hexe! Du blöde Kuh! Du falsche Freundin!"

Mit diesen Worten ging sie auf Laura los und trommelte ihr gegen die Brust. Laura versuchte, sie an den

Schlägen zu hindern, und irgendwie gingen beide zu Boden. Dann hielt Laura sie in den Armen und sie weinten.

Plötzlich, als dämmerte es ihr, dass sie in den Armen einer Feindin lag, sprang Ava auf.

„Ich hasse dich! Ich wünschte, du wärst hier nie aufgetaucht! Geh doch wieder nach New York. Wir waren dir ja schon immer egal!"

Dann stürzte Ava hoch in ihr Zimmer. Laura hörte die Tür knallen. Hilflos, mit heißen Tränen in den Augen, sah sie ihr nach.

„Ava!", rief sie, doch es kam keine Antwort.

Tränen rannen ihr die Wangen hinunter. Auf einmal fühlte sie sich müde, unendlich müde. Es war, als wäre alle Kraft aus ihrem Körper gewichen. Der Plan, zu Fuß zum Busbahnhof zu gehen, erschien ihr plötzlich wie eine Aufgabe, für die es einen Herkules gebraucht hätte. Allein schon aufzustehen, schien unmöglich.

Doch nach einer Weile zwang sie sich hoch. Wenn sie heute noch irgendwo eine Übernachtungsmöglichkeit finden wollte, musste sie dringend los. Dies war jetzt nicht der Augenblick, sich hängenzulassen.

Auch wenn sie das Geld gern gespart hätte, rief sie das einzige Taxiunternehmen im Ort an. Die Frau am Telefon versprach, dass der Fahrer in spätestens zehn Minuten da sein würde. Sie schob die zwei Koffer hinaus und hockte sich auf die Stufen. Die Eingangstür ließ sie sicherheitshalber auf. Sie hatte keinen Schlüssel mehr und würde sie hinter sich zuziehen, wenn das Taxi da war.

In diesem Moment fühlte sie sich wie der einsamste Mensch auf dem Planeten.

Ausgerechnet jetzt, wo sie wieder gehen musste, erkannte sie, wie wichtig ihre Familie für sie war. Wenn in diesem Augenblick eine gute Fee vor ihr stünde, würde sie sich nicht wünschen, dass sie Vince zurückbekäme. Alles, wonach sie sich sehnte, war, in Schwarnberg bleiben zu können.

Manchmal musste man Dinge verlieren, bis einem klar wurde, wie viel sie einem bedeuteten. Sie hatte es verbockt, und zwar gründlich. Mutlos ließ sie den Kopf in den Nacken fallen, starrte die Wolkenformationen an und dachte daran, wie sehr ihre Mutter ihr fehlte. Wie gerne sie sie jetzt um Rat bitten würde. Ob sie gewusst hätte, wie man das Verhältnis zwischen Susanna und ihr noch einmal heilen konnte?

Plötzlich sah sie Mildred um die Ecke biegen. In der Hand trug sie eine Kuchenplatte mit einer Torte. Wollte sie etwa hierher? Laura sprang auf und unterdrückte den sinnlosen Impuls, sich zu verstecken. Stattdessen wischte sie hastig über ihre Augen und starrte wie ertappt auf ihr Gepäck. Es passte zu ihrem heutigen Glück, dass ihr auch noch Hennings Mutter über den Weg lief. Wo blieb bloß das verdammte Taxi? Zehn Minuten mussten längst um sein.

„Laura!", machte Mildred überrascht. Als wäre sie bei etwas Verbotenem ertappt worden, glitt ihr Blick zur Tortenhaube in ihrer Hand. „Was machst du denn schon hier? Ich stelle nur schnell etwas bei euch in den Keller, okay?" Mit ungewöhnlicher Hast drückte sie sich an Laura vorbei.

Perplex starrte diese ihr nach. Sie konnte sich nicht erinnern, jemals einem langen Plausch mit Mildred entgangen zu sein, wenn sie sie zufällig getroffen hatte.

Die alte Dame war die personifizierte Plaudertasche. Nichts und niemand entging ihren Argusaugen und sie wusste stets bis ins kleinste Detail, was mit den Menschen in ihrer Nachbarschaft los war.

Da drehte Mildred sich um. „Was willst du eigentlich mit den vielen Koffern? Du siehst aus, als würdest du verreisen!"

Laura erstarrte, unfähig, etwas zu antworten. Mildred jedoch lachte, als wäre das der beste Witz von allen, und machte sich wie selbstverständlich auf den Weg die Kellertreppe herab.

Hatte Susanna für heute Gäste eingeladen? Daran konnte Laura sich überhaupt nicht erinnern!

Unschlüssig blickte sie Mildred hinterher. Sollte sie ihr vielleicht helfen? Oder noch wichtiger: Sollte sie sich bei ihr verabschieden und sich für die Eintöpfe bedanken, mit denen die alte Frau sie so großzügig versorgt hatte, oder einfach mir nichts dir nichts ins Taxi steigen und verschwinden?

Plötzlich fiel ihr auf, dass ihr an der Meinung der alten Frau etwas lag. Hennings Mutter war mit ihrer zupackenden Art ein wenig auch zu Lauras Familie geworden. Erneut überfiel sie große Traurigkeit. Doch sie entschied sich, nichts zu sagen und stattdessen zu hoffen, dass das Taxi bald kam. Jede weitere Form von Abschied würde das alles nur noch schlimmer machen.

Bis auf das eifrige Surren der Bienen war weit und breit kein Geräusch zu hören. Plötzlich kniff sie irritiert die Augen zusammen. Ein merkwürdiges Paar kam um die Ecke. Eine Person hochgewachsen und schlank, die andere klein, rundlich und ein wenig langsam. Die kleinere stützte sich auf die größere. Waren das etwa Gerlinde und Frau Blum?

„Laura!", sagte Gerlinde überrascht und sah Frau Blum verschwörerisch an. „Seid ihr bereits fertig mit eurem Sommerfest? Ich hätte wetten können, dass ihr noch eine Weile dabei seid!"

„Nein", erwiderte Laura gedehnt. Sie wurde das Gefühl nicht los, dass hier etwas vorging, das sie nicht verstand.

„Na ja, macht nichts! Ich bringe das rasch in die Küche. Wir haben hier eine Kleinigkeit für deine Schwester." Gerlinde deutete auf die Kühltasche in ihrer Hand. „Wo ist sie denn?"

Laura wurde rot im Gesicht. „Die ruht sich ein bisschen aus", log sie. Dann wandte sie sich an Frau Blum. „Wie geht es Ihnen?"

Die alte Frau lächelte, so dass ein Kranz an Fältchen rund um ihre Augen entstand. Sie ergriff Lauras Hand mit beiden Händen und schüttelte sie herzlich. „Wunderbar, danke, Laura! Danke für alles, was du für uns getan hast." Eine Träne der Rührung sammelte sich in ihren Augen. „Es geht doch nichts über die Familie, oder?"

Laura nickte und bemühte sich um eine heitere Miene.

Gerlinde kehrte zurück und hakte sich bei der alten Frau unter. „Nun gut, dann wollen wir mal los. Nicht wahr, Oma?" Sie warf Frau Blum einen eindringlichen Blick zu. Diese kniff irritiert die Augen zusammen, so als verstünde sie nicht, was Gerlinde von ihr wollte. Doch endlich fiel der Groschen und sie nickte.

„Tschüss, Laura, und noch einen schönen Abend!“, kicherte sie.

„Was machen eigentlich die vielen Koffer hier?“, erkundigte sich Gerlinde im Gehen. „Wolltest du ein paar Sachen in die Kleidersammlung bringen?“

„Aber nicht doch“, mischte sich Mildred ein, die gerade in der Eingangstür erschien. „Die spendest du besser der örtlichen Kleiderkammer. Da haben wenigstens noch Leute was davon. Die Spenden in den Sammelcontainern werden meist bloß zu Putzlappen geschreddert. Das ist viel zu schade, oder?“

Gerlinde und Frau Blum nickten bestätigend.

„Stimmt, das habe ich auch vor Kurzem gehört“, sagte Gerlinde.

„Lass doch mal sehen, was du da hast!“ Mildred wollte sich an Lauras Koffern zu schaffen machen.

In dem Moment brach die Hölle los.

27

„Mama! Mama!“, brüllte Ava drinnen im Haus mit der Verzweiflung eines wilden Tieres.

Lauras Blut gefror zu Eis. Bange Ahnung nahm ihr Herz in eine Schraubzwinge. Sie rannte hinein, hoffte auf einen banalen Grund, doch die Realität übertraf alles, was die Fantasie sich hätte ausmalen können.

Mit seltsam verkrampfter Haltung lag Susanna auf dem Boden neben dem Sofa. Regungslos. Wie tot. Laura wollte schreien, biss sich aber stattdessen schmerzhaft auf die Zunge. Denn zuerst musste sie Ava beruhigen, die panisch versuchte, ihre Mutter aufzuwecken.

„Schh, Ava, lass mich mal sehen.“ Sie nahm sie in den Arm und zog sie ein wenig weg von Susanna. Ava wand sich und brüllte.

Hinter ihr stieß Gerlinde einen leisen Fluch aus. Sie tauschte einen Blick mit Laura, die immer noch Ava im Arm hielt und beugte sich hinunter zu Susanna.

„Was ist mit ihr, ist sie tot?“, brachte Ava mit angsterfüllter Kleinmädchenstimme genau die Frage hervor, die sie alle dachten.

„Ich weiß es nicht, bestimmt nicht!“, entgegnete Laura mit mehr Überzeugung, als sie tatsächlich fühlte. Susannas Haut war blass wie die einer Leiche.

Gerlinde tastete nach ihrem Puls. Dann stieß sie einen Seufzer der Erleichterung aus.

„Susanna?“, kreischte Mildred, die jetzt erst in der Tür erschien, mit brüchiger Stimme.

„Ich kann ihren Puls fühlen!“ Vorsichtig versuchte Gerlinde, Susanna zu wecken, drehte sanft ihren Kopf zu sich.

Laura hatte ein weiteres Mal das Gefühl, das ihr Herz stehen bleiben müsse. Die Gesichtshälfte, die sie bis dahin noch nicht gesehen hatten, war voller Blut.

„Verdammt!“, entfuhr ihr. Ava stieß erneut einen Schrei aus und schluchzte herzzerreißend.

„Es sieht schlimmer aus, als es ist“, versuchte Laura Ava, sich selbst und die anderen Anwesenden zu beruhigen.

„Komm, Ava, wir holen für deine Mama ein Glas Wasser, sie hat sicher Durst.“ Mildred nahm Ava sanft am Arm. Zu Lauras Überraschung beruhigte sie sich ein wenig und ließ sich von Mildred aus dem Raum lotsen.

Laura kniete sich neben Susanna. „Hey, Große!“, flüsterte sie und strich ihr vorsichtig über die Wange. „Was ist denn mit dir?“

„Wir brauchen einen Notarzt!“ Gerlinde tastete nach ihrem Telefon.

„Ich mach das“, rief Laura, die ihr Handy zuerst in der Hand hatte, und wählte die Nummer des Notrufs.

„Es sieht so aus, als wäre sie ohnmächtig geworden und auf den Couchtisch geprallt!“, stammelte sie in den Hörer und vernahm kaum, wie eine Stimme sie bat, Ruhe zu bewahren, und versprach, Hilfe zu schicken.

Gerlinde legte den Arm um Laura. „Es wird bestimmt alles gut!“

„Sie schicken einen Rettungswagen, so schnell sie können“, sagte Laura. Dann starrte sie Susanna wie hypnotisierend an, hoffte, dass sie aufwachen würde.

„Vielleicht eine Schwangerschaftsvergiftung“, ließ sich Frau Blum plötzlich vernehmen. Sie wandte sich an Gerlinde. „So etwas hatte ich, als ich mit deiner Mutter schwanger war. Ich war mehr tot als lebendig, als sie auf die Welt kam.“

Sie seufzte und verlor sich in einer sicher traurigen Erinnerung. Gerlinde drückte sanft ihren Arm.

Da klingelte es an der Tür. Laura drängte an den anderen vorbei zum Eingang. Dort traf sie auf Ava, die ebenfalls aus der Küche zur Tür eilte.

„Gut, dass Sie so schnell da sind!“, rief Laura, während sie die Tür öffnete.

Erschrocken wich sie zurück. Statt eines Sanitäters stand Max mit glasigen Augen und geballten Fäusten vor ihr.

Sie wollte die Tür wieder zuschlagen, doch er hatte schon seinen Fuß hineingestellt, als hätte er so etwas erwartet. Eine Woge billigen Fusels schlug ihr entgegen.

„Verschwinde, Max!“, fauchte sie ihn an.

Der jedoch hatte nur Augen für Ava.

„Da bist du ja!“, sagte er zu ihr auf eine Art, die Laura schaudern ließ.

„Max“, erwiderte sie mit Verzweiflung in der Stimme. „Das ist jetzt wirklich nicht der richtige Zeitpunkt.“

„Ich habe es satt, mein Leben lang auf den richtigen Zeitpunkt zu warten. Lass mich herein, oder ich verrate Ava die Wahrheit.“ Er baute sich zu voller Größe auf und trat einen Schritt auf sie zu.

Instinktiv wich Laura zurück.

„Was ist denn los?“ Ava blickte ängstlich zwischen den beiden hin und her.

„Nichts", entgegnete Laura schnell. „Max, du musst jetzt gehen, sonst rufe ich die Polizei!"

Er lachte hämisch. „Ich gehe, aber ich nehme meine Tochter mit."

„Welche Tochter?", wollte Ava wissen.

„Ava, geh in dein Zimmer!", befahl Laura.

„Oh nein!" Max packte Ava mit einer plötzlichen Bewegung am Arm.

„Lass mich los!" Mit ganzer Kraft versuchte das Mädchen, sich loszureißen.

Doch Max hielt sie mühelos gepackt und ignorierte ihre Proteste. Verzweifelt sah Laura sich nach einer Waffe um.

„Was geht hier vor?" Gerlinde war der Tumult an der Tür nicht entgangen.

„Nichts, was Sie etwas angehen würde", entgegnete Max scharf. „Ich nehme meine Tochter jetzt mit!"

„Tochter?" Perplex schüttelte Gerlinde den Kopf.

„Lass mich los!" Ava trat um sich.

„Ruf die Polizei. Wir haben es mit einem Wahnsinnigen zu tun!", schrie Laura und überlegte verzweifelt, was sie tun konnte.

„Wage es nicht!", brüllte Max.

Gerlinde hastete hinein.

„Lass Ava los, sofort!", forderte Laura.

Max jedoch schob das Mädchen vor sich her in Richtung seines Autos. „Oder was? Was willst du tun? Willst du mir etwa sagen, dass ich meine eigene Tochter nicht sehen darf?" Er öffnete die hintere Tür und versuchte, das wild um sich schlagende Mädchen hineinzubugsieren.

„Laura, hilf mir!", schrie Ava.

Damit riss sie Laura aus der Erstarrung. Sie holte mit ihrer rechten Faust aus und platzierte einen lange mit ihrem Personal Trainer geübten Hammerschlag gegen sein Kinn. Max ging wie ein gefällter Baum zu Boden und rührte sich nicht mehr.

Verwundert blickte Ava auf den Mann herunter. „Wow, wo hast du das denn gelernt?"

In dem Moment fuhr Hennings Toyota auf den Hof und parkte hinter dem mit offener Tür dastehenden Range Rover. Henning und Lukas sprangen hinaus. Verwundert entdeckten sie den am Boden liegenden Max.

„Was ist hier los?", fragte Henning.

„Wer ist das?", erkundige sich Lukas mit hochgezogenen Augenbrauen.

Ava sprang ihrem Vater aufgeregt in die Arme. „Der Mann wollte mich entführen!"

„Was?" Hennings Augen funkelten so blutrünstig, dass es ein Segen für Max war, dass er gerade bewusstlos war.

„Und er hat behauptet, dass ich seine Tochter bin!"

Ein riesiger Knoten klumpte sich in Laura Magen. Nun war alles umsonst. Nun würde auch noch Susannas Familie zerbrechen, wenn sie es denn überhaupt erleben würde.

„Dieser Kerl da?", polterte Henning und sein massiger Kopf wurde krebsrot vor Wut. „Hat er es tatsächlich gewagt, schon wieder hier aufzuschlagen?"

Mit Blaulicht und Sirene bog endlich der Krankenwagen in die Straße ein und blieb vor der Auffahrt stehen. Die Sanitäter sprangen hinaus.

„Das nächste Mal machen Sie bitte die Auffahrt frei, wenn Sie einen Krankenwagen rufen“, sagten sie tadelnd zu Henning, der die Männer verwirrt anblickte.

„Geht es um diesen Mann hier?“, erkundigte sich der eine Sanitäter, als sie Max sahen.

„Dem geht es gut. Die Patientin ist im Wohnzimmer.“ Laura deutete nach drinnen.

Die beiden Männer rannten die Treppen zur Eingangstür hoch.

„Was ist los?“ Henning wirkte plötzlich sehr blass unter seiner Baseballkappe. „Ist etwas mit Susanna?“

Laura legte ihm die Hand auf den Arm. „Es sieht bestimmt schlimmer aus, als es ist. Sie ist ohnmächtig geworden.“

„Oh Gott!“ Kopflos stürzte er der Notärztin hinterher.

„Ich konnte ihn noch gar nicht informieren. Es war so viel los“, sagte Laura zu Lukas und deutete auf Max. Ohne nach dem ‚Warum‘ zu fragen, schnappte der sich einen Spaten, der an der Hausecke lehnte, und posierte sich drohend über ihm.

„Danke! Wo kommst du eigentlich so plötzlich her? Ich dachte, du bist noch in Süddeutschland.“

Lukas verzog verlegen die Mundwinkel. „Ich wollte dich überraschen.“

Bevor sie etwas erwidern konnte, stürzten die Sanitäter vorbei, um einen mobilen Tropf zu holen. Angsterfüllt folgte Laura ihnen hinein.

„Wie geht es ihr?“, fragte sie, doch niemand antwortete.

Frau Blum, Mildred und Gerlinde hatten sich in eine Ecke des Wohnzimmers gequetscht und sahen ebenso wie Laura zu, als Susanna ein Zugang gelegt und dann eine Sauerstoffmaske aufgesetzt wurde.

Da endlich holte sie einmal tief Luft und öffnete die Lider. Tränen der Erleichterung schossen Laura in die Augen.

„Was ist los?" Verwirrt schaute Susanna die vielen Menschen an, die um sie versammelt waren.

„Sie waren ohnmächtig. Wir bringen Sie sicherheitshalber ins Krankenhaus", entgegnete die Ärztin begütigend.

„Es tut mir so leid!", sagte Laura, als die Sanitäter Susanna an ihr vorbeitrugen.

„Mir tut es leid", erwiderte ihre Schwester und schloss erschöpft wieder die Augen. „Vergiss nicht: Ich hab dich lieb!"

Eine Welle der Panik stieg in Laura auf.

Die Ärztin blieb kurz bei ihnen stehen. „Ihr Zustand und der des Babys ist kritisch. Möglicherweise handelt es sich um eine Eklampsie. Jetzt müssen wir schnell handeln!"

Einen Augenblick später ging das Blaulicht an und der Krankenwagen brauste los.

„Komm, Henning, ich fahre dich hinterher!", bot Lukas an und schob seinen vor Panik fast erstarrten Freund auf den Beifahrersitz. Dann waren sie wieder weg.

Verloren schaute Laura den Fahrzeugen nach. In ihrer Kehle hatte sich ein dicker Kloß gebildet. Wie sollte sie damit klarkommen, wenn mit Susanna etwas geschähe? Wie würden sie alle damit klarkommen, wenn dem Baby etwas zustieße?

„Was ist eine Eklasie?", erkundigte Ava sich plötzlich neben ihr. Sie sah unglaublich klein und verloren aus.

„Eklampsie", verbesserte Laura und zog das Mädchen eng an sich. „Ich habe keine Ahnung."

„Kann man daran sterben?" Ava blickte Laura so ernst an, dass es ihr fast den Hals abschnürte.

„Ich habe so etwas vor fünfzig Jahren schon überlebt", meinte da auf einmal Frau Blum neben ihnen. „Wir müssen beten und das Beste hoffen."

„Genau! Es wird nicht besser, wenn wir uns alle verrückt machen!" Mütterlich legte Mildred den Arm um Laura, was sicher lustig aussah, weil sie einen guten Kopf kleiner war.

„Was meint ihr denn, sollen wir mit dem hier anstellen?" Gerlinde hatte Job und Schaufel von Lukas übernommen und hielt ihren Gefangenen in Schach. Sie musste es geschafft haben, ihn völlig einzuschüchtern, denn er hatte in den letzten zwanzig Minuten keinen Laut von sich gegeben.

Das war jetzt anders, als er merkte, dass Laura zu ihm herüberblickte. „Freiheitsberaubung und Körperverletzung ist das! Lasst mich sofort gehen!"

Wie auf Stichwort erschien da ein Polizeiauto in der kleinen Straße. Laura winkte ihnen erleichtert zu.

Von Blaulicht oder Dringlichkeit allerdings war keine Spur. Gemächlich parkte das Auto hinter dem Range Rover. Dann stiegen Tommy, Mickey und zuletzt auch Vanessa aus und lächelten ihnen fröhlich zu. Fassungslos beobachtete Laura, wie sie den Kofferraum öffneten und einen großen Korb, eine Kühltasche und eine Kiste Bier herausholten.

Laura wusste gar nicht mehr, was sie sagen sollte, und blickte verwundert zu Gerlinde hinüber. Die kämpfte damit, einen Lachanfall zu unterdrücken. „Wenn es nicht so unpassend wäre, wäre es lustig, oder?“

„Laura, Schnucki, was ziehst du denn für ein Gesicht?“, erkundigte sich Mickey mit seinem typischen Grinsen.

Sie hob die Augenbrauen. „Ihr seid die ersten Polizisten, die ich kenne, die mit einer Bierkiste kommen, wenn sie bereits zweimal zu einem Notfall gerufen wurden!“

Vanessa kicherte gackernd.

„Der war gut! Aber was machst du schon hier? Hattest du nicht ein Sommerfest, zu dem du gehen wolltest? In der Klasse meiner Kinder dauern die Partys immer bis in den Abend!“

„Kannst du mir mal erzählen, wieso die halbe Welt von meinem Sommerfest weiß?“ Irritiert schüttelte Laura den Kopf.

„Huch, was ist denn das?“, quietschte Vanessa plötzlich, als sie Max sah.

„Der Grund, warum wir die Polizei gerufen haben!“, erwiderte Laura nun leicht hysterisch und griff sich an die Stirn. Waren nun alle verrückt geworden?

„Ihr habt wirklich die Polizei gerufen?“ Vanessa legte verwirrt den Kopf schief. „Stimmt das, Tommy?“

Der tippte hektisch auf seinem Smartphone herum. „Ja. Aber natürlich haben wir gedacht, dass ihr anruft, weil ... – Au!“ Erbost sah er seine Frau an, die ihm ordentlich den Ellbogen in die Seite gestoßen hatte.

„Äh, also, offensichtlich gibt es hier ein kleines Missverständnis bezüglich der Auslegung der Dienstvorschriften“, stotterte er.

Laura hatte so langsam das Gefühl, nur noch von Wahnsinnigen umgeben zu sein. Was für ein Problem hatten denn alle hier? Susanna war in höchster Gefahr, ein verrückter Stalker bedrohte ihre Nichte und die Polizei brachte eine Bierkiste mit?

Tommy und Mickey blickten auf Max herunter. „Was genau ist denn passiert?“

In knappen Worten berichtete Laura von den Geschehnissen der letzten Stunden. Betroffen schauten die drei sie an.

„Ich hoffe, dass es deiner Schwester und dem Baby bald wieder gut geht! Was für ein Schreck!“ Vanessa hatte als Erste ihre Fassung wiedergewonnen und legte Laura den Arm um die Schulter.

„So ein Scheißkerl!“, entfuhr es Tommy. „Der kann doch unserer armen Ava nicht so eine Angst einjagen.“

Seufzend sahen Tommy und Mickey sich an.

„Dann müssen wir wohl nochmal los“, meinte Tommy widerstrebend. „Dabei haben wir uns schon so auf einen gemütlichen Freitagabend gefreut! Hast du Handschellen dabei?“

Max hatte offensichtlich entschieden, dass es gesünder für ihn war, nichts mehr zu sagen. Widerstandslos ließ er sich zum Auto abführen.

„Wir kommen wieder, so schnell es geht!“, kündigten Tommy und Mickey an und brausten mit ihrem Gefangenen davon. Diesmal mit Blaulicht.

Einen Moment lang blickten die Übriggebliebenen ihnen hinterher.

„Da habe ich mal einmal einen Babysitter für die lieben Kleinen und dann das!", seufzte Vanessa mit gespieltem Ernst, um die Stimmung aufzulockern. „So ist das, wenn man mit einem Polizisten verheiratet ist. Warum stehen hier denn all die Koffer herum?"

Laura warf Ava einen flehenden Blick zu. „Ich wollte grad zur Altkleidersammlung. Nun ja, das mache ich dann vielleicht morgen, denke ich."

Um sich einen Moment zu fassen, nahm sie ihr Gepäck und schob es in den kleinen Abstellraum neben der Tür. Als sie damit fertig war, bemerkte sie, dass die anderen sich immer noch vor dem Eingang herumdrückten, so als warteten sie auf eine Einladung, mit ins Haus zu kommen.

Laura seufzte. Ihr war so bang um ihre Schwester, dass sie sich am liebsten in ihr Schneckenhaus verkrochen hätte, um in Ruhe über alles nachzudenken. Aber natürlich war da auch noch Ava. Vielleicht war es gar nicht so schlecht, wenn ein paar Leute für Ablenkung sorgten. Besonders, da ohnehin niemand auf die Idee zu kommen schien, nach Hause zu gehen.

„Kann ich euch einen Kaffee anbieten?", fragte Laura.

„Oh, das wäre aber nett", entgegnete Vanessa.

„Ihr könnt jetzt sicher Gesellschaft brauchen." Gerlinde gab ihrer Oma einen verstohlenen Stoß in die Rippen.

„Genau. Und ich einen Sherry!", verkündete Frau Blum folgsam.

„Ich mache das schon. Ihr setzt euch hin und erholt euch von dem Schrecken." Patent machte sich Mildred daran, Kaffee und Kakao zu kochen.

Vanessa holte Geschirr aus dem Schrank und bald hatten alle außer Frau Blum ein warmes Getränk in der Hand, an dem sie nachdenklich nippten. Für Frau Blum war immerhin ein Portwein gefunden worden.

„Ob es ihnen gut geht?", fragte Ava in die Stille hinein.

Laura legte ihr die Hand auf den Arm und registrierte erleichtert, dass diese sie nicht wegschob. „Bestimmt. Im Krankenhaus sind sie in guten Händen." Sie hoffte, dass sie den Zweifel in ihrem Herzen erfolgreich vor Ava verbarg.

„Genau. Das wird schon wieder." Aufmunternd lächelte Vanessa sie an.

Plötzlich klingelte es an der Haustür. Irritiert sahen sich alle an.

„Ist ja wie im Bienenstock hier", bemerkte Mildred.

„Wer kann das denn jetzt noch sein?" Müde erhob Laura sich und schlurfte zur Tür. Sie stutzte, als exakt der gleiche mürrische Taxifahrer vor der Tür stand, der sie bei ihrer Ankunft vom Bahnhof hierhergefahren hatte.

„Taxi?", raunzte er.

Laura sah auf die Uhr. Er hatte eine geschlagene Stunde gebraucht, um herzukommen, nicht wie angekündigt zehn Minuten.

„Tut mir leid. Mittlerweile ist ein anderes Taxi gekommen und hat unseren Gast abgeholt."

Der Fahrer murmelte etwas von Feierabendverkehr, stapfte dann wieder zu seinem Wagen und fuhr mit demonstrativ quietschenden Reifen davon.

„Das Auto steht da immer noch", sagte Ava plötzlich neben ihr und deutete auf das schwarze Ungetüm, das die Einfahrt blockierte.

„Vielleicht fahren Mickey oder Tommy es später weg." Laura zog das Mädchen an sich. „Heute ist ganz schön viel passiert, nicht wahr? Wie geht es dir?"

„Weiß nicht." Verloren blickte ihre Nichte zu ihr auf. „Wann kommt Mama nach Hause?"

Laura seufzte. „Das weiß ich nicht. Aber ich bin hier, okay?"

Zweifelnd verzogen sich Avas Mundwinkel.

„Ich bleibe, solange ihr mich braucht. Versprochen", bekräftigte Laura noch einmal. „Es tut mir wirklich leid wegen vorhin. Kannst du mir verzeihen?"

Ava nickte. Als sie wieder in der Küche waren, rutschte sie auf der Bank ganz nah an Laura heran und kuschelte sich an sie.

„Schön zu sehen, wie ihr beide euch versteht", sagte Gerlinde mit einem weichen Blick auf Laura und Ava. „Was für ein Glück für Ava, dass du da bist."

Laura verkniff sich eine Bemerkung und lächelte nichtssagend.

„Finn!" Ava hatte Lukas und seinen Sohn durch das Küchenfenster entdeckt. Freudig rannte sie zur Tür.

Laura bemerkte verwundert, wie vertraut Finn und Ava sich anlächelten.

„Hier ist so viel passiert", hörte sie Ava noch zu Finn sagen, während die beiden hoch in ihr Zimmer gingen. „Laura hat einen Mann k. o. geschlagen!"

Verlegen wandte sich Laura ab, stand dann aber direkt vor Lukas.

„Das ist eine Eigenschaft, die ich dir so gar nicht zugetraut hätte!" In seinen Augen tanzte der Schalk. Dann wurde er wieder ernst. „Ich hoffe, es ist okay, dass ich ihn mitgebracht habe. Ich dachte mir, dass Ava vielleicht ein bisschen Ablenkung gebrauchen kann."

„Okay?", fragte Laura. „Ich war noch nie so froh, ihn zu sehen. Und dich natürlich auch. Gibt es etwas Neues aus dem Krankenhaus?"

Lukas zuckte mit den Schultern. „Ich weiß leider nichts. Henning ist reingegangen, aber ich durfte nicht mit. Dann hat er mir kurz getextet, dass es dauern wird, er dableibt und ich fahren soll." Er seufzte. „Wenn es etwas Neues gibt, wird er sich melden, denke ich."

Wie selbstverständlich legte er ihr den Arm um die Schultern. „Lass uns reingehen. Die anderen wollen bestimmt wissen, ob es Neuigkeiten gibt."

Mit dem wohligen Gefühl, beschützt zu werden, ließ Laura sich mitziehen. Doch auf einmal fiel ihr etwas auf. Sie blieb stehen und wand sich aus seinen Armen.

„Wie kam es eigentlich, dass ihr zwei gemeinsam hier aufgeschlagen seid? Weißt du zufällig etwas über Hennings Nachmittagstermine?"

Ertappt blickte er sie an und seine Kieferknochen mahlten. Dann fällte er eine Entscheidung.

„Na gut. Ich sage dir das jetzt nur, weil ich es für unerlässlich halte, dass ihr beide in der nächsten Zeit gut miteinander auskommt. Henning war arbeiten."

Irritiert sah Laura ihn an. „Wie bitte?"

„Er hat einen Job."

„Das verstehe ich nicht. Alle wären froh, zu hören, dass er wieder einen Job hat. Wieso hat er es nicht gesagt?"

Hilflos zuckte Lukas mit den Schultern. „So richtig verstehe ich das auch nicht. Vielleicht war ihm das bloß unangenehm, was er jetzt tut."

„Wieso, wo arbeitet er denn?"

Lukas seufzte. „Für eine Firma, die Büros reinigt. Aber bitte sag ihm nicht, dass ich dir das gesteckt habe. Ich glaube, er hatte Probleme damit, Susanna das einzugestehen."

Plötzlich schämte Laura sich für das Bild, dass sie immer von ihrem Schwager gehabt hatte.

„Der Dummkopf. Sie hätte es ihm hoch angerechnet, dass er sich für so etwas nicht zu schade ist!"

„Männlicher Stolz ist wohl nicht zu unterschätzen. Aber sieh es positiv. Sonst wärst du vielleicht nicht auf die Idee gekommen, mich anzurufen, oder?" Er schmunzelte.

Ihre Augen trafen sich und Laura dachte schmerzerfüllt, dass es so schön sein könnte, wenn es nicht so schrecklich wäre. Doch was sie auch versuchte, sie sah wieder und wieder ihre Schwester vor sich, wie sie bewusstlos auf dem Boden lag.

„Wenn Susanna stirbt, ist es allein meine Schuld", flüsterte sie.

Seine Augen flackerten verwirrt. „Wie kommst du denn auf so etwas? Hast du sie geschubst?"

„Nein, natürlich nicht", entgegnete Laura. „Wir hatten einen Streit, einen sehr heftigen. Sie bat mich, das Haus zu verlassen und dann ..." Sie schluckte. Schließlich schilderte sie noch einmal den grauenvollen Moment, wie sie ihre Schwester auf dem Boden liegend vorgefunden hatte. Endlich flossen die Tränen ungehindert aus ihren Augen.

Lukas nahm sie in den Arm und streichelte ihr wie einem Kind über den Kopf. „Susanna ist stark. Sie schafft das. Alles wird gut!"

„Wir haben Hunger!", verkündeten Ava und Finn, während sie die Treppe herunterpolterten.

Mittlerweile war es bereits neunzehn Uhr und es gab immer noch keine Neuigkeiten aus dem Krankenhaus.

Die letzten Stunden hatten sie im Wesentlichen mit Warten verbracht und sämtliche unverfänglichen Gesprächsthemen erschöpfend behandelt. Die Atmosphäre am Himmel war ebenso aufgeladen wie die am Tisch. Der heiße Sommertag würde sich in einem zünftigen Gewitter entladen.

„Sollen wir eine Pizza bestellen?", schlug Laura vor, die keinen einzigen Gedanken an Essen verschwendet hatte, weil Sorgen ihr grundsätzlich auf den Magen schlugen.

„Ich weiß etwas Besseres." Mildred zwinkerte den anderen zu. „Hat jemand Lust auf Würstchen mit Kartoffelsalat? Ich glaube, da ist noch etwas im Keller."

„Perfekt! Ich habe seit dem Frühstück nichts gegessen", sagte Vanessa.

Verwundert beobachtete Laura, wie Mildred und Gerlinde gemeinsam die Treppe hinabstiegen und einen wahren Berg an Essen hervorzauberten. „Wo kommt das denn alles her?"

„Ach, das hatten wir so übrig", ließen sich Gerlinde und Frau Blum vernehmen.

„Außerdem kann man nie genug Essen im Haus haben, wenn bald eine Geburt ansteht." Mildred kippte einen wahren Berg Würstchen in einen großen Topf, um sie zu erhitzen.

Laura entschied, sich am heutigen Tag über nichts mehr zu wundern. Auch nicht über die Tatsache, dass genau in dem Augenblick Mickey und Tommy zurückkamen.

„Als hätte ich es geahnt!" Hungrig strich Mickey sich über den Bauch. „Haben wir auch vegetarische Würstchen?"

„Keine Ahnung." Mit großen Augen beobachtete Laura, wie sich eine regelrechte Küchenparty entwickelte. Ihre Besucher füllten sich ihre Teller und fanden irgendwo einen Platz zum Essen.

„Du musst auch etwas essen, Laura!" Fürsorglich drückte Mildred ihr einen gefüllten Teller in die Hand.

Laura starrte auf die in Mayonnaise badenden Kartoffelstücke und konnte sich nicht vorstellen, in dieser Situation auch nur einen Bissen herunterzubringen.

„Dein Kartoffelsalat schmeckt vorzüglich", ließ Tommy sich genüsslich vernehmen und nickte Mildred anerkennend zu.

In diesem Moment erscholl erneut die Türklingel und unterbrach den Anflug von Gemütlichkeit, der sich breitgemacht hatte. Alle tauschten einen alarmierten Blick.

„Wer mag das jetzt sein?", fragte Mildred.

„Esst weiter, ich mache auf." Mit dem Teller in der Hand schlurfte Laura zur Tür. Sie hatte entschieden, dass sie sich heute von nichts mehr aus der Ruhe bringen lassen würde, wenn es sich nicht um Nachrichten aus dem Krankenhaus handelte.

Doch als sie öffnete, glitt ihr der Teller aus der Hand und zerdepperte klirrend auf den Terrakottafliesen.

Keuchend schnappte sie nach Luft.

„Vince."

Diesmal musste sie tatsächlich verrückt geworden sein. Aber die hochgewachsene Figur, die dunklen Locken, die ihm in die Stirn fielen, das Lächeln, welches zwei makellose Zahnreihen entblößte, ließen keinen Zweifel zu. Trotzdem konnte es nicht wahr sein, dass er hier stand, in der Eingangstür ihrer Schwester. Er gehörte nach New York, in seine mondäne Welt. Hier hatte er nichts zu suchen. Er konnte bloß eine Halluzination sein. Doch die Halluzination war bereits in den Flur spaziert, noch bevor Laura die Tür wieder zuschlagen konnte.

„Laura, please", sagte er. „We've got to talk!" Als er auf sie zuging, traten seine Schuhe in den Salat und machten ein schmatzendes Geräusch.

„Ich wüsste nicht, was wir miteinander zu besprechen hätten. Es ist quasi alles gesagt – oder getan!", pfiff Laura ihn an. Bewusst auf Deutsch, denn sie wusste genau, dass er sie verstand. Sein Deutsch war sogar recht passabel. Aber natürlich war ihm das Englische bequemer.

„Alles in Ordnung?" Lukas stand plötzlich an ihrer Seite. Als wäre er ein Mafia-Leibwächter verengten sich seine Augen und er verschränkte bedrohlich die Arme vor der Brust. Noch nie war sie so erleichtert gewesen, ihn zu sehen.

Ihr Leibwächter stoppte Vince in seinem Vormarsch, so dass er verwundert stehen blieb.

„Wer ist das?", fragte er in seinem etwas schwerfälligen Deutsch.

Demonstrativ schob Laura sich eng an Lukas heran.

„Mein Freund. Nicht dass dich das etwas anginge."

Sie bemerkte ein leichtes Zucken neben sich, als Lukas vernahm, dass sie ihn als ihren Freund vorstellte. Doch bis auf das Heben einer Augenbraue hatte er sich gut im Griff und spielte gekonnt den grimmigen Beschützer.

Laura fühlte sich augenblicklich ein bisschen sicherer. Vorsichtig versuchte sie, hinter Vince zu spähen und herauszufinden, ob er vielleicht die Polizei, seine Anwälte oder die Paparazzi im Schlepptau hatte, doch er schien allein gekommen zu sein. Nicht einmal Dave, sein ständiger Schatten, war zu sehen.

Laura holte tief Luft und wandte sich an Vince. „Was auch immer du möchtest, Vince, jetzt und hier ist weder der richtige Zeitpunkt noch der richtige Ort dafür.“

Verwundert bemerkte sie, wie mitgenommen er aussah. Dunkle Schatten waren unter seinen Augen zu erkennen, die Wangen untypisch hager. Die sonst so perfekte Maßkleidung saß viel zu locker. Was war mit ihm los? War er etwa krank?

„Der richtige Zeitpunkt interessiert mich nicht. Wir müssen reden!“ Er kam einen Schritt auf sie zu. Laura merkte, wie Lukas sich neben ihr versteifte und nur auf ein Zeichen von ihr wartete, um auf ihn loszugehen.

„Wer ist das?“, fragte in diesem Augenblick Ava hinter ihnen und Laura erstarrte. Konnte ihre Nichte nicht einmal dort bleiben, wo sie sein sollte? Schon zum zweiten Mal erschien sie zum denkbar schlechtesten Zeitpunkt. Interessiert musterte sie den Neuankömmling.

„Vorsicht, Ava, tritt nicht in die Scherben“, warnte Lukas. Er versuchte das Kunststück, die Reste des Tellers aufzusammeln, ohne Vince aus den Augen zu lassen.

„Ava, geh in die Küche!", fügte Laura scharf hinzu.

„Wieso?" Neugierig wanderte Avas Blick zu dem Fremden.

„Jetzt sofort, wenn ihr später nochmal auf der Konsole spielen wollt!" Endlich gehorchte Ava und verschwand.

Laura wandte sich an ihren Ex-Freund. „Vince, du musst jetzt gehen. Wir haben einen Notfall und können momentan keine weiteren Besucher gebrauchen."

„Ich kann nicht gehen. Ich stecke total in der Klemme und du bist die Einzige, die mir da raushelfen kann."

Ach, daher wehte der Wind. „Oh nein, mein Lieber, mich interessieren deine Schwierigkeiten nicht mehr. Damit habe ich nichts mehr zu tun."

Vince legte ihr eine Hand auf den Arm. Laura zuckte bei dieser unerwarteten Berührung zusammen, als hätte sich gerade ein Geist zu einer echten Person manifestiert. Fassungslos sah sie ihn an und vergaß völlig, wo sie war und was sie hätte sagen sollen. Wenn sie ehrlich war, so hatte sie nicht erwartet, ihn in diesem Leben noch einmal zu sehen.

Zu ihrem Glück stellte Lukas sich dazwischen. „Sie müssen jetzt wirklich gehen, sonst rufe ich die Polizei." Beinahe berührte er mit seiner Nase die ihres Ex-Freundes.

Auf einmal stieg ein hysterisches Lachen in Laura auf, denn die Polizei war schließlich längst da.

„Hat grad jemand was von Polizei gesagt?" Mickey und Tommy tauchten wie auf Stichwort hinter Laura auf.

„Wir haben hier einen ungebetenen Gast, der nicht gehen will."

Alarmiert starrte Vince zwischen den drei Männern hin und her.

„Was genau ist denn hier los?", erkundigte Tommy sich, als er das letzte Stück Würstchen hastig heruntergewürgt hatte, und sah Vince mit offizieller Miene an.

„Ganz einfach", begann Vince mit dem Mut der Verzweiflung. „Dies hier ist meine Ex-Freundin, die mich quasi ruiniert hat und von der ich jetzt ein klitzekleines bisschen Hilfe brauche, damit meine gesamte Existenz nicht vollkommen den Bach hinuntergeht."

Mit offenem Mund sahen die drei Männer ihn an. Dann schauten sie zu Laura. „Ist das wahr?", fragte Tommy.

Plötzlich hatte Laura das Gefühl, sich verteidigen zu müssen. „Also ehrlich. Wollt ihr wissen, wie die ganze Geschichte war? Am Valentinstag bekomme ich von ihm eine Ringschachtel per Kurier. Doch da drin ist ein USB-Stick. Darauf ein Video, wie er mit einer anderen Frau in einem Hotelzimmer vögelt. Dann sagt er unser Date für den Abend ab. Was hättet ihr getan?"

„Blutige Rache genommen!", kam es von Gerlinde, die sich ebenfalls mit in den kleinen Flur gequetscht hatte.

„Genau!", pflichtete Laura ihr bei.

„Sie hat sich nicht an mir gerächt. Sie hat meine gesamte Firma zerstört."

„So ein Quatsch."

Vince wandte sich an die Männer. „Stellt euch mal eine dieser Keynotes wie von Apple vor, diese Veranstaltungen, wo das nächste große Ding vorgestellt wird."

Die Männer nickten verständig.

„Stellt euch weiter vor, dass statt des Produktvideos hinter euch plötzlich ein privater Porno läuft, mit euch selbst als Hauptdarsteller. Könnt ihr euch vorstellen, dass das eine Firma ruiniert?"

„Wow", sagte Lukas schließlich als Erster.

„Krass, Laura, das hätte ich dir wirklich nicht zugetraut. Oder Tommy?" Mickey rieb sich am Kinn.

„Ich bin sonst nicht so", erwiderte Laura zaghaft und hauptsächlich zu Lukas. „Es war, als hätte eine andere Person von mir Besitz ergriffen."

„Na, dich möchte man nicht zum Feind haben", meinte Gerlinde und ihre Augen funkelten belustigt.

„Irgendwie war ich nicht ich selbst." Laura blickte zu Vince herüber und senkte den Kopf.

„Ich kann dich total gut verstehen. Meiner Ansicht nach ist der Kerl noch gut dabei weggekommen!" Gerlinde warf einen giftigen Blick zu Vince herüber.

Der sah sie mit einem traurigen Lächeln an. „Vermutlich hatte ich es nicht besser verdient. Auch für mich gab es einiges zu lernen."

Verdattert sah Laura ihn an. Hatte er das gerade wirklich gesagt?

„Schuldig, in jeder Hinsicht. Habe ich für dieses Geständnis vielleicht ein Gespräch mit dir verdient? Ich warte, bis du Zeit hast."

Vince schaute sie mit einem Hundeblick an. Die anderen sahen sie auffordernd an. Offenbar hatte Vince sie längst auf seine Seite gezogen. Plötzlich fühlte Laura sich viel zu hartherzig.

„Okay, dann komm mit herein." Sie zuckte mit den Schultern und ging, ohne ihn weiter zu beachten, wieder hinein. Wie ein Schatten folgte er ihr auf dem Fuße.

„Oh, wen haben wir denn da?", erkundigte sich Mildred als erste in die neugierige Stille hinein.

Laura räusperte sich. „Vincent Cunningham. Aus New York." Für einen absurden Augenblick dachte sie daran, wie sie jahrelang gehofft hatte, hier irgendwann Vince als ihrem Ehemann vorzustellen. „Mein Ex", fügte sie leiser hinzu.

„Das habe ich mir schon gedacht", ließ sich Ava mit vollem Mund vernehmen.

Geräuschvoll ließ Lukas die Scherben in den Mülleimer plumpsen.

„Hi! Nice to meet you!" Vince wirkte deutlich weniger selbstsicher als sonst.

„Aus New York?", fragte Mildred erstaunt. „Wenn er so einen weiten Weg hinter sich gebracht hat, bist du sicher, dass er dein Ex bleiben wird?"

Mildreds schelmischer Gesichtsausdruck kostete Laura nun beinahe die Fassung. Zu unwirklich war die Tatsache, dass Vince hier in Susannas Küche stand.

„Oh ja, da bin ich mir sehr sicher!", erwiderte sie, ohne Vince aus den Augen zu lassen. „Das ist endgültig vorbei. Dummerweise war es für ihn schon vorbei, bevor ich etwas davon geahnt habe."

„Möchtest du ein Bier, Kumpel?" Mitfühlend hielt Mickey ihm ein Astra hin.

„Danke." Vince nahm einen großen Schluck. Dann zuckte er die Achseln. „Ihr habt gehört, was los war. Also ist es Lauras Recht, sauer zu sein. Auch wenn ich die Sache lieber unter vier Augen besprochen hätte."

Ungläubig starrte Laura ihn an. War das wirklich ein reuevoller Vince in der Küche ihrer Schwester? Sein heutiger Auftritt wäre noch vor wenigen Wochen das

Wahrwerden eines Traumes für sie gewesen. „Wer sind Sie nochmal? Haben Sie den Körper von Vincent Cunningham infiltriert?"

„Tja, unsere Laura ist eine harte Nuss, war sie schon zu Schulzeiten." Mickey wackelte vielsagend mit seinen buschigen Brauen.

„Laura, Honey, meinst du nicht, wir könnten das Gespräch vielleicht etwas privater führen?" Vince verdrehte die Augen.

Mit dem ‚Honey' hatte er sich verschätzt. Abwehrend verschränkte sie die Arme vor der Brust.

„Was auch immer du sagen willst, kannst du vor allen tun. Das sind meine Freunde. Es gibt nichts, was sie nicht wissen dürfen!"

Geschmeichelt über das Lob nickten die Anwesenden.

„Möchtest du Kartoffelsalat mit Würstchen?", machte Laura Vince ein halbherziges Friedensangebot.

Sofort schob Mildred ihm einen bereits prallgefüllten Teller hin, als hätte sie bloß auf diese Einladung gewartet. In Ermangelung einer Alternative nahm Vince ihn an und pikste vorsichtig eine Gabel in ein mit Mayonnaise überzogenes Kartoffelstück.

„Entschuldige, Vanessa." Mickey hob den Zeigefinger, als wäre er in der Schule. „Du wolltest doch vegetarische Würstchen mitbringen, oder?"

„Die habe ich vorhin in den Kühlschrank geräumt. In der Tür rechts, du kannst sie gar nicht verfehlen."

Widerwillig machte Mickey sich auf den Weg.

„Laura, ich brauche deine Hilfe", begann Vince mit leiser Stimme, als er die Kartoffel endlich heruntergeschluckt hatte.

„Kannst du vergessen!", versetzte Laura. „Ich mache keine Gegendarstellung. Zugegeben, meine Aktion war nicht die feinste Art, ich stelle mich jetzt aber nicht noch als verrückte Lügnerin hin."

„Wie kommst du darauf, dass ich das möchte?" Vorsichtig biss er in ein Stück vom Würstchen, dass ihm besser zu schmecken schien als der Kartoffelsalat.

„Das hat dein lieber Dave schon probiert. Weder das Geld, das er mir angeboten hat, noch diese gigantische Rechnung kann daran etwas ändern. Ich werde keine Gegendarstellung machen."

Nun sah Vince sie alarmiert an. „Du hast mit Dave gesprochen?"

„Jaaaa", entgegnete Laura. „Das wirst du sicher wissen, oder? Er ist dein Assistent und ist ständig ans Telefon gegangen, wenn ich angerufen habe."

„Verdammt!", fluchte Vince leise.

„Junger Mann, beim Essen wird nicht geflucht, hat Ihnen das Ihre Mutter nicht beigebracht?", mischte sich plötzlich Frau Blum ein, die bis dahin mehr oder weniger teilnahmslos auf ihren Teller geschaut und mit keiner Miene gezeigt hatte, dass sie verstand, um was sich das Gespräch drehte.

„Entschuldigung!", sagte er nach links, um sich dann wieder Laura zuzuwenden. „Laura, denk mal genau nach: Wann hat Dave dich kontaktiert? Hast du ihm irgendetwas gegeben?"

Stirnrunzelnd sah Laura den Mann an, mit dem sie drei Jahre ihres Lebens verbracht hatte. Was war bloß los mit ihm?

„Nein. Aber ich weiß wirklich nicht, worauf du hinauswillst oder warum ich mit dir reden sollte nach

allem, was du getan hast! Erst betrügst du mich scham-
los und dann versuchst du auch noch, mich finanziell
zu ruinieren.“

Nun sah Vince Laura fragend an. „Jetzt weiß ich nicht,
worüber du sprichst.“

„Die Kreditforderung der Schweizer Bank, mit der du
mich beglückt hast. 189.000 Euro, für meine Ausgaben,
wenn ich nicht einwillige, eine gegenteilige Presseer-
klärung zu geben. Schon vergessen?“

„189.000 Euro? Ist nicht wahr. Wofür hast du denn so
viel Geld ausgegeben?“, wollte Vanessa wissen.

Vince ließ das Kinn auf die Brust sinken und schüttelte den Kopf.

„Laura, das war ich nicht. Das hat Dave gemacht. Ich
versuche die ganze Zeit, dir das zu erklären.“ Dann
holte er tief Luft. „Hör zu. Dave hat mich reingelegt. Er
hat mich ausspioniert und Chrystal auf mich angesetzt.“

„Angesetzt? Das klang aber anders!“ Mickey lachte.

„Müssen wir das hier vor allen ausbreiten?“ Vince
fuhr sich durch die Haare, bis die ordentlichen Locken
zur Seite abstanden. „Ich habe selten einen Fehler so
sehr bereut. Das kannst du mir glauben. Keine Ahnung,
was in Dave gefahren ist. Aber er scheint nicht locker-
lassen zu wollen, bis ich alles verloren habe. Hast du
mal geschaut, was seit der Key Note mit dem Wert meiner Firma passiert ist? Ich bin geliefert. Wirklich!“

Erschöpft ließ er den Kopf in die Hände sinken. Plötzlich tat er Laura leid.

„Dave, diese Schlange!“, brach es aus ihr heraus.

„Ja“, bestätigte Vince mit einem Seufzen, als würde
die Last der Welt auf seinen Schultern ruhen. „Ich war

einfach zu dumm, habe nur gearbeitet. Aber eines musst du mir glauben“, er lehnte sich über den Tisch, ignorierte die Tatsache, dass er Mickey dabei fast auf den Schoß klettern musste und sein Ärmel gefährlich nah einem Teller mit Senf kam.

„Ich habe sicherlich einiges falsch gemacht. Auch das mit Chrystal. Doch ich hätte dir niemals im Nachhinein eine Rechnung über deine Ausgaben geschickt. Es war abgemacht, dass ich alles bezahle, und das habe ich auch längst. Die Kreditforderung muss eine Fälschung von Dave sein. Außerdem ...“ Seine Stimme brach ab. „Es ist nun wohl zu spät für so ein Gespräch. Aber du musst gestehen, dass du mir keine Chance gegeben hast, irgendetwas zu erklären. Geradezustellen. Mein Gott, ich habe dich überall gesucht, mir Sorgen gemacht, wo und wie du wohnen würdest. Wieso bloß hast du nicht mit mir gesprochen?“

„Das stimmt doch überhaupt nicht. Sobald ich in Deutschland war, habe ich dich immer wieder angerufen, das musst du gesehen haben. Aber wenn überhaupt, ist immer nur Dave ans Telefon gegangen.“

Vince fuhr sich mit beiden Händen durchs Haar. „Ich habe mir eine neue Nummer besorgt, weil die Journalisten mich mit ihren Anrufen bombardiert haben, und Dave gebeten, sich darum zu kümmern. Er hatte aber die deutliche Ansage, mir zu sagen, wenn du anrufst.“ Er schlug mit der Faust auf den Tisch, sodass die Teller klapperten und die anderen ihn alarmiert ansahen. „Sorry“, murmelte er. „Ich fasse es nicht, wie dieser Wixer mich hereingelegt hat. Vermutlich hat ihn jemand von der Konkurrenz gekauft. Meinen persönlichen Assistenten!“

Er schüttelte langsam den Kopf. In diesem Moment bedauerte Laura, dass sie sich von Dave für sein mieses Spiel hatte einspannen lassen.

„Das habe ich nicht geahnt. Tut mir leid", sagte sie leise. Innerlich versuchte sie noch, mit der Information umzugehen, dass Vince alles bezahlt hatte und der Brief der Schweizer Bank eine Fälschung gewesen war. Wäre die Situation mit Susanna nicht so dramatisch, dann wäre sie jetzt vor Erleichterung in die Luft gesprungen. „Aber was willst du wirklich? Ich habe mittlerweile ein neues Leben. Sag mir, was es ist, ich überlege, ob ich es dir geben kann, und dann verschwindest du. Verstanden?"

Vince nickte. „Ich bin dabei, alles zu verlieren. Man hat mich nach Strich und Faden ausgebootet und sie waren so geschickt, dass sie keine Spuren hinterlassen haben. Ich muss unbedingt beweisen, dass ich die Gelder nicht unterschlagen habe und nicht wusste, dass die Aktien ins Bodenlose fallen würden."

Er seufzte beim Gedanken daran. „Du weißt, wie viel mir Cunningham Enterprises bedeutet. Bitte gib mir die Uhr. Sie ist meine einzige Möglichkeit zu zeigen, dass ich reingelegt wurde. Sonst muss ich ziemlich sicher ins Gefängnis. Die wollen mich komplett vernichten. Du hast die Rolex doch mitgenommen, oder?"

Nun verstand Laura gar nichts mehr. „Wozu brauchst du sie? Weißt du gar nicht, dass die Uhr eine Fälschung ist?"

Vince zuckte zusammen. „Hast du etwa versucht, sie zu verkaufen? Ich hoffe, das hat nicht geklappt!"

„Nein, hat es leider nicht."

„Aber du hast sie noch, oder? Bitte sag mir, dass du sie noch hast!" Mit weit aufgerissenen Augen starrte er Laura an.

Laura fragte sich, ob er mittlerweile vollkommen den Bezug zur Realität verloren hatte. Sie schämte sich, dass sie ihm so übel mitgespielt hatte. Sie nickte beruhigend, sprach zu ihm wie zu einem Verrückten, für den man bereits die Männer mit den weißen Kitteln informiert hatte und bei dem man darauf wartete, dass er eine Beruhigungsspritze bekam.

„Irgendwo muss sie sein. Aber wieso denn?"

Schwer atmend ließ er sich auf einen Stuhl sinken. „Großartig. Das ist meine Rettung." Er lächelte erleichtert und bemerkte die vielen Augen, die ihn fragend ansahen. „Ich hatte seit einer Weile den Verdacht, dass in meiner Firma etwas nicht mit rechten Dingen zuging, habe aber nicht herausgefunden, wer derjenige ist, der meine Konkurrenz mit internen Informationen versorgte. Doch, dass es jemand aus dem inneren Kreis sein musste, war mir seit einiger Zeit klar. Also habe ich sicherheitshalber eine Kopie aller wichtigen Daten gemacht.

Ich habe mir den Kopf darüber zerbrochen, wo ich diese am besten aufbewahre, und da bin ich auf die Uhr gekommen. Also habe ich die Rolex meines Großvaters nachbauen lassen, und zwar so, dass im Gehäuse Platz für eine kleine Speicherkarte ist. Seit Wochen habe ich die Uhr nicht mehr abgelegt. Bloß am Tag der Präsentation wollte ich die echte Uhr meines Großvaters als Glücksbringer tragen." Er zuckte mit den Schultern.

„Das ist ja wie bei James Bond!", bemerkte Mildred.

Von schlechtem Gewissen angetrieben lief Laura nach oben und förderte die Uhr eine hektische Suche später in der Spalte zwischen Nachttisch und Bett zu Tage.

Vince strahlte, als sie sie ihm schließlich hinhielt. „Nun habe ich endlich die Beweise, die ich brauche, um nicht ins Gefängnis zu kommen. Was für ein Glück, dass du sie gestohlen hast! Dave hat nur eine Stunde nach dir den Safe geöffnet und nichts mehr vorgefunden. Ich hatte so gehofft, dass du sie hattest."

Sorgsam ließ er sie in seine Jackentasche gleiten. Dann lehnte er sich sichtlich entspannt auf seinem Küchenstuhl zurück.

„Jetzt könnte ich noch ein Bier vertragen, wenn noch eins da ist."

29

Wie Kaugummi zogen sich die folgenden Stunden. Irgendwann hingen alle ihren eigenen, düsteren Gedanken nach, fragten sich bang, wieso kein Laut aus dem Krankenhaus zu ihnen drang. Zu Lauras Überraschung machte Vince keine Anstalten, wieder zu gehen, nachdem er hatte, wofür er gekommen war. Stattdessen schloss er sich den Wartenden an.

„Keine Neuigkeiten sind gute Neuigkeiten, oder?", sagte Mildred irgendwann in den stillen Raum hinein. Doch statt Optimismus folgte darauf nur noch betretenes Schweigen.

Da sprang Ava plötzlich auf. „Papa!"

Tatsächlich. Ein Taxi fuhr auf den Hof und spie einen müde und erschöpft aussehenden Henning aus. Bei seinem Anblick drehte Laura sich der Magen um. Welche Neuigkeiten konnte er mitbringen, wenn sie sich nicht für einen Anruf eigneten?

Gebannt verfolgten alle, wie Ava auf ihren Vater zulief. Als der seine Tochter sah, traten ihm Tränen in die Augen.

„Ava, mein Schatz!" Er schloss sie in seine Arme und drückte sie fest an sich.

„Wie geht es Mama?"

Nun erhellte ein Lächeln sein Gesicht. Endlich konnte man die abgrundtiefe Erleichterung darin erkennen.

„Wir haben ein kleines Mädchen bekommen, Nora!", jauchzte er. „Du hast eine Schwester!"

Ava tanzte vor Freude. „Ich habe eine Schwester, ich habe eine Schwester."

Endlich begriffen auch die anderen, was er soeben gesagt hatte.

„Das Baby ist schon da?“, fragte Vanessa erstaunt.

„Nora? Was für ein ungewöhnlicher Name“, bemerkte Frau Blum.

„Geht es Susanna gut?“, stellte Laura die Frage, die allen auf der Seele brannte.

Erneut glomm Sorge in Hennings Gesicht auf. „Es war wirklich haarscharf. Viel später hätte der Krankenwagen nicht kommen dürfen. Aber ja, es scheint, als wäre alles noch einmal gut gegangen. Tut mir leid, dass ich mich nicht früher gemeldet habe, mein Handy war leer.“

Vor Erleichterung sammelten sich Tränen in Lauras Augen. Da legte Lukas den Arm um sie.

„Hey, es ist alles gut, hast du doch gehört!“

Sie lehnte den Kopf an seine Brust und konnte trotz allem nicht verhindern, dass sie schluchzen musste.

„Die Nerven!“, beschied Frau Blum. „Das Mädchen braucht dringend einen Schnaps!“

Henning straffte die Schultern, räusperte sich und wandte sich an die anderen. „Möchte noch jemand einen Schnaps? Ich könnte jetzt nämlich gut auf meine Tochter anstoßen!“

Eilig holte er eine Flasche Selbstgebrannten aus dem Keller und füllte eine Reihe Gläser, die aussahen wie winzige Schuhe, mit einer hellgelben Flüssigkeit. Ohne eine Widerrede zu akzeptieren, nötigte er allen ein Glas auf, bloß die Kinder durften mit Apfelsaft vorliebnehmen.

Er hob das Glas. „Auf Nora!“

„Auf Nora!“, riefen alle. Laura nippte an ihrem Schnaps und musste sofort husten.

„Birne“, erklärte Mildred stolz. „Nach einem alten Familienrezept!“

Laura beobachtete, wie Henning zwei Teller Kartoffelsalat mit Würstchen vertilgte und sich seinen Gästen widmete, die immer noch keine Anstalten machten, zu gehen. Sie ließ ihn nicht aus den Augen, wartete auf den richtigen Moment, um ihn anzusprechen. Denn sie musste unbedingt die Geschichte mit Max klarstellen. Nicht auszudenken, was passierte, wenn ihn das Ganze auf dem falschen Fuß erwischte.

„Henning, die Sache mit Max …“

„Ach ja, was ist mit dem eigentlich?“, wandte er sich an Mickey und Tommy.

„Erst mal in guten Händen!“, erwiderte Mickey. „Keine Sorge, so schnell taucht der hier nicht wieder auf.“

„Diesmal ist er zu weit gegangen, würde ich sagen“, fügte Tommy hinzu. „Das hat vielleicht auch seine Vorteile.“

Irritiert blickte Laura von einem zum anderen. „Diesmal?“

Henning seufzte. „Der Kerl hat so etwas wie eine fixe Idee. Alle paar Jahre kommt er vorbei und behauptet, Ava wäre seine Tochter. Nur weil Susanna vor Ewigkeiten mal eine Nacht mit ihm verbracht hat, ist das zu glauben?“ Er schnaubte. „Der Kerl hat nicht alle Glocken in der Turmuhr!“

Laura verstand immer noch nicht, wieso Henning die Sache so locker nahm, und warf Lukas einen fragenden

Blick zu. Das schien Henning bemerkt zu haben. Jedenfalls fuhr er fort:

„Wir hatten zu dem Zeitpunkt eine kleine Auszeit. Ich meine, wir waren schon als Schüler ein Paar. Erste große Liebe und so. Es gab da eben eine Zeit, wo wir uns gefragt haben, ob das Gras auf der anderen Seite des Zauns nicht grüner ist. War es nicht. Haben wir beide gemerkt. Und als wir wieder zusammen waren und Susanna dann gleich schwanger war, hat sie mir direkt von ihm erzählt und darauf bestanden, dass wir einen Vaterschaftstest machen." Er schnaubte. „Als ob mich das interessiert hätte. Aber ihr wisst, wie Susanna ist. Natürlich war Ava meine Tochter und damit war die Sache eigentlich erledigt. Wenn der Kerl nicht irgendwo in den verschiedenen Stadien seiner Wahnvorstellungen immer mal wieder hier aufgetaucht wäre. Sehr lästig, kann ich euch sagen!"

„Mir wäre das egal." Ava schmiegte sich an ihren Vater. „Familie hat was mit Gefühlen zu tun, sagt meine Freundin Brilka immer. Die ist ja adoptiert und hat zwei Väter. Und vermisst ihre anderen Eltern gar nicht."

Völlig überwältigt von den neuen Informationen, starrte Laura ihn an. „Wieso hat Susanna denn daraus so ein Geheimnis gemacht?"

Henning zuckte mit den Achseln. „War ihr wohl ein bisschen unangenehm. Vielleicht auch aus Rücksicht auf mich." Sein Blick fiel auf Vince. „Kennen wir uns?"

Vince streckte die Hand aus. „Noch nicht, denke ich. Vincent Cunningham, hallo, nice to meet you."

Verwundert schüttelte Henning seine Hand.

„Lauras Ex", fügte Mildred erklärend hinzu.

„Ihr Ex, ernsthaft?" Henning sah Laura an, als wäre sie von allen guten Geistern verlassen.

„Papa, du glaubst nicht, was hier alles los war!", verkündete Ava und gab ihm einen Bericht über die Ereignisse in seiner Abwesenheit.

Plötzlich klingelte ein Telefon.

„Das ist Susanna!", sagte Henning aufgeregt. „Susanna!"

Er tastete vergeblich in seinen Hosentaschen. Hektisch durchsuchten seine Augen den Raum. „Verdammt, wo ist mein Handy!"

„Hier!" Gerlinde deutete auf die Steckdose, an der es auflud.

Hastig riss er das Telefon an sich.

„Hallo, Liebling, wie geht es dir?", fragte er mit einer sanften Stimme, die Lara noch nie von ihm gehört hatte. „Was macht die Kleine?"

Dann lauschte er auf das, was am anderen Ende erzählt wurde. Erst lächelte er glücklich, doch plötzlich zog er ein betroffenes Gesicht.

„Oh!", sagte er mit schuldbewusster Miene. „Ja, Schatz, du hast total recht! Nein, in der ganzen Aufregung …ja, ja, mach ich sofort!"

Er wandte sich zu den anderen, die Hände fragend erhoben.

„Könnte es sein, dass wir etwas vergessen haben?"

Die anderen sahen sich ratlos an.

„Oh je!" Mildred verdrehte vielsagend die Augen. Da brach auf einmal hektische Betriebsamkeit aus.

„Ava, schnell!", befahl Gerlinde.

„Tommy, Mickey, los jetzt!", schrie Vanessa nach einem Blick auf die Uhr.

Gehorsam sprangen die beiden auf und eilten nach draußen. Laura betrachtete das Ganze verwirrt. Es war nicht das einzige Mal am heutigen Tag, wo alle verrückt zu sein schienen.

„Hier, Susanna möchte mit dir sprechen!“

Henning drückte Laura das Handy in die Hand. Dann verschwand er ebenfalls.

„Hallo Große“, sagte Laura schüchtern und warf Vince einen entschuldigenden Blick zu. Bis auf ihn waren alle Anwesenden schlagartig verschwunden. „Ich bin so froh, dass es dir gut geht! Du hast uns allen einen unglaublichen Schrecken eingejagt!“

Plötzlich tauchte Mickey wieder auf, schnappte sich Vince und zog ihn aus dem Raum. Verwundert blickte Laura ihm hinterher.

„Und ich erst!“ Susannas Stimme klang matt. Man konnte hören, wie erschöpft sie war. „Bin froh, wenn Nora und ich endlich auf die normale Station können. Sie muss momentan noch beatmet werden. Aber alles kein Ding, sagen die Ärzte.“

„Die Sache mit Max tut mir so wahnsinnig leid. Ich wusste wirklich nicht, was ich machen sollte.“

Susanna seufzte. „Vermutlich hätte ich dir gleich die Wahrheit erzählen sollen. Aber die Angelegenheit war mir so peinlich.“ Sie lachte leise. „Stimmt es, dass du ihn k. o. geschlagen hast?“

„Ich fürchte schon.“ Laura lachte ebenfalls. „Hätte ich mir selbst gar nicht zugetraut!“

„Ich dir auch nicht“, gab Susanna zu. „Da wäre ich aber wirklich gern dabei gewesen!“ Dann wurde sie wieder ernst. „Tut mir leid, dass ich so schlimme Dinge zu dir gesagt habe. Kannst du mir verzeihen?“

„Ich dir verzeihen? Wieso das denn?“

„Nun ja, du hast bloß versucht, dein Bestes zu tun. Ich nehme an, dass Max dir gedroht hat, alles Henning zu erzählen, oder? Wenn du die Wahrheit gewusst hättest, dann hätte er dich damit gar nicht erpressen können. Lass uns in Zukunft versuchen, immer ehrlich miteinander zu sein, okay?“

Laura traten Tränen in die Augen. „Okay.“

„Großartig! Kannst du mir mal Ava geben?“

Laura sah sich suchend um. „Keine Ahnung, wo sie steckt. Die anderen scheinen sich zu irgendeiner geheimen Verabredung verzogen zu haben. Ganz ehrlich, Max ist nicht der einzige Verrückte am heutigen Tag. Du glaubst nicht, wer heute noch alles hier aufgeschlagen ist.“

„Wer denn?“

Laura berichtete, wie nach und nach immer mehr Nachbarn und Freunde erschienen waren und die Warterei zu einem spontanen Get-together gemacht hatten. „Und dann ist auch Vince aufgetaucht“, schloss sie ihren Bericht.

Am anderen Ende der Leitung blieb es einen Moment still. „Wer ist aufgetaucht?“, fragte Susanna schließlich nach.

„Du hast richtig gehört“, entgegnete Laura, der erst im Nachgang die Absurdität der Ereignisse klar wurde. „Vince. Mein Vince aus New York ist hier. Und merkwürdigerweise hat er sich mit den anderen schon so sehr angefreundet, dass er mit ihnen irgendwohin verschwunden ist“, sagte Laura in komischer Verzweiflung.

„Wow, da will ich unbedingt die ganze Geschichte hören! Zuerst muss ich aber mit Ava sprechen“, meinte
Susanna schließlich. „Kannst du sie ans Telefon holen?“

Laura trat hinaus auf den Flur, um das Mädchen zu
suchen. Es war überraschend still im Haus. Wo waren
plötzlich alle? Eben war noch alles so voller Leben gewesen und jetzt? Fast war es ein bisschen beängstigend.

„Witzig, kein Mucks ist zu hören!“, sagte sie ins Telefon. „Wo die nur alle sind!“

Sie wollte zum Wohnzimmer herübergehen. Doch da
war kein Lichtschein unter dem Türspalt zu sehen.
Überall sonst war auch das Licht aus. Hatten sich alle
verabredet, mit Laura Verstecken zu spielen?

Wenn sie nicht gerade mit Susanna telefonieren
würde, wäre es direkt unheimlich. Da erklang plötzlich
ein leises Lachen durch die Tür. Das musste Ava sein!
Ein erleichtertes Lächeln schlich sich in Lauras Gesicht.
Was hatte ihre Nichte wohl ausgeheckt?

Sie öffnete die Tür und schaltete das Licht an. Dann
zuckte sie erstaunt zurück und Tränen der Rührung
schossen ihr in die Augen.

„Happy birthday to you!“, erscholl vielstimmig und
schief aus dem Wohnzimmer und aus dem Telefon an
ihrem Ohr.

Sie hatten sogar Luftballons aufgehängt und ein pinkes Schild, auf dem breit ‚Happy Birthday‘ prangte.
Eine Marzipantorte, wie die, die ihre Mutter immer gemacht hatte, stand in der Mitte und war mit Kerzen geschmückt. Seit ihre Mutter gestorben war, hatte sie
keine Marzipantorte mehr gegessen. War heute wirklich der fünfzehnte Juni? Ihr Geburtstag? Mit keiner

Silbe hatte sie in der Aufregung der letzten Wochen daran gedacht.

Sie konnte nicht anders, als vor Freude zu heulen. Die anderen mussten die Feier schon von langer Hand geplant haben.

„Wow, ich …“ Vor lauter Rührung brach ihre Stimme. „Ich kann es nicht fassen!“, stammelte sie. „Danke!“ Sie drückte ihre Nichte fest an sich. „Ava, meine Süße, war das etwa deine Idee?“, fragte sie unter Tränen.

„Das haben Mama und ich uns ausgedacht!“ Das Mädchen strahlte sie an.

„Susanna, du bist mir echt eine Tröte!“, sagte sie in den Hörer. „Gerade dem Tod entkommen, aber für einen Scherz bist du dir noch nie zu schade gewesen, oder?“

„Genau.“ Sie lachte. „Deine zweite Nichte als Geburtstagsgeschenk haben wir auch gut hingekriegt, oder?“

Eine Woge des Glücks erfüllte Laura. Vor einem Jahr hatte sie sich ausgemalt, wie ihr nächster Geburtstag wohl aussehen mochte. Eine Party auf Hawaii vielleicht? Ein Ausflug auf die Fidschi-Inseln? Doch sie hätte sich niemals vorstellen können, in diesem Moment glücklicher zu sein, als genau hier und jetzt, im Kreis von diesen Menschen, die ihr mehr und mehr ans Herz wuchsen.

Ihr Blick traf den von Vince, der lächelnd zugesehen, sich aber im Hintergrund gehalten hatte. Noch vor gar nicht langer Zeit hätte seine Anwesenheit bei ihrer Familie für sie das Paradies bedeutet. Sie dachte über das nach, was ihm geschehen war, und entschied, dass es Zeit war, sich von den schlechten Erinnerungen zu lösen und damit zu beginnen, ihm zu vergeben. Sie lächelte ihn an und sah, wie sich die Grübchen um seine Augen vertieften.

„Hey!", machte in diesem Augenblick Lukas neben ihr und wenn sie es nicht besser gewusst hätte, hätte sie geraten, dass er eifersüchtig war. „Ich habe auch ein kleines Geschenk für dich!"

Er hielt ihr eine grüne Schachtel mit einer goldenen Schleife hin. Sie stutzte und musste für einen kurzen, unangenehmen Moment an die Schachtel denken, die sie in New York erhalten hatte und die die ganzen Ereignisse ausgelöst hatte. Dann aber war sie wieder in der Gegenwart. Behutsam öffnete sie sie und fand darin ein ebenso goldenes Kärtchen.

‚Abendessen nur zu zweit, versprochen!' stand darauf. Sie wandte sich zu ihm und strahlte ihn an.

„Tolle Idee! Ich freue mich drauf!"

„Ich habe schon mit Henning ausgemacht, dass Finn und Ava einen Filmabend machen dürfen", grinste er und die Art, mit der er sie ansah, ließ die Schmetterlinge in ihrem Bauch tanzen.

Dann wandte sie sich an alle. „Ihr seid großartig, was für eine grandiose Überraschung! Das müsst ihr ja Ewigkeiten geplant haben!" Die anderen schmunzelten.

„Danke, Große!", sagte sie ins Telefon.

„Natürlich. Wir sind deine Familie. Vergiss das nicht!", erwiderte Susanna.

Endlich reichte Laura den Hörer an Ava weiter und ließ sich von Vanessa ein Glas Sekt reichen.

„Auf Laura, die heimgekehrt ist und hoffentlich so schnell nicht wieder gehen wird!"

Als Antwort klirrten die Gläser.

„Auf Nora, deren Geburtstag ich sicher nie vergessen werde!", rief Laura.

Da schlug jemand anderes gegen ein Glas. Das Klirren brachte die Gespräche zum Verstummen.

„Ich würde auch noch gern etwas sagen", ließ sich Vince auf Deutsch mit breitem amerikanischem Akzent vernehmen. Mit seinem Tom-Cruise-Lächeln stand er am Kopf des Tisches und war wieder mehr auf der Höhe seiner selbst.

Er hob sein Glas.

„Zuerst möchte ich einen Toast anbringen, auf Laura, die tollste Frau, die ich je kennengelernt habe. Auf eine warmherzige, leidenschaftliche und wunderschöne Frau. Ihr wisst, wie das manchmal so ist", wandte er sich mit einer Wendung des Kopfes an die anderen. „Manche Dinge schätzt man erst so richtig, wenn man merkt, dass man sie verloren hat. Ich habe dich viel zu selbstverständlich genommen und festgestellt, dass ich ohne dich nicht sein will."

Er machte eine Pause und blickte in die Runde. Als er sicher war, die Aufmerksamkeit aller zu haben, zog er feierlich eine silberne Schachtel aus seiner Tasche.

„Du glaubst es mir vielleicht nicht, aber das hier hatte ich die ganze Zeit zu deinem Geburtstag geplant. Nur dachte ich damals, dass ich dich nach Hawaii entführen würde. Also bevor ich ein bisschen aus dem Tritt gekommen bin."

Er räusperte sich. Dann machte er ein paar Schritte auf Laura zu und ging vor ihr auf ein Knie.

Verdutzt sog Laura die Luft ein. Die anderen raunten ebenfalls überrascht. Laura starrte auf Vince herab und konnte es einfach nicht fassen. In ihrem Gesicht mussten sich die widersprüchlichsten Gefühle widerspiegeln. Mildred und Frau Blum seufzten vor Rührung. Gerlinde stieß einen kleinen Schrei der Überraschung aus. Vanessa quietschte.

„Laura Wildgruber, willst du mir meine Fehler verzeihen und meine Frau werden?"

Schockstarr stand Laura da. Schlug die Hände an die Wangen, unfähig zu fassen, was heute alles passiert war. Hier kniete der Mann ihrer Träume und bot ihr genau das an, was sie schon immer gewollt hatte. Was für ein perfekter Moment.

Sie sah auf den silberfarbenen Reif mit dem kleinen Stein in der Mitte. Vince bemerkte ihren Blick und räusperte sich.

„Wenn meine finanzielle Situation wieder gelöst ist, tauschen wir ihn gegen einen großen Diamanten, versprochen!"

Tränen der Rührung schossen ihr in die Augen. Hier, in der Küche ihrer Schwester, war der Antrag perfekt. Viel perfekter, als er auf Hawaii hätte sein können. Bildsequenzen liefen in ihrem Kopf ab. Wie sie alle in die Hamptons reisen würden und sie die perfekte Braut auf einer perfekt inszenierten Hochzeit sein würde. Wie sie mit Vince das Leben führen würde, von dem sie immer geträumt hatte. Ab und zu aber würde sie wieder nach Schwarnberg zu ihren Wurzeln zurückkehren. Wenn Ava sechzehn war, würde sie vielleicht für ein Jahr zu ihnen kommen, um in New York in die Schule zu gehen. Drei oder vier entzückende Kinder würden sie haben.

Sie dachte daran, wie Madison vor allen verkündet hatte, dass sie heiraten würde. Wie sie selbst sich mehr als alles andere gewünscht hatte, dass Vince genau die Frage stellen würde, die er gerade gestellt hatte.

Gleichzeitig, als wären ihre Sinne überscharf, nahm sie die Reaktionen der anderen wahr.

Mildred und Frau Blum starrten verzückt auf den Diamantring. Doch sowohl Vanessa als auch Ava und Finn sahen aus, als wollten sie sich wütend auf Vince stürzen. Natürlich, es würde bedeuten, dass Laura wieder nach New York ziehen würde. Tausend Gedanken flogen durch ihren Kopf. Aber am Ende war die Antwort von vornherein klar gewesen.

„Das kommt ganz schön überraschend. Vor ein paar Monaten hättest du mich damit zur glücklichsten Frau auf der Welt gemacht. Doch jetzt – wir wissen beide, dass es nicht funktionieren würde." Entschuldigend lächelte sie ihn an und sah, wie er mit den Schultern zuckte, als hätte er es geahnt. „Außerdem weiß ich mittlerweile, dass ich hierher gehöre."

Sie tauschte einen Blick mit Ava, die bei ihrer Antwort bis über beide Ohren strahlte und sich glücklich mit Finn abklatschte.

Sanft umschloss sie die Hand, die ihr immer noch den Ring hinhielt. „Ich wünsche dir alles Gute."

Er erhob sich seufzend. „Ich habe es mir fast gedacht. Aber ich musste es wenigstens versuchen, verstehst du?"

Laura nickte, obwohl sie es tatsächlich nicht verstand. Vielleicht hatte es mit dem verlorenen Ausdruck in seinen Augen zu tun. Vielleicht war er auch nur ein Kind, das sich stets nach dem sehnte, das es nicht hatte. Sie selbst war so viel glücklicher damit, ihr eigenes Berufsleben zu haben und nicht immer nur die perfekte

Frau zu spielen, dass sie um kein Geld der Welt wieder zurückwollte.

Dann schaute sie sich suchend um. „Wo ist Lukas?" Er war wie vom Erdboden verschwunden. Sie erschrak. Was musste er von diesem Heiratsantrag halten?

„Ich glaube, der hat beim Anblick des Rings das Weite gesucht!", meinte Vanessa.

„Er kann noch nicht weit sein." Henning deutete mit dem Kinn nach draußen.

Nur auf Socken rannte Laura hinaus, die Einfahrt entlang an dem verlassenen Range Rover vorbei, dessen Türen mittlerweile geschlossen waren. Kaum bemerkte sie, dass es deutlich kühler geworden war und dass die immer stärker werdenden Regentropfen ihr dünnes Sommerkleid in Windeseile durchnässten.

„Lukas!", rief sie.

Er war gerade dabei, sich auf sein Fahrrad zu schwingen, das neben dem von Finn am Zaun lehnte und drehte sich zu ihr um. Sie dachte daran, wie sie ihn das erste Mal hier wiedergesehen hatte und gar nicht mehr gewusst hatte, wer er war.

In der Bewegung hielt er inne. Dann drehte er sich langsam zu ihr um. Sein Blick glitt von ihren mittlerweile triefnassen Haaren bis hinunter zu ihren ehemals weißen Söckchen.

„Wow, Laura Wildgruber, das schönste Mädchen der Schule erinnert sich an meinen Namen!"

Ein strahlendes Lächeln erhellte sein Gesicht. Die Regentropfen, die von seiner Stirn über seine Wangen flossen, hätte man beinahe für Freudentränen halten können.

Sie flog in seine Arme, küsste ihn, als wollte sie ihn nie wieder loslassen. Als sie sich schließlich voneinander lösten, begegnete ihr Blick dem von Lukas und sie freute sie sich auf das, was die Zukunft bringen würde.

ENDE

Danksagung

Liebe Leserinnen, liebe Leser,

Dieses Buch wäre ohne eine Reihe an Personen nicht möglich gewesen, die mir mit fundierter Kritik, aber auch moralischer Unterstützung zur Seite gestanden sind. Ich danke Juliane, Carina, Simone und Gaby dafür, dass sie meine Geschichte mehrfach gelesen und mit mir weiterentwickelt haben, Petra Seitzmayer für die wunderbare Beratung, Daniela Guse für das großartige Lektorat und meinem Verlag für das entgegengebrachte Vertrauen.

Vor allem aber bedanke ich mich bei allen, die meine Bücher bisher gelesen haben und mir so viel positives Feedback gegeben haben.

Eure Konstanze Harlan